U0939712

重生

梁晓声　著

天津出版传媒集团
天津人民出版社

图书在版编目（CIP）数据

重生 / 梁晓声著 . -- 天津：天津人民出版社，2020.5（2025.2 重印）
ISBN 978-7-201-15752-8

Ⅰ . ①重… Ⅱ . ①梁… Ⅲ . ①长篇小说 – 中国 – 当代 Ⅳ . ① I247.5

中国版本图书馆 CIP 数据核字 (2020) 第 020271 号

重生
CHONG SHENG
梁晓声 著

出　　版　天津人民出版社
出 版 人　刘锦泉
地　　址　天津市和平区西康路 35 号康岳大厦
邮政编码　300051
邮购电话　（022）23332469
电子信箱　reader@tjrmcbs.com

责任编辑　岳　勇
特约编辑　张素梅
封面设计　吴黛君

制版印刷　三河市兴博印务有限公司
经　　销　新华书店
开　　本　620 毫米 × 889 毫米　1/16
印　　张　16
字　　数　155 千字
版次印次　2020 年 5 月第 1 版　2025 年 2 月第 6 次印刷
定　　价　59.00 元

目 录

Contents

第一章 ★001

第二章 ★022

第三章 ★056

第四章 ★065

第五章 ★085

第六章 ★121

第七章 ★143

第八章 ★178

第九章 ★216

后来的事 ★239

★ 第一章 ★

1944 年秋季的一个下午，天高云淡，太阳看去很沉，如同灌满血浆，却又不那么情愿西坠。国家满目疮痍，哀鸿遍野。华北平原的这一片大地上，具体说是北平和天津之间的田野，高粱红似火。公路两侧，除了高粱，还是高粱，比火更红。于是也接近着血色了。红得接近着血色的高粱，一片连一片，一望无际；这一片大地，渗入了很多中国人的血，死于战乱的，是黎民百姓的中国人的血；直接死于战役的，是军人的中国人的血——先是军阀和军阀之间的战争要了很多中国人的命，后来更多的中国人为了保卫这一片土地而捐躯。在高粱之间，矗立着一座座日军的炮楼，像狂野非洲的一座座蚁穴。

斯时，夕阳的余晖洒在一片片高粱穗上，使成片的高粱看去是更加血红。在一座炮楼上，有一名年轻的日军士兵端着上了刺刀的步枪在瞭望——目下红得接近着血色的一望无际的高粱，使他的胃剧烈地疼了起来。

日本人不爱吃高粱米，爱吃大米。不是他们挑食，全世界人都如此。在他们日本，不论穷人还是富人，一向是吃大米的。区别仅仅在于，富人一向吃优质的大米，而穷人吃的是劣质的，并且一向吃不饱。

爱吃大米的些个日本兵，自从成了这一片土地的占领者，进入了那些炮楼，就再没吃过大米了。只有驻扎在县城里的日军军官们才吃得上大米—— 从东北运过来的，甚至是从朝鲜运过来的。在东北，在朝鲜，日军强征中掠夺了去的大米，得供给他们的关东军吃，而且总是不够。

所以驻扎在炮楼里的日军，他们的肠胃几乎都因为长期吃高粱米而吃伤了。

他们恨那成片成片一望无际的高粱。

但即使恨，那也得抢。否则，连高粱米也吃不上。

而这个季节，正是他们离开炮楼窜到附近农村去抢粮食的季节。他们监视着中国农民收割；监视着农民将收割了的高粱集中到晒场上去，在他们的眼皮底下碾压、去壳、装袋、装车，赶在天黑前运往炮楼。如果他们不这样，连高粱米也吃不上。

韩王村里，日本兵正呵斥着中国农民们往马车上堆放高粱米袋子。最后一袋装满了高粱米的袋子也扔到马车上之后，为首的日军小队长藤野命中国农民们聚拢在一起，开始训话。他原本是驻扎在县城里的日军最高长官的机要文书，会说不少中国话，因为犯了过错，被贬出县城，当了炮楼里的一小队日军的头目。他是用中国话来训话的。他喜欢用中国话来对中国人进行训话，觉得那会使他显得是一位有文化的因而特文明的占领者。他训话的内容大致是—— 大日本皇军不爱吃高粱米，爱吃的是大米！从明年起，不许再种高粱，必须种水稻。种水稻，那才是大大的良民。继续种高粱的话，统统死啦死啦的！

其实，那些中国农民们的胃肠，十之八九也由于连续多年吃高粱米而吃伤了。在这一带的农村，患胃肠病的老人和孩子多极了。但那样他们也宁愿种高粱。让狗日的鬼子兵吃高粱米全把胃肠吃伤了，是他们巴不得的事。他们是农民，不是军人；既然不能亲自拿起枪来消灭侵略者，那么搭赔上自己的胃肠，自己老人孩子们的肠胃，把鬼子兵们的肠胃也吃伤了，亦大快事。许许多多的中国人为了抗日，死都不怕，稍有点儿爱国心的中国人，难道还顾惜自己的胃肠吗？何况，只有长势良好的高粱地和玉米地，在整个夏季才能构成青纱帐；而青纱帐乃是中国共产党领导之下的敌后武工队消灭日伪军的有利掩体。国民党的正规部队，由于难敌在武器装备方面占尽了优势的日军，不得不进行战略性的撤退，使中国人民的抗日信心大受影响。幸而还有敌后武工队在日军占领区坚持武装抗日的活动，人民便还能看到一线胜利的希望。所以尽管这一片土地上曾经麦海无边，但自从被日军占领以后，中国农民却宁肯改种高粱了——种高粱就是爱国，种高粱就是支持抗战！自然，平均每亩地上的高粱的收成，比之于小麦确实是要多不少的。但这一带的中国农民们的抗日觉悟普遍很高，他们首先算的是种什么才对抗战有利这一笔大账。自然的，种高粱、玉米也等于是在种青纱帐。但一俟成熟，县城里的、炮楼里的日军、伪军，往往倾巢出动，开来他们的卡车，强征了马车、牛车乃至驴车，与中国农民抢地里的收成，成车成车地拉往县城和各个炮楼。比之于高粱，对日伪军们，玉米是更容易抢的。从棵秆上掰下玉米棒子，往车上一扔，拉回去就完成了抢的任务了呀。并且呢，吃起来也省事。最懒的办法就是直接煮了玉米棒子来吃。在大米、玉米和高粱三者之间，玉米是日伪军们退而求其次的选择。他们不像恨高粱那么恨玉米。他们军中的营养专家向他们宣传，玉米的营养成分比高粱的营养成分要高些。他们的胃肠消化起玉米来，实际的感觉也舒服一点儿。在中国农民方面，经过了教训后，连玉米也不种了，只种高粱了。

日伪军们对这一点恼火透顶。是的，他们的胃肠消化起高粱米来，确实有些受不了啦，却又拿中国的农民们干没辙。不想吃高粱米了？想吃玉米了？可以啊！就是想吃馒头烙饼也是可以的，那我们就改种小麦好了！这一片中国的土地上，原本就是麦田相连的嘛，我们中国人也早就想吃白面了！谁不知道白面比高粱米好吃呢？可是拿种子来！种什么收什么，这个道理你们日本人那也是应该懂得的。玉米种也罢，麦种也罢，反正我们是没有的。不拿种子来，那我们就还是得种高粱。中国农民又不是神仙，怎么会春天种下去高粱，秋天收获的是玉米或小麦呢？日军拿不出玉米种，更拿不出麦种，所以也就只能一直痛苦地吃着高粱米。倒是伪军，有时竟还能吃到馒头和烙饼。了解中国人的自然还是中国人。他们知道有些农民家里多少还藏着麦种，并且在不易被发现的地块，一直偷偷种着麦子，为的是使自家的老人和孩子，一年里可以偷偷吃上几顿面食。也是为了抗日的人们来到时，临走能带些面粉去。所以伪军们常溜到村里，威逼带哀求地，直至吃上顿面食才肯走。往往，两碗疙瘩汤外加单饼卷韭菜，或卷大葱，就能打发得他们心满意足了。1944 年后，从官到兵，伪军们是更伪了；国际反法西斯战局开始呈现明显转机，不利于小日本的消息频频传入国内，他们皆内心恓惶，意识到应给自己留条后路了，不太敢像以前那么肆无忌惮地为虎作伥了。对于日军，不再悠悠万事，效忠为大了。能敷衍一下，也就敷衍而已了。能骗一下的事，也就干脆骗过去拉倒了。他们常二三结伴地溜出炮楼，去到附近的村里，一为寻觅点儿好吃的，解解馋；二为跟农民们套套近乎，倾诉一下以前做恶事时的迫不得已，当伪军的无可奈何与苦闷。不管是发自真心还是虚情假意，总之确实开始和农民套近乎了。对于他们，一根黄瓜、几个柿子那也算好吃的，平常他们猫在炮楼里连青菜也吃不大到，更不要说时令瓜果了……

但是训话的藤野却并不认为，或者说并不觉得皇军的侵华战争正在走向穷途末路。当然，他也不认为自己是在参与侵略。恰恰相反，他确实很信“大东亚共荣圈”那一套说法，所以也就认为自己参与的确实是一场“圣战”。至于对中国人进行的屠杀，他认为那是完全必要的“震慑”。不抵抗，不就不“震慑”了吗？他认为中国人的抵抗是很不明智的，打不过，臣服不就得了吗？甚至还认为，日本和中国的关系，是亚洲兄弟之间的关系——日本虽然领土小，人口少，但是世界上的军事强国，理应做老大；而中国，虽然领土大，人口多，但国力虚弱，皆“东亚病夫”，那么就应该将领土拱手相让，就应该乖乖地当“小弟弟”，一切听老大的。如果不听，老大狠狠地教训“小弟弟”，直至教训得百依百顺，这是完全合乎中国人几千年内常言的那个“道”的。日本靠日本的武士道精神使全体中国人明白中国那个“道”是甘当奴隶的意思，实际上是对中国所进行的武力的“文化启蒙”——这么简单的道理，中国人怎么就是想不通呢？

在1944年的秋季，在藤野这一个日本下级军官的内心里，充满了焦虑。“多少事，从来急，天地转，光阴迫；一万年太久，只争朝夕！”用毛泽东后来写的这几句诗词形容藤野当时的焦虑心情，那是特别恰如其分的。依他想来，大米就快有了，面粉就快有了，皇军整天吃高粱米的日子就快结束了。为了让皇军不但尽快吃上大米白面，还能尽快吃上鸡鸭鱼肉，他认为自己有责任替皇军对中国农民进行思想教育。

他满口说着“日中亲善”“大东亚共荣圈”什么什么的美好愿景，

说得连自己都很陶醉都很感动了。当然，有些话他说得也是特别严厉的。

“明年的，高粱的，统统的不许再种！大日本皇军，高粱的不爱吃！种高粱的，死啦死啦的！种水稻的，大大的良民！种小麦的，也是大大的良民！大米、白面，皇军的爱吃！你们的，要大大地明白！”

藤野在些个中国农民们面前踱来踱去。他双手戴着雪白的手套，右手按在刀柄上。说那些话时，胃在疼，忍着。他脸上的表情不但严厉，而且目光中射出杀气。不远处的一马车高粱米使他腻歪透了。可是再腻歪也得拉回去呀，不拉回去自己和手下又吃什么呢？总不能喝西北风吧？

些个中国农民，皆低着头听他吼，全当是听驴叫。

忽然，不好的事发生了——一头小猪崽不合时宜地出现，一边喜悦地哼哼着，一边将嘴巴插入高粱堆里大快朵颐。

藤野的目光完全被小猪崽吸引了过去。

十二名日本兵的目光也都被小猪崽吸引了过去。

村里早已没有鸡了。因为日本兵总来抢，农民们干脆不养了。公鸡母鸡都不养了。农妇们的手，已经两三年没捡起过鸡蛋了。

藤野们的胃肠，也已两三年没挂过油水了。那头小猪崽，在他们眼里变成了脆皮焦黄的烤乳猪——它也就三十来斤那么大。

藤野戴着雪白手套的右手离开了刀柄，朝小猪一指，口中喊出了一道命令。于是十二个日本兵，一齐去逮小猪。有的放下了枪，一扑又一扑的，企图将小猪扑着。有的用刺刀捅，巴不得一下子将小猪捅死。然而那小猪蛮机灵，在围追堵截之下，左闪右避，冲突腾挪，看去无所畏惧，似乎以为是些人在与它闹着玩。周旋间，居然还顾得上再拱一口高粱吃。这乃因为，炮楼里的日伪军一出动，主人便牵着它，跟随村人们往村外躲避，所以它对人不那么怕了。再者，秋季的晒场是它的最爱，是可以往饱了吃几顿的地方，是不甘心被轻易撵走的地方。

村人们都抬起头来了，面无表情地望着那情形，替小猪暗暗着急，希望它能识时务点儿，赶快跑掉。

藤野面无表情地望着，终于望得没了耐性，一挥手，大吼了一句日本话。

于是牵着狼狗的日兵放开了狼狗。狼狗也早已捺不住攻击的性子，一蹿一蹿的，要不是被绳套拽住着，一开始就冲过去了。此刻日兵松了手，狼狗如箭射向小猪。它可比那些日兵们顶事儿多了，三下五除二，转眼将小猪扑倒了。

一名日兵倒提小猪两条后腿，咧嘴笑着走到了藤野跟前。藤野脸上也终于露出了笑容，其他日兵也都眉开眼笑。而小猪自然感到了恐惧，可怜地吱哇乱叫。

藤野一摆头，另一名日兵解下鞋带，相帮着将小猪四蹄捆住，扔到了装满高粱米袋子的马车上。

“太君，太君放了它吧！它还太小呀，又瘦，没多少肉的。等把它养大了再让太君们吃行不行？那时太君们吃到的肉会多一些不是吗？”

村人中走出了六十多岁的韩大娘，迈动一双小脚，一边向藤野跟前走，一边哀求。那小猪是她家亲戚好不容易从山东带过来的。河北这一地区的农村里，已经很难再见到小猪了。农民们早已不养猪了，养了岂不等于是为日伪军们养的吗？那还养它干什么呢？若非亲戚千辛万苦地带过来了，韩大娘家也是不养的。可既然带过来了，就只好偷偷养着。这一养，便养到了那么大。而能养到三十来斤，除了韩大娘倍加爱护，也实在应该说那小猪命大。韩大娘对它可有感情了，非一般养猪的人对猪的感情能比，接近着是一种患难情愫。以至于韩大娘一家，从没想哪一天要杀了它吃它的肉。小猪的叫声使大娘心疼极了，她壮着胆子想要救它一命。但藤野毕竟是令她害怕的，看出藤野眼中投射出冷的杀气，她不敢再接近他了，但口中仍重复着刚才那些哀求的话。

藤野笑过一下之后，心里顿时又怒火中烧。他那因吃高粱米吃伤了的胃，疼得更加厉害了。

他一步步走到韩大娘跟前，瞪着她喝问：“鸡的，猪的，都藏在什么地方？你的，说出来！不说，死啦死啦的！”

韩大娘被吓傻了，双膝一软，瘫在地上。

那也得说话呀。不说结果肯定更不好，她明白这一点。她开始后悔了——为了救那小猪一命，自己的胆子也太大了。

她声音抖抖地说：“太君，鸡的，猪的，统统的没有……真的没有……我们不养那些操心的东西了……”

藤野朝马车上一指：“那是什么？”

依他想来，情况肯定是这样的——这个村的中国农民，肯定在什么地方偷偷养着猪，养着鸡，肯定在什么地方偷偷种着水稻和小麦；那么，有时候就可以偷偷吃上大米白面和鸡肉、猪肉、鸡蛋了！而皇军却只有高粱米吃！如果不离开炮楼到村里来挨家挨户地翻、抢，那就连口咸菜都吃不上，更不要说青菜了！长期吃高粱米的恼火，加上想象出来的被欺骗的恼火，两股火互助着，不但怒火中烧，而且火冒三丈了。

韩大娘朝马车望一眼，恰见那可怜的吓坏了的小猪由于不停地扭动，分明就要从马车上掉下了。车上装高粱的袋子堆得老高，大娘担心小猪摔断了脊骨或摔断了腿，顾不得回答藤野的话，迈开小脚便朝马车那儿走，想在小猪掉下时接住它。

“八嘎！”—— 藤野一巴掌将韩大娘扇倒在地。

与此同时，小猪也掉在了地上，发出一阵长音的哀号。两名日军跑过去，一个揪住小猪耳朵，一个抓住小猪尾巴，甩高粱米袋子似的，又将小猪甩上了马车。之后，互相看着笑，你捣我一拳，我踢你一脚地打闹起来—— 那是两名年轻的日本兵，看去都只不过二十几岁。

藤野扭头朝他们吼了一句日本话，他们立刻安静了，并都啪地立正了。其他日本兵，也都啪地立正了。所有的日本兵，全将目光望向了藤野。

气氛一时紧张。

村人们原本以为，高粱米装上马车了，出个人将马车赶到炮楼去，一年中最别扭的一天，大约也就平安无事地过去了，不承想藤野还要训话；更不承想，藤野训话时，韩大娘偷偷养着的小猪还出现了。这真是节外生枝，大家都极为忐忑，一个个屏息敛气。除了那小猪在马车上哼哼，整个晒场鸦雀无声。

韩大娘不敢往起站。她嘴角流出了血，蜷卧于地，嗫嗫嚅嚅地说，那小猪是她从山东来的亲戚捎给她家的，全村就她家有这么一头小猪—— 她说的是百分百的实话。

藤野却哪里肯信呢！

他穿皮靴的右脚朝韩大娘胸口一踏，将韩大娘踏得仰在地上动弹不得。

“你的，大大地撒谎，死啦死啦的！”

藤野按在刀柄上的右手，随着他的吼叫将战刀抽出了一截。

“不许欺负我奶奶！”

韩大娘的孙子韩柱儿从村人中冲了出去。韩柱儿不但是独生子，还是遗腹子。他尚未出生，父亲就失踪了，离家时对他娘说到长白山采参去，一去便没了音讯。小伙子才十七岁半，娘将他拉扯大委实不易，他也很敬爱他娘。

韩柱儿双掌齐出，将藤野推得连退数步，差点儿一屁股坐在地上。他刚一站稳，军刀也抽出了鞘。而韩柱儿刚扶起他奶奶，几名日兵步枪上的刺刀齐刷刷对准他俩的胸膛了。

藤野也用军刀指着韩柱儿吼："烧死他！"

此令一下，几名日兵如狼似虎地将韩柱儿从他奶奶身旁拖走了，拖到了晒场边的一棵大树那儿。转眼间，韩柱儿被草绳结结实实地捆到了树干上。紧接着，一抱抱高粱秆堆向了他，一直堆到了他胸口那么高。

"救救我孙子……"

韩大娘说出那么四个字，身子晃了晃，晕倒了。

乡亲们心里那个急！可都不知该怎么救韩柱儿。大家对藤野之残暴是早有所知的，他在别的村曾下令烧死过一个农民。正因为他很残暴，所以有时候才在中国人面前佯装出斯文的模样。这日军小队长特喜欢玩味自己不但是军人还是一位绅士的那么一种良好感觉，但更喜欢玩味自己可以任意处死一个中国人的种族优势上的感觉。在他看来，中国人尤其中国农民，与一头猪、一只鸡或鸭没什么两样，任意处死是丝毫也不觉得罪过的。从前一种感觉过渡到后一种感觉，在他那儿只不过是刹那间的情绪转变，就像汽油沾火就着是刹那间的事情。而后一种感觉，对于他比前一种感觉更良好。至于以什么方式处死一个中国人，那就完全由他头脑之中的第一闪念来决定了。有时是吊死、淹死、刺刀捅死，让狼狗咬死；更多的时候是烧死。听一个中国人在烈焰中惨叫，于他是一种快乐的享受。

村人们一阵骚动后，本能地向前迈出脚步；大家也只有以那么一种集体的下意识来无声地表达抗议；但几把刺刀的刀尖，几乎就要触到前排人的胸膛了，人们只得站住，都束手无策地眼巴巴地望着韩柱儿……

韩柱儿明白自己死到临头了。横也是死，竖也是死，怕死也没用了，哀求更没用了。小伙子便不怕死了，干脆破口大骂起来。藤野听出韩柱儿是在骂他，但不能句句听得明白。那些个日本兵也明知韩柱儿是在骂他们，却一句也听不明白。

那时的韩柱儿，一心只想在乡亲们面前死得有种，死得壮烈。

几名日兵呀呀怪叫着，一个个平端步枪冲向韩柱儿，想要一齐捅死他。

藤野大声制止住了他那几名擅自行动的部下。如果还没点火韩柱儿就被捅死了，那“烧死他”的命令不就等于没下达一样了吗？

他可不允许事情的结果变成那样。

他戴雪白手套的左手伸入耳朵似的裤兜，从容地掏出打火机递给离他最近的一名日兵，仿佛一个吸烟的人将打火机递给另一个吸烟的人，仿佛后者也只不过是为了吸烟才需要一下打火机，而根本不是要用了去点火活活烧死一个人。藤野是吸烟的，不论到哪儿，兜里永远揣着烟和打火机。但在“工作”的时候，却从不吸烟。即使没有比他军阶高的长官在场，自己便是最高长官的时候，也不。他认为好的军官应给士兵做榜样。尽管他只不过是军曹级的小队长，那他也自觉地按好军官的标准严格要求自己。当然的，他认为自己确实是在进行严肃的“工作”——一个中国农村里的小伙子，居然敢当众将他这位大日本帝国皇军的军官推得差点儿一屁股坐在地上，不将对方活活烧死以儆效尤，行吗？！而更主要的是，活活烧死一个中国人，其他看着的中国人就会感到恐惧，再问他们什么，他们就不敢撒谎，就会乖乖地如实回答。那么，也许大米就有了，白面就有了，鸡鸭以及鸡蛋、鸭蛋和猪肉，也许就统统都有了！

这是多么意义重大的工作！

为了达到目的，烧死一个中国人还不行的话，他打算接着烧死第二个、第三个，直到目的达到为止！

他紧绷着的脸腮于是反而松弛了。

他甚至微笑了一下，朝接过打火机的日兵挥了一下手，示意对方快去执行命令。他扫视着一村子中国农民，在他们面前缓缓地踱来踱去，以一种异常平静的表情，证明着他对他们的无声抗议的宽容。

韩柱儿还在骂不绝口。

而那名接了打火机的日兵，一边向韩柱儿走去，一边按了一下打火机——打火机的火苗挺长，足以保证他很容易地就将高粱秆点着。何况，连日艳阳高照，高粱秆被晒得极干，必会沾火就着。

那日兵也笑了一下，他希望能将小队长的命令执行得非常利索，确信自己能如愿以偿。

就在此时，村人中有谁大声说了一句日语。那句日语翻译成中国话的意思，不是断喝式的、正义凛然的“住手”——而是乞怜式的、发着颤音的“不要”。

首先倍感诧异且惊愕的是村人们。他们太奇怪了——怎么会有一句日语发自他们之间呢？在这个村里，没有谁会说日本话啊！他们从没听到过任何一个自己人说过任何一句日本话啊！尽管他们不明白那是一句什么意思的日本话，但分明是一句日本话，这一点他们是听得出来的。也分明是从某个自己人口中说出的，这一点也完全没有疑问。于是前排的人不禁都回头看；左边的人不禁都往右边看；右边的人不禁都往左边看，都如此这般地一看，目光就集中在一个三十多岁的男人身上了。大家都看出来了，刚才那句日本话肯定是从他口中说出的。为了保护妇女们，在藤野训话之前，男人们有意将些不至于引起日兵淫念的中老年妇女们围在中央（年轻妇女们都躲到各处安全的地方去了），而那个三十多岁的男人，站在妇女们之间。这乃因为，他的身板看去很单薄，样子很斯文，头发也没剪短，还戴眼镜，一看就是读书人。而日兵们，对读书人是反应很敏感的。他们对三类中国人一向绝不轻易放过：一是抗日军人，二是年轻妇女，三便是读书人。凡抗日之中国军人，他们必定是要杀掉的；凡年轻的中国妇女，他们必定是要强奸的；凡中国之读书人，他们必定是要怀疑的——倘若还没被他们收买过去，思想上十有八九是抗日的。那么也当在消灭之列。村里的男人中没有便装军人，除了韩柱儿等少数几个后生，其余皆五十岁左右的男人和那些个老汉，没有军人们连日兵也是看得出来的。被他们围在中央的妇女们，日兵们也显然不感兴趣。那个一看就知道是个读书人的三十多岁的男人，反倒成了别的男人们要像保护妇女一样本能地、不约而同地要加以保护的人。所以呢，在将妇女们围在中央的同时，也有意将他围在了中央。因为都知道，他没被日本人所收买，以后也不会被日本人所收买。不但男人们对他怀有一种保护心理，连女人们也是的。这个村里还有二十几个孩子，他教她们的孩子识字读书，教她们的孩子懂做好人的道理。她们当然都希望自己的孩子将来是一个好人，并且自己平时也进行教诲的。但穷苦还丝毫没有安全感的日子，每将她们的教诲心情扫荡得一干二净。然而站在她们之中的这个男人却很有些方法，他的教诲，孩子们不仅仅是听的，也都特别喜欢他。在那么兵荒马乱、鸡飞狗跳的年月，他真的可以说是本村的孩子王。孩子们整天形影不离地黏着他，做父母的，尤其母亲们就会觉得自己的孩子比较安全，少操许多心。他还常对大人们说，小日本在中国的气数总归是长不了的，中国人的苦难就快熬出头了。他是个有文化的人，不但读过古今中外很多书，还留过洋。故他的话，村人们是很信的。他的话使大家从苦难中看到了确切的希望。所以呢，女人们觉得，保护他也就是保护那希望，保护自己的盼头，保护孩子们的将来。她们尽量用身体组成人墙，将他挡在后边。作为一个男人，他并不愿在那么一种情况之下既被别的男人们掩护，也被些中老年妇女们所掩护；实际上他几次想要挤到前边去站在第一排，但那些妇女们一个紧挨一个组成了第二道人墙，使他没有能按想法做到……

此刻，他口中说出的一句日本话，使他自行暴露了，两道人墙也掩护不了他了。

那句日本话也使藤野大为诧异和惊愕。拿着打火机走向韩柱儿的日兵停止了脚步，扭回头望向中国农民们，同样一脸的诧异和惊愕。每一个日本兵都听到了那句日本话，没有不诧异和惊愕的。

藤野威武地分腿站立，右手仍按刀柄。他摆了一下左手，几名日兵冲到中国农民们跟前，用刺刀分开了人墙。于是三十多岁的、一看就是读书人的那个人，坦然地离开了人群，在左右两列刺刀的逼对之下，镇定地向藤野走去。但他并没径直走到藤野对面，在距藤野五六步远的地方，他站住了，望着藤野，又说了几句日本话，翻译成中国话的意思那就是：尊敬的太君，请您息怒，千万不要和一个生性莽撞的中国小伙子一般见识。他还未满十八岁，是个未成年人。您的怒火，很可能对你们天皇陛下实现东亚共荣的远大目标是一种危害。

不但藤野，每一个日兵又都清清楚楚地听到了他的话。一个中国农村里的人，居然能说那么流利的日语，这使他们极为困惑，一时间你看我，我看他。

本村的人们也都极为困惑。此前，他们谁都根本不知道孩子王会说日本话。而且他能将日本话说得那么悦耳、好听！像一位修行高深的出家人，在用润美的嗓音低声诵念经文，听来具有磁力性，具有催眠力，简直会使人产生一种享受般的感觉！对于这个村的人，日本话听到得太多了。可那是种什么样的日本话啊，像凶狗叫，像狮吼狼嚎，那种日本话是不配当成人话来听的啊，难听死了！

他们不但也都极为困惑，还都一时暗暗地自豪起来——小日本，听我们一个中国人是怎么说日本话的！羞死你们些个畜生！这时候，他们的自豪多于他们的困惑。

藤野左手叉腰，右手呢，总算是离开了刀柄。他将离开了刀柄的右手举起，却并没举得太高，只不过举到指尖齐眼那么高，手心向面，朝那将日本话说得又流利又好听的中国人勾动雪白的食指。

将日本话说得又流利又好听的那一个中国人，就又缓缓向他走去，但仅仅向他走了三步，在距他两步远的地方，又站住了。并且，低下了头，垂臂肃立。

藤野绕着这个令他诧异且惊愕的中国人走。绕一圈，又绕一圈，走到第二圈半时，在此中国人跟前站住了，仍威武地叉着双腿，上下打量眼面前的中国人。此中国人身材不高不矮，大约一米七六。他穿白色无袖的旧东洋布褂子，领口、肩部、肘部、前襟底边都打了补丁。补丁却除了白布，还有黑布和蓝布的；这使他那褂子挺惹眼。用现今的说法就是挺吸引眼球。甚至也可以说，显得挺酷、挺另类、挺潮，而一列盘花扣襻，却完整无损，每一组都扣着。所谓东洋布，是指在日本国内纺织出厂，运到中国来卖的一种布。当然，棉花却可能是从中国运到日本的。日本的纺织技术当然高于中国，故那种东洋布质地紧密，结实、耐磨。

并且价格也不明显地贵于国产布料。尽管如此，爱国心强烈的中国人，那也还是宁肯买中国布料做衣服，而绝不问津东洋布的。他的黑布裤子同样是东洋布做的，像背后那些男人一样，裤腿卷至膝盖以下。唯有他脚上的鞋，是一双不折不扣的中国鞋，叫作“踢死牛”的那一种布鞋。虽说是布鞋，底儿很厚，是由几十层袼褙砸在一起做成的。每增加一层，便用麻线纳一遍。“千层百纳”，指的正是这种鞋底儿。鞋的前端，也纳着很厚的一层里子，故很硬。除非是铁脚趾，否则前端不太会被脚趾顶破的。穿破那样的一双鞋，往往指的是鞋帮穿破了。至于底子，只会薄，不会破。对于过日子仔细的中国人，磨薄了的那样的鞋底，往往舍不得扔。上下再纳几层袼褙，做副新鞋帮缝上，又是一双耐穿的“踢死牛”了。他穿的那双布鞋的鞋底，便经过一番变旧为新之加工。但藤野当然是看不出来的。藤野只看出了他的褂子裤子是东洋布做的。不消说，也看出了眼前这个中国人，是一个文化人。尽管他的两条瘦胳膊晒得和背后那些中国农民一样黑，同样瘦的腿杆还呈现出一点儿可怜的肌肉。

“你的，什么人的干活？！”

自以为中国话说得不错的藤野，成心用中国话问眼面前这个将日本话说得极好听的中国文化人。但藤野就是藤野，自从他穿上那一身皇军的军装来到中国以后，想要将他的国语说得好听点儿都不知道该怎么说了。从早到晚，他差不多总是在喝吼着喊叫着说日本话。他的上级，基本上也是那么样在跟他说日本话。确确实实的，他已经很久没听到另一种日本话了；即那种语音连贯，仿佛每一个句子必须一气呵成地来说才有日本话的绵劲糯劲儿；而且只要心平气和地说，真的挺好听的日本话。他不愿陷入惭愧境地，所以成心说中国话。但他的中国话说得根本不像他自以为的那么好。恰恰相反，如同一个结巴竭力要将话说得不结巴，每一个字听来都很生硬、别扭，总之难听。

有文化的那三十多岁的中国人，一直低着头垂臂肃立。虽然藤野是在用中国话问他，他却还是用日本话回答。他的回答还不是一两句，起码回答了四五句。也还是将日本话说得极好听；甚至，更好听了。

他背后的乡亲们听呆了，虽然听不懂。

那些个日兵也听呆了。他们已用刺刀围成了一个半圆，每一把刺刀的刀尖都对向着他。他说时，他们的刺刀的刀尖逐渐下垂，有的刺刀的刀尖已快接触到地面了。连他背后的乡亲们都看出来了，那些日兵，他们不但听呆了，脸上还都呈现出微妙的、难以掩饰的表情变化。有那么点儿欣赏，有那么点儿佩服，还有那么点儿刮目相看。所有那一点点儿，全是由凶相的后边渗出来的，如同盖住蒸屉的屉布底下上升着蒸气。

藤野所会的中国话，在听了他说的那几句日本话后，显然不足以继续发问了。他又不愿不许近在咫尺的这个中国人说日本话而必须说中国话，那样的恼火太损失面子了。何况，即使对于他，眼前这个中国人口中说出的极好听的日本话，竟然也使他听来倍觉亲切，还勾起了他的乡思。

于是呢，他也只得说起日本话来。

就这么着，一名叉腿而立，右手扶在刀柄上，姿态威武，一脸霸道，随时会恼羞成怒进而杀人不眨眼的下级日本军官，与一个三十多岁、戴眼镜、穿无袖褂子，生死完全由对方来决定的中国文化人之间，你有来言我有去语你问我答有问必答地用日语对起话来。

那不知为什么会生活在农村的中国文化人还低着头，还垂臂肃立着，一口流利的日本话还是说得那么好听。

他俩就那么你一句我一句地说了半天。

些个日兵听得松懈了，有的索性将枪背在肩上了。

马车上的那头小猪也不叫唤了。

乡亲中有两个大胆的男人将韩大娘扶起，搀回到自己人中去了。藤野瞪视着那一过程，居然也没大发淫威。

不知藤野后来说了句什么话，“眼镜”低着头，缓缓将一条腿跪下了。日兵们都笑了。有几个指着“眼镜”，边笑边哇啦哇啦地说什么。

藤野用带鞘的战刀挑着“眼镜”的下巴，将他的头挑了起来，使二人的目光可以对视着，并又说了句什么，声音不是很大，但语调特别严厉。

于是“眼镜”的另一条腿也跪下了，但他的下巴还被藤野的战刀挑着，二人的目光也就还注视着。藤野的左手伸入裤兜，掏出了和他的手套一样白的手绢，拎着一角，使手绢垂在“眼镜”面前。

“眼镜”他抬起右手，接过了手绢。这时，藤野的战刀才离开了他的下巴，而与此同时，藤野的右靴，踏在了“眼镜”的左肩上。

“眼镜”呢，就开始用手绢擦起藤野的右靴来。

日兵们兴高采烈，围绕着“眼镜”和藤野手舞足蹈，大声唱起了一首日本的什么歌。

藤野笑了。

望着那一过程的乡亲们，又都纷纷垂下了头。他们心里产生过的那一种脆弱的自豪此刻是荡然无存了，都更加感到集体的屈辱，更加难受了。

那韩柱儿这会儿又大骂起来。骂的不是日本人，而是“眼镜”。大概他认为，对于狗娘养的鬼子，骂不骂无所谓了。骂他们，他们是畜生；不骂他们，他们也还是畜生，根本不是人，绝不会因为一被骂，就由畜生变成人了。那还值得一骂吗？骂得有什么劲儿呢？那农村青年头脑中的这一种想法，基本上也是乡亲们头脑中的想法。那是现实使他们学习到的一种明智，或曰一种生存法则。所以他不骂日本人，单骂“眼镜”。论起来，他虽已不是孩子了，不是“眼镜”的正式学生，但得闲之时，也喜欢去听听“眼镜”给孩子们上课，也间接地识了一些字，也一向恭恭敬敬地叫“眼镜”老师的。

那一时刻老师在他心目中的可敬形象轰然倒塌。几分钟之前也就是老师没跪下之前，那形象还没怎么受到影响，当然，在他看来也不算是高大。低着头，垂着胳膊，对一个凶暴的日军小队长和和气气轻声曼语地说着些日本话，那样子与汉奸有多大区别呢？怎么能算高大呢？

但他怎么也没料到老师会跪下，而且是双膝跪下！不跪下又怎么样呢？最大了不起不就是一死吗？就那么怕死呀？

所以他骂的尽是些贪生怕死、孬种、没骨气，给全村人丢脸，也给全中国人丢脸之类的话；那生性刚烈的青年觉得只破口大骂是不足以解恨的，若非被捆在了树上，那他肯定会冲将过去，狠踢被他骂的人几脚。

但“眼镜”那时仿佛聋了，仿佛听不到世界上的任何声音了，也仿佛觉得自己真就是一个擦鞋人；他专心致志地擦那只踏在自己肩上的靴子，如同那一向是他赖以为生的事。

藤野被韩柱儿骂得顿时恼火起来。他听不懂韩柱儿在骂什么，却听得出是在骂。并且自信他的判断是正确的——不是在骂他，只不过是在骂跪在自己跟前的这个中国人。

那也令他恼火。

他一摆手，又吼了一句日本话，于是一名日兵朝韩柱儿走过去，到了大树那儿，朝韩柱儿头上捣了一枪托；韩柱儿头一歪，昏过去了。

乡亲们之间，韩大娘也又昏过去，瘫倒于地。

晒场上于是一片寂静。

幸而藤野并没做出韩柱儿是在骂他的判断，并且对自己的判断又是那么自信——否则，韩柱儿还将被活活烧死无疑，绝不会头上仅仅挨了一枪托。

真是老天保佑，也算是韩柱儿命大。

“眼镜”就那么跪着擦完了藤野的右靴。实事求是地说，他将藤野的右靴擦得很干净，擦得皮光锃亮，连藤野自己都觉得满意。他右靴落地，紧接着将左靴踏在了“眼镜”肩上。

这时，“眼镜”又开口说了几句日语。声音很小，乡亲们是都根本听不到的。连四周得意忘形着的日兵们，也是都根本听不到的。但他又说得非常清楚，显然是只想说给藤野一个人听的。尽管他双膝跪着，那几句日语却说得不卑不亢，语调既温良又庄重，一如他之前所说那些日本话的语调一样。藤野清清楚楚地听到了他说的日本话，也感觉到了他是只说给自己一个人听的。他扭头看看周围的部下，看出了他们谁都没听到。这使他内心里暗自钦佩，钦佩眼前这个双膝跪着的中国文化人，居然能将音量控制得那么好。

他收回目光，定定地瞪着眼前这个令他感到不可思议的中国人。

而“眼镜”，说完那几句日本话，接着仔仔细细擦藤野的左靴。

藤野忽然做出了一个举动，一个令日兵们，也令在那会儿抬起了一下头的中国农民们农妇们倍感意外的举动——他略微弯下腰，一把从“眼镜”手中掠去了手绢，竟自己擦起那只踏在“眼镜”右肩的靴子来。

而“眼镜”，仍一动不动跪着，只不过上身比刚才直挺了。

藤野擦完自己的左靴，将手绢扔在地上。他的左靴刚一落地，旋即来了一个军人标准的立正，向后转，同时大声喊出了一道命令。

日兵们顿时一个个抖擞精神，迅速站成两列。

“眼镜”，还一动不动地跪着。

藤野一摆手，又说起中国话来。

说的是——“开路！”

他终于说出了一句使乡亲们听来说得不太难听的中国话，一说完，率先大步便走。

日兵们就都跟着走。有一名日兵，从乡亲们之间扯出了一个男人——中国的马不听日本话吆喝，得有个中国人为他们赶马车。

藤野大步朝前走了几步，忽然想到了什么，站住，缓缓转身，朝“眼镜”一指还是用中国话大声说了句：“带走他！”

于是另一名日兵跑回到“眼镜”跟前；不待那名日兵跑到跟前，“眼镜”已站了起来。

乡亲们看得分明，他长长地吁了一大口气。他首先扭头将目光望向大树那儿——韩柱儿仍昏着；接着他将目光望向了乡亲们，大家又看得分明，他脸上有种诀别似的、特眷恋的表情。

乡亲们都猜测得到，一个中国人如果被带往全是日本兵驻守的炮楼里去，他不是汉奸的话，那么总是凶多吉少的。通常情况下，不死也往往会被扒下三层皮。

可他怎么会是汉奸呢？

于是有女人低声哭了。

肯定是由于他的双腿跪麻了，看去有些迈不开步子。那日兵嫌他走得慢，用枪托在他后腰捣了一下。他受那一击，趔趄数步，几乎扑倒。

他站稳了的同时，目光再次望向乡亲们，无奈地苦笑了一下。

斯时，浴过血似的夕阳，已快吻着华北大平原的地平线了……

★ 第二章 ★

韩王村是华北平原这一地区不大不小的一个村。从前有二百几十户人家，由于多年战乱，到 1944 年只剩一百几十户了。直奉两系军阀大动干戈时，村里的宅屋被炮火摧毁了一些。日军侵占华北过程中，又被摧毁了一些。韩王村离一座小县城很近，才七八里路。那县城也只不过万余人口，但一有战事发生，却是兵家必夺之地。离那县城很近的韩王村，太平年月是沾了近的光的，而到了天下大不太平的年月，竟由近而经常遭殃了。县城被直系军阀的部队占领过，也被奉系军阀的部队占领过；某一时期曾由“国军”驻守，而现在有日军的一个团安营扎寨。部队是少不了给养的，给养一旦不足，便只得到附近的村去搜寻。每到那时，韩王村就成了重灾村。军阀的部队也罢，“国军”的部队也罢，终究都是中国人，一般情况之下是要东西。没得给，自然也恼火，也怀疑明明有而偏不给，于是挨家挨户翻个乱七八糟。被翻到了点儿东西的人家如果还扯着拽着硬不让带出门去，难免也骂也打，却并不烧房子，也不杀人。

除那虽穿军装骨子里仍匪气成性的，大抵不至于强奸妇女。他们的行动，一般是冲着东西。但日本兵可不是那样，他们一旦恼火了，既放火烧房子，还杀人泄气。而他们看着中国人，往往是会恼火起来的。所以韩王村一半左右的人家，都先后逃往离县城远的地方去了。有亲的投亲，无亲的靠友。那年月中国人虽苦难深重，在民间重情义的传统观念却仍根深蒂固，只要算得上是友，靠一靠大抵是不会被拒绝的。

韩王村像华北平原上千千万万个村子一样，年轻人的身影已少见了。大抵都参军去了。有的参加了“国军”，有的参加了八路军或敌后武工队。那些年轻人较一致的思想，也大抵是为了抗日救国。尤其那些亲人被日本兵杀害了的青年，参军参得义无反顾。找到了八路军或敌后武工队的，便成了共产党领导下的人。找不到而报仇雪恨之心又特急迫的，恰逢“国军”在招兵的话，便会不管三七二十一地先穿上军装扛上枪再说。也有被迫穿上军装扛上枪的，被“国军”抓走的青年们就是那样。故他们虽成了“国军”的一名，内心里对“国军”是积下了怨恨的。

青年的身影既少，华北平原千千万万个农村里，能看到的差不多就尽是中老年男人、妇女和孩子了。从前的中国人尤其农村人太容易老，即使年纪未老看去也显老。四十多岁五十多岁，样子往往和老汉似的了。十几年不曾间断的战乱年代，越来越穷困悲苦、日夜不安的生活，使那一代中国农民老得更快了。

然而韩王村在华北平原的那一地区又是一个可敬的村子。一个村子可敬，当然也就意味着一个村子里的人可敬。是的，在方圆几十里的百十来个农村的农民们心目中，韩王村是榜样。

韩王村是首先不种麦子改种高粱的村子。

其他村明白了韩王村为什么那样，便也都种高粱了。

韩王村也是第一个灭狗的村子。

狗与中国农民们的关系比与城里人的关系亲密多了，历史也古远多了。在华北平原的农村里，狗往往被许多人家视为不会说话的一口“人”。狗虽起不到什么实际的效劳作用，但却是家家户户孩子们忠心的朋友。这一点其他三牲六畜起不到的作用，使华北平原的农民们对狗相当有感情。通常，人有一顿吃的，狗便也有一份。杀狗烹肉之事，肯定是罪过的。

但从某一天起，韩王村里一条狗也没有了，皆被爱它们的主人一咬牙一狠心结果了性命。

其他村明白了韩王村为什么那样，也都先后将狗消灭了。

于是一年四季，每至天黑，华北平原的那一地区静得出奇。

敌后武工队的队员们趁夜出没于各个村进行抗日活动，也就绝不会因为狗吠而引起炮楼里的日伪军们注意了。这对农民们其实也是有好处的。因为武工队往往在夜间活动，以前摸进哪一个村，那村里必会有狗叫起来。一条叫，全都叫，结果叫成一片。这个村里的狗叫声一片，周边村里的狗听到，也会紧接着叫成一片。那么，第二天上午，日军肯定纠合了伪军，离开炮楼，去到传出第一阵狗叫声的村里，将村人们集中起来，严加逼问甚至拷问，问昨晚是不是有武工队进村了。即使真有武工队进村了，那乡亲们也不能说啊。说了还算是个有点儿起码的中国人味儿的中国人吗？可即使明明没有武工队进村，日伪军们也是绝不会信的。他们不信到了夜晚，狗有时候也会一惊一乍地叫成一片的。要说服他们信，太费口舌了。如果被纠合的伪军们非是死心塌地的伪军，局面还好收场点儿。非是死心塌地的伪军，会夹言溜缝地相帮着劝，比如会说中国农村的柴狗和大日本皇军从日本带到中国来的纯种高贵的狼狗是多么多么不同，中国农村的柴狗们闷得慌了，喜欢瞎咋呼，凑热闹地乱叫一阵之类的话。而倘若被纠合的是死心塌地的伪军，那么情况就反过来了，对乡亲们极为不利了。伪军们首先就不信狗们会无缘无故地叫成一片，他们会影响日本官兵，使他们更加不信。死心塌地的伪军们虽也是中国人，却极怕中国的武装抵抗力量在抗日战争中最终胜利。他们深知那么一天如果到来，他们是绝没有好下场的。所以他们的立场完全地站在日本人一边。正如民间话所说的——他们和日军，是一条绳上拴的两只蚂蚱，生死与共了。炮楼里的伪军，有不那么死心塌地的，也有死心塌地的。那些炮楼的布局基本是——一个中心炮楼里驻守着一小队日军，周边几个炮楼由伪军驻守。在他们一年到头对农村的不断骚扰中，纠合的是死心塌地的伪军的时候并不在少数。像今天这样日军单独行动的情况倒是不怎么经常。不论哪一种情况，逼问拷问之后，进行全村大搜查是必定的。倘没搜查出日伪军们认为武工队必定趁夜来过的证物，那乡亲们还算能避过一劫去。但如果武工队真的来过，并且很不幸真的被搜查出了什么证据，那么不得了，必将有乡亲付出性命……

自然，将狗们都自行地消灭了，对狗们是太可悲了。

但乡亲们又不得不那么做，权当中国的狗是为中国人的抗日捐躯了。

在华北平原的这一个地区，每至天黑，那一种寂静无声令炮楼里的日伪军惊恐不安，虽然再也听不到狗叫声了，听不到却比能听到还令他们悚然。一点点儿野外的响动，都会使他们的神经极度紧张，不是虚张声势地发出吼喝，便是乱放一阵枪，以壮其胆。

而事实上，在整个华北平原上，抗日活动，也几乎只有中国共产党领导之下的敌后武工队在坚持着了……

日兵们从晒场上撤离之后，韩王村的乡亲们从大树上解救下韩柱儿，有的背着那昏迷不醒的小伙子，有的搀扶着韩大娘，先将他们祖孙二人送回了家。人们也没转身而去，有那懂些土法子的，负责将韩柱儿弄醒了——无非就是喷凉水、捏耳垂儿、掐人中、揉太阳穴之类的做法。等韩柱儿终于睁开了双眼，看着奶奶流下泪来叫了一声“奶奶”，众人这才纷纷放心离去。他们都惦着女儿、儿媳呢。村里虽然几乎不见了青壮年男人的身影，但年轻女人们却还为数不少。她们是那些不知人在何方的青壮年男子们的妻或妹，是最容易受到日伪军伤害的弱势群体。她们受到危害的概率远远大于孩子们，所以是男人们的重点保护对象。而保护的方法，就是在日伪军进村之前，快速地帮她们隐藏起来。帮她们隐藏在院子里、屋子里的地窖中早已没什么意义了，那是很容易被发现的。在田地里，乡亲们挖了些可以互相串通的藏身洞。那些藏身洞有多处出口，有的出口就在村子里，各家都做了各自不同的伪装和标识。女人们已在藏身洞里猫了整整一个下午了，和她们在一起的还有孩子们，男人们想象得到她们是多么为自己担惊受怕，都急着去向她们报平安，把她们和孩子们接出洞来……

天黑了。有几个男人又聚集在韩大娘家，都是能对全村之事出主意想办法的男人。一则他们还要看看韩柱儿怎么样了，二则要讨论一下如何将“眼镜”王文琪从炮楼里营救回村。

韩柱儿基本已经没事儿了，坐卧炕上，他奶奶正往他口中塞一个剥了皮的鸡蛋，而小伙子左扭头右扭头躲闪着不想吃。韩大娘家不但偷偷养了那小猪，还养了只母鸡。其实养母鸡的人家不少，日伪军一要来了，年轻的女人们就抱着母鸡往藏身洞跑。韩大娘一个老女人是不必躲的，她家的母鸡由别人家的女人抱走。

来到韩大娘家的男人中，有一个是村长韩成贵，与韩大娘家沾亲。

村长是区武工队罗队长当众封他的，他的真实身份是中共地下党员，任务是收集民间情报，对有汉奸行为的人予以监视；同时尽可能地保护乡亲们的生命不受危害，在必要时出头露面替全村人与日伪军周旋。对于日伪军，他是保长。韩王村没有一个有汉奸行为的人，韩成贵的任务主要是第二方面。

他对韩柱儿说：“怎么那么不懂事？你奶奶多心疼你体会不到？乖乖把鸡蛋吃了！”

韩柱儿这才张大嘴，咬了半个鸡蛋，之后接过了奶奶手中剩下的半个。日兵那一枪托捣得不轻，小伙子左边耳上方肿得明显。

韩大娘转身埋怨起韩成贵来。她说：“成贵，晒场上的事我对你有看法。柱儿就要被活活烧死了，你当村长的怎么连个屁都不敢放？”

韩大娘这么一说，除了韩成贵，另外几个男人全都低下了头，觉得那话也是说给他们听的。藤野的凶残冷酷在这一地区是出了名的，胆小的农民被他看一眼腿弯就不由自主地打战。他们也都是凡人，内心里也都深惧藤野。当时他们都有点儿吓蒙了，都不知该怎么办才好了。韩大娘一数落韩成贵，他们心里都惭愧了。

韩成贵的样子却并不怎么惭愧。

他顶了韩大娘一句：“怎么不怨你自己？为什么不把小猪藏好？小猪要是不突然跑到晒场上，后来的事那能发生吗？”

他的话虽然说得很平和，但谁都听得出来，那也是顶。

韩大娘怔了怔，又小声嘟囔：“俺柱儿明明把它藏了起来……”

韩成贵就扭头瞪视韩柱儿，意思是你小子怎么藏的?!

韩柱儿咽下口鸡蛋，说他没想到小猪居然能将藏它那地方的盖子给拱开……

韩成贵板着脸问："为什么不压块石头？"

韩柱儿说："压了。"

韩成贵又问："压了？压了还被拱开了，那就证明压的石头小！为什么不压块大的？"

韩柱儿低下头不说话了。

"为什么不用绳拴上？"

韩成贵的话问得严厉了，韩柱儿抬起头张一下嘴，把到唇边的一句什么话咽下去了。

"你小子想说什么？"

韩成贵的双手叉在腰里了。看样子，如果韩柱儿再说出句他不爱听的话，他会一巴掌扇过去。亲戚辈分上论，五十多岁的韩成贵是韩柱儿的舅爷，扇了那还不是白扇？

韩柱儿就又低下头不说话了。

坐在炕沿一边的韩大娘抹起泪来。

有个男人小声阻止道："成贵，别说那些多余的话了。说那些有什么用呢？"

韩成贵一转身大声反驳："不多余！有用！有的话非说不可！咱们中国，大半个国家都快被日本占领了，而且他们还在继续占领！这种局面下，一头小猪崽子有什么重要的？重要的是咱们中国人的人命！被杀了那么多了，让咱们活着的人深更半夜睡不着觉，有人味儿的中国人直想号啕大哭！可哭有什么用？咱们是农民，不守着土地守着破破烂烂的家园种地那不行！那咱们的武工队也吃不上粮食了！所以，能多保住一条命比保住鸡啊猪啊粮食啊重要得多！"

又有个男人扯了他一下，低声相劝："成贵，有些话以后再说不迟，怎么营救王文琪才是首要的事。”

韩成贵激动地说：“让我说完我这会儿想说的话！”——跨到韩大娘跟前继续说：“老姐，你刚才埋怨我，可我还要埋怨你呢！如果你不为了那头小猪挤到藤野跟前去招惹他，后边的事会发生吗？”

韩大娘心里还是生气地说：“那你也不能眼望着柱儿要被活活烧死了连个屁都不敢放！你可是柱儿他五服内的舅爷！”

韩成贵也生气了，脸涨得通红，挥舞着一只手臂大声嚷嚷：“说来说去，怎么还是你老姐有理？你倒在地上那时，我正想上前阻止藤野伤害于你，不承想你那宝贝孙子噌地蹿到藤野跟前了！更不承想他敢把藤野推得差点儿一屁股坐在地上！你孙子被捆在树上以后，我正火急火燎地寻思着怎么才能万无一失地救下他的命，王文琪不是抢先了嘛！”

其他男人皆点头，表示他说的是事实，也完全相信当时他内心里的想法。

韩大娘却抬起头，噙泪的眼只看定他一个人，一字一句不依不饶地质问：“如果‘眼镜’没出头，你打算怎么出头？”

韩成贵说：“老姐，你这话听来像是审我。你是我老姐，有资格审我。既然你当众审了，那我不得不回答了。回答了，也等于你老姐给了我个机会，容我也把窝在心里的话当众说开了。如果王文琪没出头，那我绝不会做孬种！我会站出来说话的！”

韩大娘追问：“说什么？”

韩成贵说：“藤野他是个恶魔，我当然不能说半句冲撞他的话。那不是火上浇油也成心找死吗？咱们全村人的死活还不全凭他一句话？我得对大家的性命负责，所以那也得可怜兮兮地求他饶了柱儿。如果他喝我跪下，我也得乖乖跪下，不跪行吗？如果他让我替他擦靴子，那我也得乖乖地替他擦靴子。如果我都那样了他还不饶柱儿，那我只得说，我愿用我的命换柱儿的命，烧死我吧！”

他说得悲壮，一时眼泪汪汪的了。

韩大娘说：“行了。你的话解开我心里的疙瘩了，我信，成贵，你心里以后也不许存什么疙瘩，啊。”

韩成贵刚点一下头，韩柱儿却大声道：“我宁肯被活活烧死，也不愿被人像王文琪那么下贱地救了条命！我心里还存着疙瘩解不开呢！哪天把小日本从咱们中国的地面上彻底赶跑，咱中国人说起抗日时期的事，有无数不怕死的是英雄的中国人，值得称颂，我听着脸往哪儿搁？还不如干脆被烧死算了！”

韩成贵指着他大吼：“我揍你！捡了一条命不知庆幸，这会儿还说不识好歹的话！想当英雄，那也得看当得值不值！”

韩柱儿据理力争地说：“怎么叫值？怎么又叫不值？给中国人做出个不怕死的榜样，我认为就值！”

韩大娘也指着孙子教训：“你被活活烧死了，那奶奶还活得成吗？你老老实实闭上嘴，不许再说话！还说些浑话，别怪我真叫你舅爷揍你！”

其他男人们也都批评韩柱儿的话不在理。也都认为他没被活活烧死确实是万幸，是万幸那首先就应该谢天谢地。

韩大娘不坐着了，站起来，迈着双小脚缓缓走到孙子那儿，向孙子俯身又说：“柱儿，你看着我。”

韩柱儿有些不情愿，别别扭扭的，最终还是不得不看着他奶奶了。

韩大娘语重心长地说：“你给我牢记住，你的命是王文琪救下来的。只谢天谢地不行，他是你的救命恩人，所以也是咱们韩家的大恩人！他救了你的命那也等于救了奶奶的命，如果他大难不死，以后你一定要替咱们报答于他！就这话，现在我要你当着叔叔大爷们的面，发誓你牢记住了！”

韩大娘的话说得动容，几个大男人也都听得动容，一个个点头不止。

韩柱儿虽然嘴上尽说些刚烈的话，但内心里毕竟明白，如果不是王文琪以那么一种屈辱的方式相救，自己这会儿已变炭了，哪儿还能说下贱不下贱、英雄不英雄的话呢？但当着外人的面，发誓的话却怎么也说不出口。韩大娘觉得失面子，又急又气，拧孙子耳朵，还要咬孙子胳膊。

倒是韩成贵这舅老爷替韩柱儿垫了个台阶，他说：“算啦算啦，发誓嘛就没必要非强迫他了。但是柱儿，‘记住了’三个字你要是也不肯说的话，那我们几个叔叔大爷也是不会依你的！”

那韩柱儿无奈，只得大叫一嗓子：“记住了！”

他这一嗓子将屋里喊得静了片刻。在那片刻的静中，韩大娘回头看着韩成贵问：“咱们该这么依了他吗？”

韩成贵苦笑道：“他才十七岁多一点儿，咱们眼里仍算个孩子，不依了还能怎么的？”

他的话刚说完，门外有人轻轻咳嗽了一声，于是大家都将目光望向门帘。

韩柱儿理直气壮起来，又说：“什么依不依的，不爱听！要是连罗叔叔也认为我是个孩子，我才承认我是个孩子！”

门帘一挑，进来了区武工队长罗尚毅。这罗尚毅三十六岁，山东人，两年前党派到河北这边来的。虽然只来了两年，在拥护抗日的群众中，已树立了极高的威望，成为当地抗日群众的主心骨。他的名字，对于伪军也具有非同一般的威慑力。好几次有些伪军实际上是掌握了他的行踪的，但是居然没敢向日本军方报告。毕竟，抗战已好多个年头了，更多的中国人拥护抗战的民族觉悟大大提高了，中国最终必胜的信念也更加坚定了。大多数伪军，也都想暗中掂量自己的行为。

对于这屋里的人，罗尚毅不啻是个救星。尽管他神出鬼没，一向来无影去无踪的，但哪一个村里若出了不好的情况，他总能在人们束手无策的时候悄然而至。并且，差不多又总是能使不好的情况有所改观，避免引出最悲惨的后果。

他曾说："对于咱们中国人，最悲惨的事是什么事呢？不是粮食被抢了，不是房子被烧了，甚至，也不是父老兄弟被打残了，妇女被奸淫了，而是我们中国人被残酷地弄死了！因为这样的仇恨是没法报的。鬼子弄死了我们一个同胞，一些同胞，即使我们后来也消灭了一个鬼子，一些鬼子，我们的同胞也还是不能起死回生了。所以我们武工队的任务，不止是消灭敌人，更主要的是为了保卫同胞。在现阶段，武工队要想在一个区的范围内获得抗战的全面胜利是根本不可能的。但如果靠了我们的存在，使日伪军不敢过分地气焰嚣张，不敢动不动就以惨无人道的方式杀害我们的同胞，那我们的存在就是意义重大的！"

此话，罗队长在许多场合对自己的同志们和群众说过，所以人们对他的一贯对敌斗争思想特别了解。因为他的对敌斗争思想是这样的，而且自认为是正确的，符合当时对敌斗争的策略，甚至有一次没有执行上级也就是县武工大队的战斗命令。

当时，我们的情报员获悉，由于驻扎在县城里的日军中流行开了甲肝，不久又将甲肝传染到了炮楼里的敌伪军中间，于是石家庄和保定方面的日军，向这个县的日军派出了由五名日本军医组成的医疗小组，在一个班日军的护送之下，将乘卡车到县城里来。县武工大队命令区武工分队，在半路伏击两辆日军卡车。区武工分队有三十六名队员，人数上占绝对优势，但所配基本是短枪。也有手榴弹，不多。敌人的两辆卡车上，却各配一挺轻机枪。一个班的日军人手一支的，也是德国造的冲锋枪。可以埋地雷，然而大白天公路上过往的绝不会仅仅是两辆日军卡车，还间或有各村农民所驾的马车，如果时间掌握得不够精准，误伤群众，提前暴露埋伏在所难免。又据区武工分队侦察员汇报，驻扎在县城里的日军最高长官池田大佐的妻子和九岁的儿子，也刚从日本来到中国，乘坐两辆卡车中的一辆前往县城……

罗队长最终没有执行那道战斗命令。

他因而被撤了职，受到了严厉的批判和处分，还被视为“抗日斗争意志消退”“畏敌思想显而易见”的反面典型。

他自然是不服的，据理力争，说在不能埋地雷，而战斗火力配备敌强我弱的不利情况之下，仅靠人数上的优势取胜，纵使全歼了敌人，我方的伤亡代价也必惨重。区武工分队几经损失，刚刚恢复元气不久，当继续养精蓄锐，委实冒不得险，付不起惨重代价。而最主要的是，近一年内，敌我双方处于战略对峙阶段，由于武工队的威慑实际存在，日军嚣张残暴的气焰有所收敛，群众恶劣的生存状态也稍有缓解。若因一次得不偿失的伏击使敌人受到强烈刺激，因而对人民群众大举报复，群众的命运可就惨了，必将又死人多多。果而那样，莫说仅仅三十六人的区武工分队，就是有近百名队员的县武工大队，八成也是无法拯救群众于血腥之灾的。

他的据理力争，在上级听来简直就是花言巧辩，往他们的恼火上浇油！若不是许许多多共同出生入死过的战友苦苦求情，他几乎以“狂妄自大，违抗军令”的罪名给毙了。

后来一位八路军的首长听说了他的事，派一位代表来到县里，传达指示充分肯定了他的对敌斗争思想，认为他很善于审时度势。县大队这才又恢复了他的职务。

事实证明，罗尚毅在对敌斗争中，并非只一味地养精蓄锐，按兵不动。他的仇恨之火一旦燃烧起来，那也是管叫敌人心惊胆战的。他重新担任区委书记和区武工队长之后不久，中秋节那一天，有座炮楼里的日伪军集体喝醉了，将附近一个村的三名妇女抓到炮楼里，不但轮奸了她们，而且残忍地杀害了她们。五六天后，两名武工队员装扮成送菜的农民混入炮楼，里应外合，使区武工队在傍晚几乎兵未血刃地拿下了那个炮楼。罗尚毅“代表中国人民”，就在炮楼里审判了那些日伪军们——凡参与暴行的，一律处以绞刑。没参与的，每人也被割去了双耳，口中一一塞了东西，结结实实地捆绑于各处。只放走了一人，是为日伪军做饭的中国农民。宣判执行完毕，却没烧炮楼，神不知鬼不觉地撤走了。第二天、第三天、第四天，炮楼仍安然无恙地耸立在原野。第五天，县城里的池田大佐的办公桌上，出现了罗尚毅亲笔写给他的一封信，毛笔字。罗尚毅虽然自幼家境贫寒，却有幸读过几年私塾，毛笔字写得不错。信的内容如下：中国共产党领导之下的抗日敌后武工队本分队，对那一座炮楼进行的当然是军事报复行动。而这一次报复行动，完全是那座炮楼里的日方士兵的暴行所引起的后果，可谓咎由自取。如果他也因而采取报复行动，那么武工队员们将使县城再无宁日，使他焦头烂额，防不胜防，也陷于咎由自取之惶恐之境。而正是为了使他在部下面前保留“最高指挥官”的颜面，所以这一封信才不以传单的形式在县城各处张贴，“希望能理解本队长的一番苦心”……

池田大佐看罢这一封信，暗吃一惊，表面上却未动声色，将信烧了。

却也不敢怠慢，急率一彪人马赶往那座炮楼。去了也晚了，该死的已死，没被处死的也差不多都快饿死了。他能做的，只不过是替几名日本“兽兵”收尸而已。不但要驻守县城，还要保卫炮楼，他手下的兵力不足，便决定将那座炮楼遗弃了之。不那么决定又能怎么办呢？那座炮楼已成日兵的死亡象征，他明白手下肯定没人情愿再去保卫它。空无一人的炮楼不久成了乌鸦栖息、鼠类繁殖、野猫野狗的藏身之处。每至黄昏，那里向四面八方传开阵阵鸦噪。而天一黑，狗猫齐叫，扰得距离最近的炮楼里的日伪军心神不安，难以入睡。一想到它，池田大佐心里就添堵，成了他的一块心病。终于有一天，他下了一道命令，派工兵将那座炮楼炸毁了。在抗战期间，在华北平原上，那是唯一一次日军自行炸毁了他们的炮楼。

晋察冀边区首长知道了这件事后，对罗尚毅进行了文件嘉奖，称赞他灵活运用了战略战术，将对敌斗争的军事打击、惩罚与心理战术结合得特别成功……

村长韩成贵向罗队长汇报了王文琪怎么怎么被鬼子带走的经过后，大家的目光就都默默望着罗队长，期待他拿出个主意。而他，接过韩成贵为他卷的一支叶子烟，深吸缓吐，陷入了沉思。

韩大娘这会儿就跟韩柱儿咬耳朵，让他懂事点儿，别在炕上半躺半卧的，出去回避一下。她虽然不是党员，但她的儿子也就是韩柱儿的父亲，是晋察冀边区某抗日纵队的团政委。罗队长每次秘密来村里了解什么情况，布置什么工作，她都是不可或缺的人物；何况今天的凶险之事，也是由于自己当时的冲动造成的，所以她认为自己当然更应该在场了。

不料孙子大声说：“我不出去！我又不是小孩子！问问我罗叔，我还算小孩子吗？难道我在敌人们面前表现的不是像大人们一样不怕死吗？”

他这么一说，众人的目光又都望向他了。

罗尚毅掐灭烟，慢条斯理地说：“柱子，你当然不算小孩子了，咱们武工队里就有一名才十九岁的队员。咱们的正规部队里，十九岁二十来岁的小战士多了去了，比你年纪还小的战士也有。某些事，你也参与着听听，不但是可以的，而且还是完全应该的。在村里你几乎是唯一的男青年，以后要起些重要的作用了，听听对你有好处，会使你在敌人面前表现得更加冷静，更加成熟。”

听了他的话，大家都点头。

韩柱儿又说：“什么叫冷静成熟我不太懂，但怎么做才算是咱们中国人的好榜样，我心里一直是明白的。我认为我今天没给咱们中国人丢脸！倒是那个王文琪，在藤野面前的表现太叫人瞧不起了，太是十足的亡国奴样了！比亡国奴还亡国奴，简直……反正从今天起，我再也不会正眼看他了！”

罗尚毅说：“如果不是他那样，你就被活活烧死了。那你奶奶这会儿还不心疼死了？也许会心疼得要了她的老命！而如果今天你和你奶奶都没了，你父亲知道了，还不难受得肝肠寸断啊？”

韩柱儿一吐为快地说：“罗叔，我也不懂什么肝肠寸断不肝肠寸断的，就算我和我奶奶白天都死了，那也都死得值！我父亲肯定会记下仇恨，指挥战士更多地消灭鬼子，血债必得血来偿，左不过就是这么回事罢了！”

韩大娘刚要训他，韩成贵听得不耐烦了，按捺不住地开口道：“柱子你给我住口！怎么你罗叔说了上句，你那下句就接得快快地？你这么学着懂事学着冷静成熟的呀？再多说我把你拖下炕踹出去！”

韩柱儿这才身子一哧溜，躺在炕上了。又一翻身，背对着大家了。

罗尚毅笑笑，未再就韩柱儿的话说什么，态度极其严肃地小声问韩成贵：“关于韩柱儿他父亲的身份，是否仍一如既往地实行着严格的保密纪律？”

韩成贵说是的，除了在这屋里的几个人，村里再无别人知道柱子他父亲是我们共产党领导之下的正规抗日军队的团政委。大家按照统一口径编了个谎言，一向都说韩柱儿他父亲到山西去当矿工，砸死在井下了。

罗尚毅点头道，严格保密是对的，也是必须的。不是不相信这个村的群众，而是不怕一万，就怕万一。万一知道的人多了，日伪军哪天又不知抽什么疯，再次到村里来逮捕中共领导之下的抗日官兵的家人亲属，那韩大娘和韩柱儿就极不安全了。牙关一咬就是同胞的生命线，这话说起来很英雄气概，听起来也感天地泣鬼神的，对于党员和我们队伍上的指战员，也是起码的要求。否则不就成叛徒了吗？但对普通百姓，这种要求太高了。谁都是血肉之躯，日本人又是那么的残忍，不能要求普通百姓也都像党员和我们队伍上的指战员们一样，有熬得住严刑拷打的坚强意志，也都是“特殊材料制成的”。如果百姓明明知道而不说，拷问他们的敌人是完全看得出来的，那点儿拷问经验他们是有的，于是他们定会以更加残忍的手段折磨百姓。而某个百姓一旦说了，则就成了告密者。一旦事实上成了告密者，那就是永远洗刷不掉的污点了。咱们中国人看重民族大义，一个人如果有了这方面的污点，往往连儿孙辈都会被打上耻辱的烙印，那对后人是多么委屈又无奈的事？所以，是秘密的事，就一定要保密在最小也最可靠的范围。在对敌斗争十分严酷的当前，有些事尽量不使普通群众也知道，正是替他们考虑，为他们负责……

罗尚毅一番话，说得大家皆点头称是。大家以充满敬意的目光望着他，被他看问题的全面性和周到性所折服。

罗尚毅问：王文琪是否知道柱子的父亲是我们部队上的团政委？

韩成贵回答不知道。

罗尚毅又问：有什么不该王文琪知道的事他其实知道了？

韩成贵想了想说没什么不该他知道的事他却知道了。说他回到村里才一年多，除了教书、看书、练书法，再就是经常主动帮这家那家干活儿。乡亲们对他印象都挺好，他也不是个喜欢打听这家那家什么事的人。

韩大娘说他父亲曾是石家庄有名的中医，他自己也懂中医，还经常替乡亲们号脉诊病开药方，也很舍得花自己的钱亲自去县城里为乡亲抓药。她觉得他是个好人。

有人说他父亲给他留下了一些古玩字画、珠宝玉器什么的，寄存在县城的一家当铺里。当铺老板是他父亲的知交，绝对信得过的人。他用钱了，就去县城里换些钱花。在这国难当头、民不聊生的年月，他倒有幸是个衣食无忧、无家一身轻的男人。

有人说没想到他日本话说得那么流利、那么好听，简直像京剧里的花旦青衣的念白，藤野和些个鬼子兵都听傻眼了……

韩成贵见大家七言八语地说时，罗尚毅听得认真，忍不住问："罗队长，你对他这个人有什么怀疑吗？"

罗尚毅说："那倒没有。你们村打从日本回来了这么一个不寻常的人，我们的情报人员不可能一点儿都没关注他。根据我们目前所掌握的情报看，他是一个爱国者。回到你们这个村里来，一是由于他家祖坟在村里，兵荒马乱的，他怕祖坟遭毁坏，要亲自守护着才放心。二也是出于一腔爱国的情怀，甚至爱国的情怀可能是更主要的回国原因。"

他说时，大家也听得极认真。如同他说的每一句话都是"最高指示"，唯恐漏听了一句似的。

韩大娘急道："既然他是个爱国者，咱们就先别说其他了呀，快商议怎么把他救出来啊！”

于是大家的目光又一齐望在罗尚毅身上了，韩成贵也又卷了一支烟递给他。他一边吸着烟，一边慢条斯理地说：“要是为了救出他，就干脆拔掉那座炮楼，分明是不实际的。不实际的行动就是冲动的、冒险的，不计后果的行动。虽然我说了他是一个爱国者，也不能为了救他，我便率领三十六名武工队员去拔炮楼。那么硬干，武工队员们的伤亡成本太大了。也许事与愿违，反而害了他的命。所以，这种救法，大家连想也不必想。就是明知日本人正在折磨他，而且几天后必定杀害他，那我也不会率领人去攻炮楼的。”

他的话说得明白而又决绝，气氛一时极其凝重。韩大娘又不禁抹起眼泪来，连韩柱儿也朝大家翻过了身。

他接着说：“刚才大家聊他时，我心里已在想究竟该怎么救他了——今晚就要动员乡亲们，把家家户户东埋西藏的好吃的东西，全部奉献出来，就集中在大娘家里吧。然后呢，我们将鬼子们爱吃的选出来，尤其要多选那个藤野爱吃的。装在两个篮子里，明天派人挑着给炮楼送去。以前咱们不是也都用这种法子往外赎人的吗？不是往往也能成功吗？要把王文琪救出来，还是得先用这个老法子。”

大家一时你看我，我看他。

韩成贵说：“藤野那厮，凶恶得很，也多疑得很。万一他又多疑起来，非但没救出王文琪，连送东西的人也被扣在了炮楼里呢？”

罗队长说：“藤野是个什么鬼东西，我也很了解。有你说的那一种可能，但可能性不是特别大。藤野固然凶恶，却又是个日本文化的狂热崇拜者。而王文琪呢，据我所知，他在东京大学里学的就是日本文化史。如果他够聪明，当能智慧地以这一点来保护自己免受或少受些皮肉之苦的。藤野固然多疑，比狐狸还多疑。但他同时也是个阅咱们中国人无数的日本人了。以他阅中国人的经验，肯定能够看出，王文琪不会是一个他们非得从肉体上加以消灭不可的中国人。而以上两点呢，是咱们以非武力的方式有几分把握将王文琪救出来的根据，大家说是不是呢？”

大家便又纷纷点头称是，都打内心里认可他的分析和判断。

韩成贵就说：“那，明天我去送吧。”

罗队长说：“我也是这么想的，别人去我还着实不放心。你进了炮楼，凭你的机智见到王文琪最好。即使见不到，那也要尽量把他的情况探听清楚，起码要知道他的死活。”

韩成贵犹豫片刻，吞吐地问：“那，要是我真回不来了呢？”声音很小，还显出有点儿不好意思问的样子。

一阵静寂。每个人都听到了他的话。

罗队长用小指挠挠额角，不以为然地说：“凭你在敌人面前一向表现出的大智大勇，还会把事办得那么糟？”

韩成贵却固执地：“我说万一。”

韩柱儿大声插了一句：“成贵叔今天表现得可既不智，也不勇。眼看我要被鬼子活活烧死了，根本就没见他那儿有什么表现。”

韩成贵扭头望他一眼，张张嘴，没说出话。

韩大娘擂了韩柱儿一拳，斥道：“大人在商议重要的事，没你小孩子插嘴的份儿！”

一人替韩成贵化解尴尬，幽幽地说：“情况发生得太突然，你成贵叔他当时是懵了。”

另一人说：“是啊是啊，谁都有一时发懵的时候，再智勇的人也有。”

罗队长从小凳上站起，双手叉腰，左右扭动着身子说：“如果藤野那厮连你也扣在炮楼里，而且居然真的打算加害于你俩……”

韩柱儿又大声接言道：“那罗叔叔肯定就率人把他的炮楼给端了！”

罗队长坐在炕沿脱起鞋来，边脱边说：“那我更不能硬干了。那藤野还不拼到底啊？那你成贵叔和王文琪还有命吗？”

事关自家性命之安危，韩成贵岂能掉以轻心？急切地追问罗队长究竟有什么打算。罗队长已仰躺下去了，往炕里挤了挤韩柱儿，胸有成竹地说，那他就要设计活捉几个鬼子，用鬼子来交换韩成贵和王文琪。韩大娘将一只枕头放在他身边，他枕了枕头，闭了双眼，说困了，得眯一会儿，之后就不再说话了。

大家一时都闷声不响地互相看着。

沉默之际，韩大娘自言自语地说：“没把握的打算，罗队长可是从不随口出言的。”

韩成贵一挥手：“那都走呗！”

于是大家都相跟着走了……

一小时后，都回来了。带回来的东西样数还真不少，有一篮子枣、一篮子花生米、一袋子小米、半袋子大米……当然，所谓袋子，并不是能装三四十斤米的米袋子，而是枕头套当成的。中国农民自有他们的智慧，谷子稻子种在高粱地之间，成熟后，偷偷收割了，偷偷碾去了壳，干脆缝在枕套里充作枕头。白天和枕头摞在一起，晚上就是枕在头下的枕头。居然还带回了半枕套面粉！面粉原是和玉米磨成的小糙掺混在一起的，小孩子或老人病了，现用细筛子筛出些，做面条或疙瘩汤。此外还有鸡蛋、咸鸭蛋、蜂蜜、各类干菜、新下来的瓜果……

罗队长已睡醒了，一手一碗白开水，一手一个窝头，在吃着。人们一一将带回的东西放他眼前，他看着，连说好东西好东西，都是好东西，直往下咽口水，很难再吃得下窝头去了。

韩大娘问："既然有鸡蛋了，我给你冲两个鸡蛋？"

罗队长见鸡蛋不多，也就十来个，摇头说大娘不麻烦你了，我吃两个更显得少了，太少了拿不出手了不是？听他那话，像是要串亲戚。韩成贵递给他一个咸鸭蛋他也没接，只打开了盛蜂蜜的小坛子的坛盖，蘸着蜂蜜将手中窝头吃光了。

韩成贵问："你觉着这些东西够不够？不够我们再去动员乡亲们捐出来点儿。"

罗队长说不用了，足够。说罢往起一站，恨恨地骂了一句"他妈的"。

大家不明白他为什么忽然恼火起来，一个个看着他发愣。

韩成贵又说："为了尽快搭救出王文琪，乡亲们藏的什么好东西都舍得给……"

罗队长更加恼火了，冲他吼："你以为我替乡亲们舍不得吗？是咱们一个同胞的命宝贵，还是这些东西宝贵，我就掂量不出轻重来吗？！"

大家见他急赤白脸的了，皆充聋作哑。

他又没好气地说："狗日的鬼子！占领咱们的国土、烧咱们的房屋、抢咱们的粮食，奸淫咱们的妇女、杀害咱们的同胞，咱们还要把这么多自己平日都舍不得吃的好东西上赶着给他们送了去，我内心里一百个不情愿！"

韩成贵说："不情愿不就是舍不得吗？刚才问你还不承认！"

罗队长争辩："不情愿是不情愿！舍不得是舍不得！"

韩成贵也犯了倔，顶撞道："问问大伙儿，有什么不一样的？再说办法是你首先提出来的。而且目前除了这一办法，也想不出更好的办法！"

罗队长瞪着他张张嘴，被噎得没说出话。

警卫员张奎胜小张忽然探入头，报告说王文琪回来了，就在屋外边，请示让不让他进来。

包括罗队长在内，都倍觉意外地愣住。

倒是韩大娘首先说："快让他进来！"

罗队长这才紧接着说："有请！有请！……"

既然队长连说有请，小张自然遵命，替王文琪挑起门帘，毕恭毕敬地往屋里边请着王文琪。

小张的毕恭毕敬，令王文琪煞是疑惑。他进了屋，韩大娘已下了炕，走到了门口。她绕着他踱了一圈，上上下下地打量他，之后攥住他双手问："鬼子们没折磨你？"

王文琪微微一笑，说自己很幸运，藤野没打他，也没骂他，对他还挺客气。那鬼子小队长竟然允许他和他面对面地坐着说话。

韩大娘说这就好这就好，不由得又落下泪来。

王文琪说，怕大娘替他担心，所以一进村没顾上回自己住的屋，先到这儿来报个平安，免得大娘牵肠挂肚的。

一屋子人都呆呆地望着他，使他很不自在。

韩大娘就向他介绍了罗队长。说罗队长知道了咱们村发生的事，很重视，天一黑就赶来了。说你看这些东西，全是家家户户的乡亲为了搭救你拿出来的，打算明天一早由成贵挑往炮楼，探听探听你的情况。

王文琪听了极感动，眼眶也顿时湿了，说惭愧惭愧，我白天给咱们中国人丢了那么大的脸，哪里值得成贵哥还为我去闯虎穴狼窝，又哪里值得乡亲们为我这么费心啊！

罗队长拍着他肩说："话不能那么讲。你今天表现得很机智嘛！

不是你那样，柱子小命没了。韩信甘受胯下之辱，为的只不过是自己不吃眼前亏。而你是为了救同胞一命，你比韩信还韩信嘛！来来来，坐下细说……”

于是他执王文琪一只手，将王文琪带到炕边，自己又脱了鞋坐在炕上，笑着对王文琪说：“连藤野那厮都允许你平起平坐了，咱们自己人之间，当然更应平起平坐！你快把鞋脱了，坐我对面。”——说罢，盘起腿来。

王文琪脱鞋时，韩大娘擂了孙子一拳，命他起身，快在炕上给王文琪磕个头，谢过救命大恩。那韩柱儿佯装睡死过去了，还故意发出几声鼾。大家都看出他在装，罗队长笑道，别理他，咱们还是安静下来，听文琪说话吧。

于是没人再理韩柱儿，都肃立炕前望着王文琪。

王文琪脱了鞋，没像罗队长那么盘腿坐着，而是像日本人那么双膝一跪，一屁股坐在小腿上了。

大家看得发愣。

韩成贵说：“文琪，罗队长要听你汇报，你干吗跪呀？那明明是小日本的坐法嘛！快别那么跪，让大家看着心里多不舒服啊！”

王文琪却显出那样跪坐得挺舒服的样子，并说在中国的古代，许多人也是习惯于跪坐的。日本人跪坐，实际上是从咱们中国学去的坐法。正如日本的不少文字，是从中国照搬去的。说自己在日本留学多年，深受几位日本老师的抬爱，每到他们家去做客，老师们都是对面跪坐的，哪儿有一个学生盘腿大坐的道理呢？所以也必定跪坐。起初非常不习惯，每坐得双腿麻木。但日久天长，渐渐坐习惯了。不跪坐，反而怎么坐都觉得不舒服了。

听他娓娓道来，大家一时都不知说什么好了。

佯装睡死了的韩柱儿突然冒出一句：“你的日本人老师，那也终究还是鬼子！他们对你好点儿，肯定虚情假意，亡国奴才会觉得那是抬爱！”

韩大娘又挥起拳欲打他。罗队长竖掌阻止了，扭头说：“还想在屋里待不？”

韩大娘对王文琪说：“他不懂事，文琪你千万别往心里去。”

王文琪红了脸道：“大娘我不会往心里去的。”

罗队长说：“那你怎么舒服怎么坐吧。讲讲，被带到炮楼后，小半天的时间里，藤野那厮都问了你些什么，让你做了些什么？”

王文琪感受到了乡亲们对他的友善，也感受到了罗队长将他视为“自己人”那份信任，心中一点儿顾虑没有了，放心大胆地说：“藤野那厮没文化，被我骗得一愣一愣的，所以才没加害于我……”

见大家都看着他笑。他被笑困惑了，收语缄默。

韩成贵就说：“藤野那厮是罗队长发明的说法，我们早就跟着那么说他了。现在你也那么说了，我们是高兴地笑你。”

王文琪听罢也笑了。他说他被带到炮楼以后，刚开始藤野还是煞有介事地审了他一通的。但一听他说出他老师的名字，态度顿时变了，对他多少有点儿礼貌了。因为那是一个在日本几乎家喻户晓、德高望重的日本文化大师级人物的名字。只要上过中学的日本人，没有不知道那个名字的。因为日本中学语文课本中，几十年来一向收入着那位著名的日本文化学者的文章。而且现在日本军队里的不少中高级军官，都以当年曾是他的学生为荣……

韩成贵忍不住问：“日本也有那等人物？”

王文琪说：“日本毕竟也是亚洲的一个文明古国啊，古往今来，那样的人物当然也不少了。”

罗队长问：“你怎么会成为那样一个日本人的学生呢？”

王文琪孩子般笑了。他说自己根本就不是那样一个日本人的学生，也不可能成为那样一个日本人的学生。因为那样的一个日本人，已快九十岁了，患了老年痴呆症了，大小便都失禁了。但自己日本老师的老师，确乎是那样一个日本人的学生。由于老师器重他这个中国学生，便带他去拜见了老师的老师。老师的老师是东京大学的一位副校长，在日本知名度也很高。老师的老师一高兴，那天就带他的学生及学生的中国学生，去探望自己的老师。一个患了老年痴呆症的人，几乎什么人都不认识了，其实一句话都没说，只不过活偶像似的坐在榻上接受观瞻和敬仰而已。老师的老师却偏说自己的老师分明是认得自己的，因为自己叫他老师时，他微微睁开了一次双眼。而所谓拜见和接见的过程，也不过就是在二十几分钟里，老师的老师流着眼泪在颂扬自己的老师在文化方面为日本做出的丰功伟绩和留下的宝贵成果。而自己，也只不过始终低着头，陪自己同样流着泪的老师在倾听罢了……

大家站累了，都纷纷找地方坐下了。

罗队长问：“藤野那厮信你的话？”

王文琪说，开始是不大信的，接着半信半疑，后来全信了。说他和藤野那厮对过了几句话，立刻就判断出那厮是个胸无点墨的鬼子。并且凭自己看日本人的经验也看出，那厮手下的鬼子，穿上军装来到中国以前，大抵都是日本的农家子弟，一个个没读过几年书的。他说自己二十岁就到日本求学了，三十多岁了才回到中国，在日本也可以说是阅日本人无数了，穷的富的城里的乡下的各个阶层形形色色的日本人自己接触得挺多，那点儿判断经验是有的。正因为有，所以敢唬藤野那厮。说依他看来，那厮连中学也肯定没学好。因为课本中既然收入文章，那就不可能不注着作者的出生年份。而且老师讲课文时，也会首先讲到这一点。如果那厮是一名好学生，当记得十分清楚。人中学阶段的记忆力是神奇的，记住了的事往往一辈子不忘。而那厮如果记住了，暗自一算，立刻就会做出判断，他根本不可能是那位日本文化学者的学生。也正因为他看出了藤野那厮忘得一干二净，所以才敢骗那厮……

有人问：就因为你说的那么一种关系，藤野那厮居然就对你以礼相待了？

王文琪看出，包括罗队长在内的所有人，对他的话可信程度有保留了。

他看着韩大娘又说："大娘，对不起您了。他们一回到炮楼里，藤野那厮就下令把您那头小猪给杀了。按那厮的意思，是要烤了吃。这时我说，太君别烤了吃呀。不大的一头小猪，烤了吃片不下多少肉来的。您一个人大饱口福之后，剩下的肉就不多了。您手下还一个班的士兵呢，他们肯定会对您有意见啊！您是这炮楼里的最高长官，与部下有福同享，部下才会忠诚于您嘛！大日本皇军的武士道精神，才能被您发扬光大嘛！……"

众人便都望着罗队长了。显然的，都不知该怎么表态了，都想先听听罗队长说什么了。

罗队长看着王文琪，不动声色地说："往下讲。"

王文琪说："藤野那厮就问我那该怎么享用？我对他使了个眼色，他就让部下退去了。于是呢，我机密地对他说，太君，炖了吃呀。加入土豆萝卜，不是能炖成一大锅吗？熟了后，您吃一大碗肉，您那一个班的皇军弟兄也可以捞些骨头啃啃。那厮拍拍我肩，笑了。接着就改命令了，不烤着吃那头小猪了，炖着吃了。炮楼里的厨子也是鬼子兵，不是伪军。怕不由他们鬼子兵当厨子，哪一餐里被下了毒药，集体的呜呼哀哉了。那是厨子的鬼子，显然厨艺不怎么样，将猪蹄猪尾巴猪内脏全扔了。我又对藤野那厮说，别扔啊，都是好东西呀。那鬼子兵厨子不知怎么做，我说我会。于是藤野那厮就命令鬼子兵厨子跟我学着做，其实是从旁监视着我做。我呢，也不管监视不监视的，挽起袖子就细细地做起来。什么熘肝尖、炒肺片、爆猪肚，总之猪蹄猪尾巴猪肠子猪腰子一样没糟蹋，一盘接一盘做了好几盘，鬼子们一个个吃得很高兴。藤野那厮更是吃得眉开眼笑，还找出半瓶酒来，让我陪他饮，跟他划拳。我不陪也不行啊……”

韩柱儿又突然骂道：“真他妈会溜须拍马！”

竟没人训斥他了。

王文琪低下头说：“我承认，作为一个中国人，在藤野那厮和那些鬼子们面前，我是表现得一点儿中国人的骨气都没有了。我怕我一表现骨气，惹恼了那厮，我的命就没了。对于他们鬼子，杀死一个中国人有什么呀？还不是想怎么杀就怎么杀吗？我打定了主意，能活着离开炮楼才是目的。我想，如果我残了，甚而被杀了，韩大娘和柱子心里，还不一辈子都会留下是伤口的记忆啊？我绝不能使事情变成那样！最好是毫发无损地走出炮楼，那才是我这个中国人的胜利！所以我一口一个太君，一句话一弯腰，低三下四，阿谀奉承，使出浑身解数尽量讨好他们。在陪藤野那厮饮酒划拳时，我继续骗他，漫不经心似的，隔会儿就从嘴里说出一个那厮肯定也听说过的日本大佬的名字。那厮每听到一个名字就愣一次，接着就问我是怎么认识的。我呢，装出不想告诉他的样子。他呢，还生气，逼我非告诉他不可。当然正中我下怀了，编出些我与某些日本人的特殊关系，接着骗。当他听我说我是日本某黑社会大佬家的常客，眼睛都直了。我说那是因为我用针灸、推拿和中草药相结合的医法治好了对方腰腿疼的病，他立刻说他也腰腿疼，当即就让我也为他按摩、推拿。幸亏我是名医后代，自幼在父亲的指导下学过，谙熟此道。否则，露馅了……”

有人问：“你也学过厨师吗？”

王文琪说：“那倒没学过。可咱们中国男人，谁还不会弄那么几样菜呢？”

罗队长终于也说：“难怪你毫发未损地回来了。你刚才的话对，你不但救了柱子一命，还能平安无事地回来，这确实就是胜利。你要是出了个三长两短，我作为武工队长，肯定是要替你报仇的。那么一来，咱们的武工队员免不了也会有伤亡。你也不要觉得自己丢了咱们中国人的脸嘛，那叫机智，是另一种勇敢。”

他这么一说，大家就都频频点起头来，也都说是啊是啊。并且，都对王文琪刮目相看了，目光中流露着敬意了。

而韩柱儿，那会儿又佯装睡死过去了。

“罗队长，”王文琪非但没变得意了，看去反而忐忑不安了，他吞吞吐吐地说，“您不必表扬我，我也不配您的表扬……我……我还是深感罪过的，因为……因为我将咱们的一项国家机密泄露给鬼子们了……”

他的话立刻使轻松了的气氛变得严峻了。人们瞪了他片刻，又都将目光望向了罗队长。连罗队长的表情也立刻挂霜了，低声说：“那，那你可得老老实实交代清楚。”

王文琪看去不但忐忑不安，而且神情紧张了。说出的话不但吞吐，简直就是结巴了。他说，日本这个国家是不种高粱的，种也长不好。日本的土地不适合高粱生长。所以大多数日本兵，在日本时不但没见过高粱，连听说也没听说过，更没吃过了。他们来到中国以后，尤其占领了咱们这个地方以后，吃高粱米可把他们的胃肠吃惨了。不少鬼子患了胃肠病，便秘在他们中成了普遍现象。而他为了讨好他们，取悦于他们，就告诉他们，其实高粱米也不是那么难吃，关键在于煮粥时应该放碱。咱们中国人都知道的这点儿经验，他们的鬼子厨子却根本不知道。所以呢，他就告诉他们，高粱米是酸性的，煮粥时放了碱以后，酸碱中和，喝起来也黏稠，滑滑溜溜的，口感挺好。如果与玉米楂子一起煮，再放些芸豆，那粥就更好喝了，营养成分也丰富了。他还告诉他们，高粱米磨成面粉，与玉米面两掺着，发了，蒸出的发糕暄腾腾的，比玉米面饼子和窝头松软多了。藤野那厮听罢，使劲夸他是大大的中国良民，当即命令两名鬼子明日进县城去买几斤碱……

“罗队长，我真是罪该万死。虽然煮高粱米粥放碱，只不过是咱们中国人的厨房常识，但现在是战争时期，日军占领我们城市、烧毁我们乡村、屠杀我们同胞、掠夺我国家民间财富如狼似虎，他们无恶不作是我们不共戴天的仇敌，吃高粱米全都吃出了胃肠溃疡，一个个大出血也活该，那我们才高兴！可我却为了取悦于他们，讨好于他们，竟教给他们如何将高粱米做得好吃的方法，难道还不罪该万死吗？所以，请罗队长和乡亲们重重地惩罚我吧！”

王文琪此一番话，说得羞愧难当，真诚无比。大家听他说完，又是一阵你看我，我看他，最后又都将目光集中在了罗队长身上。

韩大娘似乎有话要说，可张几张嘴，仅说出两个字是：“这这……”

王文琪目不转睛地望着罗队长，一副心甘情愿听候处置的样子。仿佛，即使罗队长大吼一声“拉出去毙了”，他也会毫无怨言，面不改色心不跳地赴死，且绝对不必谁拉扯他。

罗队长却避开了他的目光，将脸转向一旁，微蹙其眉在思索，同时将一只手伸向韩成贵。韩成贵明白他要什么，赶紧替他卷了一支叶子烟。他吸了两口，这才看着王文琪，亲切又和蔼地说：“文琪啊，你言重了。那事，没你说的那么厉害。”——说罢，扫视着大家问：“你们说，是不是没那么厉害呀？”

只韩大娘点了一下头。其他人都没点头，一个个脸上觉得性质严重的表情也都毫无变化，更没人接他的话。

罗队长又吸一口烟，缓缓吐出一缕青雾，对王文琪笑了笑，依旧亲切和蔼地说：“文琪啊，你有那么鲜明的、同仇敌忾的民族立场，这我很高兴，大家也都会很高兴。你因为你的所作所为有罪过感，这是难能可贵的。那种事嘛，往严重了说，确实是令人气愤的。但具体情况应该具体分析，你当时为了能活着走出炮楼，所作所为全是违心的，不得已的。而且呢，那事毕竟不真的属于什么国家机密。所以，我说你言重了。在我这儿，那不是什么大不了的事，是完全可以理解，可以原谅的。当然，我只不过是我。一个人不能代表大家的看法……”

他不再望着王文琪了，又一次扭头扫视着大家，催促地说：“亲爱的同志们，都怎么了呀？别都闷声不响的嘛，也都发表发表你们的看法嘛！”

大家这才纷纷点头，都说是啊是啊，那事，是没多么要紧。文琪你确实言重了，不必太有思想负担。你人平安地回来了，免了周折，大家不必煞费心机地救你了，这是最好的结果嘛！

王文琪顿时流泪了。

罗队长又郑重地说："文琪同志，你们村我最信任的人，今晚都在这儿了。从今往后呢，你也做他们中的一分子吧！"—— 说罢，向王文琪伸出了一只手。

王文琪赶快伸出双手，一手从下握着罗队长的手心，一手在上，揾住了罗队长那只手的手背，感动加激动，眼泪唰唰地流，嘴唇抖抖地说不出话。

至此，大家的心情彻底放松了。韩成贵说那就散了吧，也好让罗队长早点儿休息。他问罗队长愿意在谁家休息。罗队长说谁家都行，就是别留住在大娘这儿吧。大娘和柱子白天都被鬼子们折腾了一番，让他们老少俩互相安抚安抚，早点儿歇息。拍了柱子一下，说你呀，柱子呀，看人论事不要那么死性。咱们中国的抗日是一场人民战争，要打持久战的。都像你那么看人论事，英雄倒是英雄，可抗到后来，还不成了孤家寡人吗？咱们中国的抗日战争，那是不可能仅仅由几个英雄来赢得最后的胜利的。

大家又对他的话表示赞同。

韩成贵说，那罗队长，你就跟到我家去住一宿吧。罗队长说好啊，那就住你家。你们其他人，再将从各家各户要来的东西送回给各家各户吧。

王文琪已穿上了鞋，下了炕。他说罗队长，东西别往回送了，就放韩大娘家吧。明天一早，让人替我套上村里那辆驴车，我把这些东西全送炮楼去行不？

驴车是韩成贵家的。他首先反对，态度一下变得很激烈，脸红脖子粗地数落：文琪你有病啊？你对鬼子讨好卖乖还上了瘾啦？你平平安安地回来了，万事大吉，躲过了一劫算你命大，为什么明天还要主动再去讨好？这些东西是乡亲们平时舍不得吃，东埋西藏才保留住的，是为了搭救你才奉献出来的，你怎么能说出那种不嫌害臊的话呢？

王文琪也被数落得脸红脖子粗了。

罗队长看出他有话要说，却又不敢再说，就鼓励道："文琪同志，把你的理由讲一讲。"

王文琪怯怯地说："我的一些想法，也许是……不，肯定是极端错误的想法，还是不讲了吧，就当我没说……"

罗队长坚持道："一定得讲出来，一定得讲出来。我不管别人，反正我是在洗耳恭听呢！"

王文琪见不说肯定是不行的了，便以豁出去的口吻说："好，既然你们已经不拿我当外人了，那我就干脆把我的想法直说了吧！我确实是要进一步去讨好藤野那厮。而且，希望能一而再、再而三地去讨好他。我并不是一个善于讨好别人喜欢讨好别人的人，但从此往后，我以前不善于的事我要变得善于起来，以前不喜欢的事我也要尽量在鬼子们面前装得喜欢起来。为什么呢，刚才罗队长讲了，我们中国人的抗战，肯定将是一场持久战。目前的情况分明是敌强我弱，还要坚持持久战，那么，我觉得就得有一些我这样的人假装去讨好鬼子，逐步取得他们的信任，争取被他们看成是大大的良民。如果有了我这样的人，当鬼子们又要杀害我们的同胞时，我也许还可以凭着我似乎在为他们考虑的假象，凭着讨好的话语，将我们同胞的生命挽救下来。而且呢，我通过与他们的接触，还能预先了解到他们的行动打算，提醒咱们武工队和乡亲们防备在先，少受损失。我这么做，无非有可能被不了解我良苦用心的人误视为是汉奸，无非在必要之时，乡亲们得奉献出一些自己舍不得吃的东西，由我去送给鬼子们。但利弊相较，我觉得利还是大于弊的。在此国难当头之岁月，我一个书生型的男人，两手无缚鸡之力，用刀枪来杀敌连柱子都会有的那种英勇我都没有。但我早就想也能为抗战有所作为了，经由白天发生的事，我认为适合我做的，也值得我做的，实在不是很多，就我想到的那点儿并不光彩的打算罢了……”

王文琪不停止地说完了以上一大番话，之后长长地出一口气，又坐在炕沿了，谁也不看，目光定定地只看在罗队长一个人脸上。他说时也在看着罗队长。但罗队长却不看他，一直在低着头认真地听。他已经坐在炕沿了，罗队长仍低着头。

别人们却听得都有点儿目瞪口呆。

那时候屋里真是静极了。

在那静中，有人看着王文琪，有人看着地上的东西，有人看着罗队长。

终于，韩大娘首先开口说：“老罗……”

罗队长这才抬起头，见大家的目光又都在看着他了。

他明白韩大娘的意思，干咳一声，望着王文琪说：“你站起来。”

王文琪站了起来。

罗队长又说：“你过来。”

王文琪两大步跨到了他跟前，脖子一挺，头一扬，表现得像是一名军人，准备挨长官的大嘴巴子抽一顿似的。

不料罗队长却伸展开双臂，一下子紧紧将他搂抱住了。被搂住的王文琪一动不动，然而眼神儿糊涂了。罗队长的一只手，不断地轻拍他后背，喃喃地说：“文琪啊，王文琪啊，我的好乡亲、好兄弟、好同志，难得你有那么一种想法！咱们中国人要是打不败小日本才怪了呢！咱们的抗战一定能胜利！一定能胜利！”

他眼中也扑簌簌落泪了。

王文琪这才恍然大悟，原来罗队长不但理解他，而且被他感动了。他眼眶又湿了。

受到他俩的情绪的感染，别人们的眼眶也都湿了。

只韩成贵还有几分郁闷，不情愿地说：“文琪同志啊，明天你不赶驴车去送，赶马车去送不行吗？”——尽管他眼眶也湿着。

罗队长这才放开王文琪，不解地看着韩成贵。

王文琪说：“马车不方便啊成贵大哥，过得了吊桥，那也过不去炮楼的拱门。东西不多，放马车上显得更少了，还是我赶驴车去送的好。”

韩成贵忧心忡忡地说：“我早发现了，鬼子每次闯到村里来，都不拿好眼光打量我那头驴。我那头驴正当年，我饲养得又上心，挺壮实的。我怕你二进炮楼还是能平安无事地回来，可我却从此见不着我那头驴了！”

王文琪信誓旦旦地说：“哥你放心，我要与你那头驴共存亡。”

一句话，把大家都逗笑了。

罗队长严肃认真地说：“文琪同志，绝对不许你为了那头驴而不惜搭上自己的命啊！”

韩成贵也又说：“要不还是我跟你把东西挑着送去吧！”

王文琪说：“老哥，那不好。发生了白天的事，藤野那厮们再见到咱村的人，必定反应强烈，说不定会残暴之念突发，伤害你以泄积怒。他们现在仅对我一个人还能表现出几分容忍，那就还是我自己去的好。”

罗队长说：“文琪考虑得周到，听文琪的吧。”

韩成贵哭丧着脸嘟哝：“我太担心我那头驴的下场了！”

众人不知怎么劝他是好，皆同情地望着他苦笑……

★ 第三章 ★

翌日一大早，王文琪赶着小驴车将东西送入了炮楼。

下午，炮楼升起一阵浓烟。

村里，人们望着浓烟，都挺疑惑，不知敌人是在烧什么。

韩成贵痛心疾首地说：“完了完了，我那驴肯定被龟儿子们杀了，他们在炖它！”

浓烟升了约有一个时辰，之后渐变为青烟，约莫又一个时辰，才连青烟也不见了。

乡亲们的疑惑更大了，都不明白王文琪只不过送去些东西，才二三里远，一大早上路，怎么到了下午还不回来呢？

人人又都担着份儿心。

直至傍晚，炮楼与村子之间的小路上，终于出现了王文琪赶着驴车的影子。于是乡亲们都到村口迎他。出现在大家面前的王文琪，一张儒气斯文的脸变成了包公似的黑脸，衣服裤子上也着了一片片的黑烟油腻。

人们问他怎么回事，他说当初修炮楼时，烟道设计得不科学，不论做饭还是烧水，一年四季总是往炮楼里倒烟。他指挥藤野调去的伪军们重新改了一下烟道。经一改，顺烟了，一点儿也不往炮楼里倒烟了。

韩成贵正搂抱着他那头驴的头亲热，不爱听地数落他："文琪啊，你究竟是假去讨好他们呢，还是真去讨好他们呀？把东西主动送给他们，大伙儿依了你，可你又何必替他们改烟道哇，你这不等于是对狗日的们犯贱吗？"

王文琪自然听出了韩成贵讽刺的意味，不介意地一笑，大有成就感地说："为了博得他们的好感，假戏不是得往真里去做嘛。下贱不下贱的，左不过由我一个人来感受。我是目的达到了，那点儿内心里的屈辱就不算什么了。"

有人问鬼子怎么没将那头他们早就看看馋涎欲滴的驴杀了吃呢？

王文琪说狗日的们没敢。

众人就都眈眈地瞪他，看得出，每个人内心里的想法都是—— 你吹牛呀！你以为你是谁？难道你还能镇住了杀人不眨眼的鬼子不成？

王文琪解释道："狗日的们不但这一次没敢杀驴，我保证他们以后也是不敢的。我给他们上了一堂遗传学方面的课，估计他们再也不会看着那头驴咽口水了。"

乡亲们没听说过什么遗传学，都要求他解释。他们想，如果遗传学能使鬼子们怕，那么以后不是可以放心大胆地公开弄起鸡鸭猪鹅来了吗？鬼子们若进村抢，不是同样可以吓退他们吗？

王文琪说："亲爱的乡亲们啊，你们想得太简单。我肯定没那么大的能耐，所以大家以前偷偷弄的，以后还是得偷偷地弄。鬼子们一旦发现，那就只有任由他们抢了去。不论对谁，命只一条。而三禽五畜，抗战胜利以后，还不是愿养多少养多少吗？至于那头驴，如果不是因为我有点儿知识常识，急中生智又编了个子虚乌有的瞎话骗成功了，它这会儿还真就成了鬼子们的锅中肉了……”

他以为他这么一说，也就谁都不问了。可他想错了，大家不满意他的话，仍不依不饶地追问，他编的那瞎话究竟是怎么一种瞎话。

他只得耐心地又说——自己骗鬼子们，说那头驴，原本是他家养的一头驴的后代驴。当然是华北平原的良种驴，漂亮，吃草料少，乖顺，拉车驮物又蛮有长劲儿。最主要的，与一般的马比起来，更通人性，善解人意，所以买时比买一匹一般的马价钱还多。体面的人家养那么一头驴，配上一辆带篷的小型车，是一种身份的象征。但是呢，中日大战一爆发，驴姥姥有次受了惊吓，当时它正怀着胎。小驴一落生，驴姥姥变成了一头疯驴，像疯狗那样，动辄见了活物就追，追上一口咬定就不松口。没法子，心疼归心疼，只得杀了，肉被些下人们东分一块西分一块，分吧分吧吃了。而生下的小驴呢，也是一头母驴，长大后起先也是一头漂亮可爱的驴。不久受了孕，成了驴妈妈，生下了现在这一头驴。驴妈妈后来也变成了一头疯驴，也落了个被杀的下场。它的肉，可就没人再敢分着吃了。因为，吃过驴姥姥的肉的人，主要是些叫花子乞丐，接连不断地也疯了好几个。他说自己对鬼子们说，出现在驴身上的那一种疯病，显然已经具有了遗传病的特征。别看现在这头驴好端端的，不定哪一天也会突然变疯狂了。说我是什么人啊，我是你们皇军大大的朋友啊，我不能不告诉你们这个真相啊！那我的良心不是大大地坏啦坏啦的吗？鬼都知道，你们皇军杀死一个中国人，跟踩死一只蚂蚁似的随意而为。可你们不杀我，还开始信任我，所以我要报恩。如果我明知不说，你们为了满足口福，把这驴杀了，全都吃了它的肉，以后你们回到日本去，突然某一日变疯了，那是你们及你们的亲人多大的不幸啊……听他那么一说，鬼子们对韩成贵的驴不敢造次了。非但不敢造次，还一个个诚惶诚恐，敬而远之了。所敬自然是它的优良品种，而惶恐什么，不言自明。藤野那厮，甚至将他扯到一旁，要求他下次不许赶那驴车进炮楼。他说也不是他特愿意赶驴车，大日本皇军威风八面，别说中国百姓怕了，就连中国的马也怕。一望见炮楼，就不往前迈蹄子了。但这驴却大为不同，仿佛对“东亚共荣”具有驴子的天生理解力，一上了通往炮楼的路，反而欢欢地跑。有什么法子呢，以后还是得赶着驴车来给皇军送好东西呀！没别的选择呀……

听王文琪说完，乡亲们全都欣慰地笑了。在好长好长的时期里，他们没有那么欣慰地笑过了。日军长驱直入地占领了华北以后，城城乡乡的老百姓更没一天安生日子可过了。之后，鬼子一次次对乡村进行扫荡，企图一举剿灭中国共产党领导的抗日武装队伍，没达到目的就野蛮地对平民百姓实行报复。没什么可高兴的事，大人孩子都笑不出来啊！

在王文琪眼里，乡亲们脸上的笑容弥足珍贵，如同漫长的漆黑的洞道里出现的一线光亮，他自己也孩子般地笑了，觉得自己在日本人面前伪装的一切低三下四的言行，都完全是值得的了。

连一向脸上愁云密布的韩成贵也不由得笑了。他说：“你呀文琪兄弟，平日里觉得你少言寡语，斯斯文文，大户人家规矩小姐似的一个人，没想到还有编瞎话的能力！你要是能用一套套瞎话将小日本忽悠出中国去，不敢说全中国，起码咱村里会给你塑全身像，盖庙堂，把你当活菩萨供着！”

王文琪红了脸说：“我要有那么大本事还不早使出来了？”——说罢，向韩成贵使眼色。

韩成贵看出王文琪是有话还要单独跟他说，就命乡亲们散了。并回了王文琪个眼色，示意王文琪跟他走。

韩成贵的女人将驴车牵回家去了。他却没往家走。他女人和十一二岁的女儿都不知他是共产党员，而他又是个极谨慎的人，凡需要保密的事从不与人在家里谈。

二人走到小河边，韩成贵蹲下吸烟，王文琪蹲在了他旁边。

韩成贵问："有情报？"

王文琪点点头。他说在炮楼里时，听到藤野那厮接了一次电话，猜是县城里的老鬼子池田大佐对他下达命令。以他听到的内容判断，鬼子又要开始扫荡行动了。

韩成贵说，隔一年的秋收以后，敌人往往都是要进行扫荡的，这已经快成为敌人的一种规律性的军事行动了，算不得多么有价值的情报。

王文琪说，鬼子将要进行的扫荡，肯定比前几次更残酷。因为，他听到藤野那厮一边听电话一边重复着什么"捉捕奇袭""反转电击""纵横扫荡""篦梳扫荡""铁壁合围"之类的话。而且，所调集的军队有二三万人，看来是企图毕其功于一役了。

"调那么多人？"——韩成贵顿时重视起来。

王文琪肯定地点头。他心诚意切地说，哥，不管你怎么认为，反正我觉得，千万要当成重要的情况通知到咱们的队伍，让咱们的部队战术上及早做准备，有准备肯定比无准备好是不是？哥我说的可是"情况"二字，没说"情报"这个词。我又不是情报员，刺探情报那种事其实我一点儿也做不来。但我亲耳听到的情况，如果不汇报，那不就是我的不对了吗？我进炮楼去送东西的目的之一，不就是为了能替乡亲们和咱们的部队及时了解到敌人的一些情况吗……

韩成贵打断了他的话，说文琪你怎么变得老太婆似的？车轱辘话颠过来倒过去絮絮叨叨的没完。我如果不打断你，估计你还得絮叨。你放心，你掌握的情况，不管算不算是情报，我肯定会尽快告诉咱们的人！

王文琪脸上这才有了放心的表情，说我的好哥哥呀，我也觉得我与信任我的人说话，反而变得像老太婆似的絮絮叨叨的了。我怕你们对我的信任是打了折扣的嘛！我跟藤野说话都不啰唆。他对我这个中国人另眼相看，正是由于我说每一番话之后都表明这么一种态度——爱信不信！结果他反而不得不信。我跟你们说话就不能是这么一种态度对不？

韩成贵扭头看着他说："对。当然不能。"

王文琪愣了片刻，叹口气，无奈地问："哥，那你可不可以告诉我，你们对我的信任打了几分折扣？"

韩成贵笑了："套我话你也该拐弯抹角的，哪儿有这么直来直去的？"

王文琪固执地追问："快告诉我嘛！"

韩成贵又笑道："兄弟，别胡思乱想，别人我不好评论，你把我的驴赶回来，我现在要对你说谢谢。至于信任嘛，起码我开始百分之百地信任你了！"

"这才不枉我口口声声叫你哥。"——王文琪鼻子一酸，低下了头。

韩成贵不敢掉以轻心，很快通过联络员将"情况"传递到了武工队。由于武工队的存在，周边十几里蜗居于炮楼的日伪军天黑后都不太敢离开炮楼，所以那算是迅速又顺利的传递。他对联络员交代任务时说的不是"情况"，而是"重要情报"。只不过内心多少有些失落，认为既是"重要情报”，本该是由自己了解到的。功劳记在一个“大地主大富绅的儿子”头上，他阶级感情上不无别扭。

罗队长接获重要情报后也极为重视，又立刻派人向隐蔽在山里的部队传送。我们的部队让联络员捎回口信，要求他也率武工队转移到山里。秋收以后，庄稼不得不割倒了，青纱帐消失了，抗日武装力量之游击战术在平原上丧失优势了，敌人进行“铁壁合围”之前，转移实乃明智之举。

接下来的十几天中，平原上呈现诡异的寂静。没有哪一座炮楼里的日伪军到村庄里进行过骚扰，这座炮楼那座炮楼里的日伪军也互无来往，只偶尔有鬼子的摩托兵出现，在炮楼与炮楼之间检查电话线是否遭到破坏。

忽一日，敌人的扫荡真的开始了。敌人的保密工作这一次滴水不漏，预先没任何征兆地，原野上很快集中了两三万之众的大部队。他们似乎估计到了村庄里肯定不再有什么抗日武装力量，有的只不过是零星的抗日分子。而要将抗日分子从普通中国农民中区别出来，不论经验多么丰富，那也不是轻而易举的事。毕竟不可能为了从肉体上彻底消灭每一个抗日分子，而将中国农民一批又一批地屠杀光了。那每年谁种粮食呢？倘根本没了种粮食的中国农民，他们又吃什么呢？没有吃的，他们又怎么可能在平原上长期站得住脚呢？所以，他们的这一次扫荡名曰“篦梳扫荡”，实际却是放过了平原上的村庄，极快地向山区直扑而去。他们当然知道中国共产党领导的晋察冀抗日武装部队的主力一向驻扎在山里，妄图杀我们的部队一个措手不及……

然而两三万日伪军在山区扫荡了一个来月连个八路的人影也没见着。不管八路或是山民，仿佛全都一下子蒸发了。他们人马辛苦而又枉自周旋，那份气急败坏不必形容，于是只有沿途放火以泄憎恨。山区的村庄大部分被烧毁了。所谓烧毁，是指一幢幢农舍的门窗、屋顶、家具变成了灰烬，四堵墙却还在的。山区的农家大抵是石墙，非是纵把火就烧得塌的。但那也使许许多多的山区农民有家住不成了。敌人一撤，我军赶快与群众从大山深处转出，帮群众抢修家园。秋季一过，山区一天天冷了，住在没门没窗的家里是会冻死人的……

那些日子里山区浓烟不断。白洋淀上也从昼至夜火光冲天。

扫荡甫一结束，并无斩获的敌人在报上吹嘘——“战役全胜，八路主力逃回延安”。

但没过几天，我军一支主力部队神不知鬼不觉地出现在平原，与某武工队共同攻入一座县城，几乎全歼日伪守军，运走了大批军火。

在这一鼓舞人心的消息不胫而走的日子里，韩成贵亲自告诉王文琪，晋察冀边区抗日总司令部对他进行口头嘉奖。待抗战胜利后，还要正式向他补发嘉奖证书。

王文琪急问：在扫荡中我们的军队伤亡是否严重？

韩成贵说不论是山区的还是白洋淀边上的农村，敌人所到之处，房屋是基本全被烧了。但有时敌人刚一走，我们的部队和群众赶回去得早，合力灭火，被烧得就不那么惨。

王文琪更着急了，大声说我明明问的是人！

韩成贵说你急什么啊，我不是先说房屋后说人嘛！能不说到人吗？幸亏提前十几天就做种种准备了，我们的部队和群众几无伤亡。也幸亏采取了你的办法，尽管鬼子果然放火来烧白洋淀，火势却没能连成片，隐蔽在苇丛深处的我们的人躲过了葬身火海之劫……

王文琪听罢转身便走，韩成贵大为困惑，跟上他问他到哪儿去。

他头也不回地说回家。

韩成贵生气地说：你这人这是怎么了呢？咱俩正说着话，你问的我也回答了，没藏着掖着隐瞒什么，那你也就没什么理由不高兴，你怎么可以刚听完我的回答二话不说拔腿就走呢？

王文琪说你回答了，我听明白了，再没什么可问的没什么可说的了呀。我不是生你的气，那是回家有事。他说时看也不看韩成贵一眼，脚步加快了。

韩成贵的困惑却一点儿没消除，但不知再说什么好了，一头雾水，满腹郁闷，默默地仍相跟着。

王文琪终于站住，也终于看着他了，说我的好哥，我回家有与你不相干的事，你就别跟着我了呀！

韩成贵只得站住，心中困惑非但没减，反而增加了。他呆呆望着王文琪的背影走远，低头寻思片刻，决定非跟到王文琪家去看个究竟不可……

★ 第四章 ★

王家在村里原本是有一处高台阶、阔门楼的大宅院的，占地约四五亩，里外三进大小总共二十几个房间。他祖上原是京城的名医，有自家的药库。清末民初，先人过世后，家门的医名在京城不那么显赫了，于是满门搬离京城，回到原籍，盖起了那大宅院。他祖父此后没再入过北京，只居住在县城里行医。祖父一死，父辈人闹分家。他父亲决心遵从祖父的遗嘱做那老宅的守护人和家门医名的继承人，而叔伯们都家家巴望着离开村里。结果自然是各遂所愿，钱财细软十之八九被叔伯各家所分，老宅和少许古物件归在了他一家名下。军阀内战的年头，他家在县城里的医堂不止一次遭到兵痞的骚扰和抢掠，名贵药材被洗劫一空，女眷们还受到过调戏与凌辱。他父亲一气之下，关了医堂，干脆回到村里做起了宅公，那自然是坐吃山空。华北沦陷后，日军占领了县城，原野上到处筑起了炮楼。县城里的、炮楼里的日军经常率领伪军窜到各个农村烧杀奸掠，而他有个小他一岁的漂亮的妹妹，遂成最使父母担惊受怕的“心病”。每次一听说日伪军又要来了，往哪儿藏也还是个提心吊胆。父母年纪已大，总那么样非长久之事，于是他父亲决定托一位老友的儿子将女儿带去香港。他二伯一家那时已定居香港，经营一家衣布店，生意还算可以。按他父亲的安排，是要将妹妹寄养在二伯家，并由二伯做主，在香港寻得佳婿代嫁了，以早日了却一桩心事。孰料那老友的儿子与他的妹妹一并失踪，多方打听仍无下落，生死不明。他父亲那一急非同小可，病倒在床。那时他在日本，收到家信赶回村里，父亲已逝。王家对村人们一向仁慈，诊病给药每分文不收。村人们对他王家人也一向尊敬，齐心协力帮他母亲将他父亲埋葬了。他虽没见到父亲最后一面，却陪伴着母亲度过了她人生最后的一段日子。他见到的也是卧床难起的母亲。在那一段日子里，老鬼子池田的一团人对这一带进行扫荡，将他的家占领为团部。一边是病倒在床奄奄一息命脉如丝的母亲，一边是穷凶极恶的鬼子，使他咀嚼到了种种屈辱滋味。鬼子军官还当着他母亲的面接连扇他的耳光，但即使在那一种情况之下，他口中也没说出过半句日本话，更没企图利用过自己是东京大学日本文化史博士的另种身份自保一下。日军撤走当天他母亲就咽气了。老夫人分明强努一口气活着，为的是能带着一种安心而死——起码知道日本人走之后儿子还有生命。

当然也是乡亲们帮他埋葬了他母亲。

而那时的王家宅院，已多次遭过轰炸，处处残垣断壁，梁倒檐折，几成废墟了。他收拾出了一间角屋，孤单单地住了下去。

他是可以远走高飞，避开战乱，去往一处较为安全的地方重新料理人生的。盘缠他是不会缺的。不管在任何地方，包括国外，即使几年内没有收入，衣食住行也不至于成为问题。

但他选择了留下。

他觉得自己绝不能一走了之。

他要报答乡亲们帮他埋葬父母的恩德。虽然他从没对任何一个乡亲这么说过，心里却真的是这么想的。而那报答的大愿望，在当年，除了是与乡亲们共历苦难，再也就只能是给乡亲们治病和教他们的孩子识字了。

韩成贵来到王家的地点，踏在王文琪住的那一间角屋外墙的瓦砾堆上，从窗纸破损的后窗向内窥望，所见却是王文琪的背影，双膝跪地，显然在对着什么祷告。

韩成贵没看分明，这反倒使他非要看分明不可了。他蹑足地下了砖瓦堆，绕到门口，闪在门一侧再看。这一次看分明了——王文琪面前摆一只小凳，凳上放着有底座的十字架，十字架上还“悬”着一人物，除了腰部有布状纹遮羞而外，几乎是裸体的外国男人的偶像。而他双手也持一十字架，口中念念有词。

韩成贵不知小凳上放的是耶稣受难像。没见过。

他在门外干咳了一声。

王文琪立刻站起，同时拿起耶稣受难像打算往什么地方藏。正旋转着身子不知藏哪儿是好，韩成贵已一步跨入了屋里。

王文琪将拿在双手的大小两个十字架往身后一背，极为不快地瞪着韩成贵，那副表情的意思是——你这人怎么这样？你怎么可以偷偷跟踪我，监视我?!

韩成贵笑道：你不就是一心急着回来拜神祇嘛！这你可以明说呀。你偏不明说，那我能不奇怪？我奇怪了，能不跟着你来看个究竟？你刚才拜的是何方神圣?

王文琪听出他的语气老大不以为然，矜持地说：我知道你是个没有宗教情怀的人，跟你说了，还不更使你取笑？我不拜了，你也别再多问了行不？

韩成贵说那不行。罗队长不是当着我们几个人的面跟你说过了吗？你已经是我们的人了，而且是我们的人中立了大功的人。你信哪路神祇，这情况我是必须掌握的。

王文琪问：真的？

韩成贵严肃地说：当然！

于是王文琪很不情愿地将耶稣受难像又摆放在小凳上。

韩成贵要拿起细看，王文琪一伸手臂阻拦道："你不能动他。"

韩成贵问为什么。

王文琪说你不是他的信徒，你拿起他横看竖看的，对他是不敬。

韩成贵疑惑全释，觉得王文琪实在好笑，也觉得自己实在好笑。忍住笑，故作庄严地问：你信的什么教？拜得还怪虔诚的哩！

王文琪说那是耶稣，基督是他的信仰。

韩成贵是听说过耶稣的，但从没见过耶稣像。当年县里有一座基督教堂，还有一位英籍教士，信众渐多，约二三百人。日军占领县城后，将教堂征用为军火库了，还逮捕了教士和几名信徒，从此没人家里胆敢再有耶稣像，更没人胆敢佩带十字架。而王文琪说罢，将耶稣像和十字架用布包好，放入一小匣子，掀开地上一块方砖，再将小匣子放入砖下的坑里。韩成贵微微皱眉，默默看着他那么做。等王文琪直起腰，他严肃地又问："你竟然信基督教？"

王文琪点点头。

韩成贵说：文琪，佛教儒教道教，你信哪一教派不好？为什么偏偏信洋教？

王文琪说：洋教也是教啊，有什么区别呢？

韩成贵说明明有区别的，你还装糊涂反问我！你是中国人，中国有几种教还不够你信的？放着咱们中国的教不信，偏信洋教，你怎么想的啊你？！

他的话中此时便有了进行爱国主义教育的意味。

王文琪说我没有什么不好的想法。我爷爷奶奶早年间不知怎么成了基督徒，我父母也随着成了基督徒，我们家族中大部分人都成了基督徒，我自己也成了基督徒一点儿都不奇怪啊！再说，佛教也不是咱们中国的宗教啊，是从印度传入中国的。而儒家不是严格的宗教，是思想学派。道教虽然是个教派，可太神秘了呀，不符合我的心性啊。总之宗教信仰是这么一回事，谁如果信了，别人就不可以对他说三道四的了。

他最后几句话把韩成贵造了个大红脸。

韩成贵说好好好，你爱信就信吧。但千万要小心防备，别叫鬼子哪天又来村里骚扰时发现了！你知道鬼子为什么逮捕了那教士和几名信徒？怀疑他们是英美联军的情报员！若被鬼子发现，肯定也会怀疑你啊！

王文琪说你表示这份儿好意我才高兴。在河边听你说咱们的人没伤亡，我内心特别激动，所以急着回来祷告一番。

韩成贵说咱们的人没伤亡，是由于你汇报的情报准，我看与你的耶稣没什么关系，又不是他保佑着才没伤亡的。

王文琪说很可能正是因为有耶稣保佑着！鬼子一开始扫荡，我每天替咱们的人祈祷好几次！

他说罢笑了，显然连自己也不相信自己的话。笑罢又说，有时候祷告祷告，心情会好受不少。

韩成贵被他的话感动了。由于感动，似乎也理解他偏信洋教的原委、缘由了，不由得轻轻拥抱住了王文琪。王文琪呢，则一动不动任他轻轻拥抱着，良久叹道：“唉，咱们多灾多难的国啊！”

第二天上午，十几名鬼子驾驶摩托驶入村中。其中一辆带斗的摩托车斗里坐着藤野。对于村人们，除了藤野，其他鬼子全都陌生，看去个个是县城里的鬼子。那些鬼子，此次却没凶神恶煞般地对待乡亲们。甚至也可以说，竟没骚扰乡亲们，只不过威逼一名乡亲将他们带到了王家破败的宅院前。王文琪正在院中的空场地指挥孩子们唱《大刀向鬼子们的头上砍去》。村里就十三四个男孩女孩而已，从七八岁到十五六岁不等，都是王文琪的学生。他不但教他们识字，也给他们讲中国历史及历史人物的故事。自然，还教他们唱歌和做操。有个孩子听觉好，在他和别的孩子都没听到摩托驶来的声音时，那孩子已听到了，赶紧大声告诉了他。他刚垂下指挥着的双臂，孩子们的歌声刚一停止，摩托已停在院门外了。他还没来得及让孩子们四散开躲藏起来，藤野已率领鬼子们进了院子。孩子们都是见过鬼子的，也自然，每次见了鬼子没有不害怕的。这一次孩子们见到鬼子的情况与以往任何一次都不同。以往有父母在他们身边，并且差不多总是被全村大人们掩护在背后。而这一次除了他们的老师王文琪，没有第二个大人和他们在一起。猛然地看到一队鬼子出现在眼前，有一个还牵着大狼狗，他们比以往任何一次都更加害怕了，纷纷本能地聚到了老师身旁。年龄稍大点儿的，也本能地将年龄小的掩护在背后。

王文琪万万没有料到藤野会率领一队非是炮楼里的鬼子兵出现在自己住的地方。他立刻就猜测到了，那肯定是些县城里的鬼子兵无疑，也立刻就明白，鬼子们肯定是冲着他来的，顿时心里七上八下，一颗心突突乱跳，因不知鬼子们会将自己怎么样而万分紧张。见藤野脸上尚无凶相，才稍稍镇定了一点儿。镇定也镇定不到哪儿去。唯恐孩子们万一受到伤害，自己根本无法予以保护。

藤野的皮靴照例乌黑锃亮，手套照例雪白。

他瞪着王文琪问："王，你的，在干什么？"

王文琪说在教学生们唱歌。

藤野扫视着孩子们，又问王文琪在教唱什么歌。以上两句，都是用中国话问的。并且看得出来，他是在尽可能地将中国话说得像一个中国人在说。不仅如此，还要尽量说得像一个普通的中国人在说。这一点不但王文琪看出来了，连孩子们也看出来了。孩子们看出来了这一点，恐惧心理稍微减轻。起初每一个孩子都在浑身发抖，有一个男孩儿已尿湿了裤子。

藤野是会说不少句中国话的。他的长官池田大佐老奸巨猾。按照老鬼子池田的要求，他这一级军曹们在进驻炮楼前接受过初级"支那语"培训。他们的教官灌输给他们的思想是——"中国"其实已不存在，只不过是无法统一、一盘散沙的"支那区"混战战场。既然如此，日军在这一地区的一切军事占领，也就不是侵略，而是为了这一地区的"长治久安""共荣整合"。那么，完成"整合"之前，中国话就不配叫中国话。也不配叫"汉语""华语"。因为"汉朝"是这一地区的一个古代概念，"中华"是一个分崩离析的当代现实。所以只配叫"支那区""支那人""支那语"。藤野的受训成绩挺不错，结束时获得了优秀证书，是他的军靴踏上中国的国土后受到的唯一一次表彰，被他自己视为第一份军人荣誉。然而，那毕竟不是战斗荣誉，故他自己又很清楚，是不足以在军中炫耀的。他一心想要抓住机遇，参与大战役，多立战功，迅速地由低级军官而升为高级军官。却一直没逢上什么参与大战役的机遇，任务仅仅是驻守一座炮楼。这令他特失意，也特郁闷。

来到韩王村抢粮那天，他觉得在王文琪这一个"支那人"的面前多少有点儿羞愧。一个“支那人”竟会将日本语说得那么好听，说出了一种低吟轻唱般的音乐美感，而自己们身为大日本皇军的成员，说出的日本话却像狼嚎狗吠！并且似乎个个都已根本不会像在国内那么以正常语调说本国话了。这不是挺丢大日本帝国的脸吗？所以他今天也要尽量将“支那语”说得好听一点儿。对于那厮，语调正常地说也就等于说得好听了。那是很难为自己的事，但他确实在尽量那样了。

日本人的“支那语”培训教官当初对他们进行培训时，是以两种截然不同的语调来教他们的。一种是凶横威暴的语调，如说“浑蛋”“你的，狡猾狡猾的”或“你的，死啦死啦的”那种时候；另一种是团结的友善的语调，如说“很好”“你的，皇军的朋友的是”或“皇军大大地喜欢你”那种时候。按照老鬼子池田的想法，是希望部下以前一种语调说“支那语”的时候越来越少，以后一种语调说的时候越来越多。因为那将意味着，占领者不但占领了别国的领土，而且成功占领了别国的人心。将“支那地区”最终变成“日语地区”，前提是要用“支那语”打开“支那人”视皇军为敌人的心锁。这是老鬼子的理想主义侵略步骤。实际上当然恰恰相反，受过“支那语”培训的藤野们，以后一种语调说“支那语”的时候越来越少，即使对皇协军就是伪军们，以前一种凶横威暴的语调说的时候也越来越多了。这是因为他们对伪军们恼怒起来的时候越发地多了。渐渐地，连藤野这样获得过“支那语”受训优秀证书的鬼子，起初那点儿“优秀”的老本儿也所剩无几了。他们动辄吼叫着说的，是一种“日语”与“支那语”相结合的话语，如“八格牙路，你的，死的不怕？！”

王文琪从藤野说话的表情、语调，立刻就将他那时刻的心理分析得八九不离十了。虽然还猜不到他率领十几名鬼子前来的目的，但估计不是凶残的目的，于是一颗七上八下的心完全镇定了下来。他用日语告诉藤野，这些孩子们就是他的学生，他刚才在教他们唱中国古代一位伟大诗人的诗词，他在日本东京大学求学时，协助自己老师的老师的老师用日语翻译过那位叫李白的中国古代伟大诗人的诗词。而那一部诗集在日本甫一问世，不久便成了日本上流社会人士争相阅读和保存的诗集。藤野出身于日本草根阶级，家族中几代先人都是贫穷的农民，直到父亲那一代才奋斗成了日本小城里的底层人家。故他自幼怀有深深的出身卑微的沮丧，对日本上流社会也怀有又嫉妒又敬畏的复杂心理。那日在炮楼里的近距离接触和日语交谈，使王文琪从心理上了解了他这一名日军军曹。

藤野几乎是彬彬有礼地请王文琪让孩子们唱一首听听。王文琪又看出来了，藤野彬彬有礼的假面背后是狡诈，对方并不怎么相信自己的话。也许对方也在猜，说不定他刚才正在教孩子们唱抗日的歌。如果孩子们不会唱什么李白的歌，那就有了翻脸的理由。大出藤野所料的是，王文琪比他更加彬彬有礼地问，尊敬的太君，您是想听我的学生们用我们中国话唱呢，还是用日本话唱呢。

藤野听王文琪说前半句话时，顿时将脸一板。中国人口中说出“我们中国话”五个字，他认为是足以使他抓住了随之大翻其脸的理由。你认为你这个“支那人”替我驻扎的炮楼改过烟道，替我这名大日本皇军的军官按摩过肩腿，还帮我们炖过一锅小猪肉，告诉过我们做高粱米饭放碱才好吃、才胃不泛酸水比较容易消化，你就可以自认为你不是“支那人”而是“中国人”，你们“支那人”的话不是“支那语”而是什么“中国话”了吗？你头脑之中有着如此顽固的中国意识，你简直就该“死啦死啦”的！但听完了王文琪的后半句话，脸上板起来的肌肉一下子松弛了。

“你的，教他们，日语的唱歌？”——藤野有点儿不相信自己的耳朵似的。

王文琪说是啊太君，我们中国古代伟大诗人的诗词，用日本话唱那也非常好听啊！

藤野微微眯起双眼注视他片刻，又问你为什么用日语教你的学生们唱。

王文琪特真诚地说，我在日本一流高等学府求学八九年，我关于日本这个国家历史的、地理的、文化的、民俗的知识，全都是我的老师们用日语传授给我的啊！日语是我的第二语言啊，我对日语的感情像我对国语的感情一样深啊！他镇定着并且审时度势着，谨慎着，这一次不再说“我们中国话”而说“国语”。

藤野脸上的肌肉不但松弛，而且重又呈现出彬彬有礼的表情了。他请王文琪快让孩子们唱来听。

近日，王文琪确确实实是用日语教他的学生们唱过中国古代诗词歌的，甚至还用日语教他们唱会了几首日本民歌。否则，他又怎敢那么问藤野呢？他用日语教孩子们唱歌这一件事，遭到过全村包括韩大娘在内的所有人的反对。韩大娘说：文琪啊，你不但往炮楼里给日伪军送好吃的，这么样那么样地讨好他们，巴结他们，还要教咱们的孩子用日本话唱歌，甚至还要教咱们的孩子用日本话唱日本歌，你是想要把咱们韩王村变成一个亲日村啊？王文琪说对啊大娘，我正是这么想的啊。当然不是真的亲他们，他们是禽兽兵，对咱们中国犯下了滔天罪行。但当前呢，他们强势，咱们弱势，装出亲他们的样子，可以起到麻痹他们的作用，对于保存自己是一种好策略。如果咱们的孩子会用日本话唱日本歌了，在特殊的情况之下一唱，或许就会使咱们的孩子逃过刀砍枪杀之难的。为了进一步说服大家，他还给大家讲越王灭吴的中国历史事件。也讲“四面楚歌”的典故。尽管乡亲们理解了他的动机是良好的，但感情上仍那么难以接受。韩成贵就亲自去找了一次罗队长，将他的想法向罗队长汇报了。罗队长听后，沉吟良久，表示自己也做不了主。罗队长说，凡是咱们也同意了的事，王文琪那么做了，就不仅是他一个人所做的事了，而是代表着全村乡亲们的一种做法了，也是代表着我们这些中国共产党党员和抗日的坚定分子的做法了。他前边的做法，是在身陷虎穴的情况之下做的。已经那么做了，情有可谅，我们应予理解。他后来主动往炮楼里送东西，是咱们同意了的，那就实际上是代表着咱们的做法了。不管到了什么时候，面对什么样的人物不解的质问和指责，咱们都得如实承认，也都得把指责替他担过来。但他现在要做的，老实说，究竟是对是错，对几分、错几分，对能压过错去，还是错必定压过了对，老实说，连我也难下结论了。告诉他先不要用日本话教孩子们唱歌，咱们明明做不了主的事不能瞎做主，得请示请示上级。罗队长遂请示了上级中共地委。地委也做不了主，又往省委请示。一级一级逐级请示，说明哪一级都认为王文琪的想法并不是毫无道理，也说明哪一级都挺重视。不久，不知省委哪一位领导反馈回来一项指示，大意是说既然王文琪这个人是可靠的，那么他的出发点当然是良好的。而既然出发点是良好的，又何必非要坚决反对？指示还认为，在韩王村所在的地区，即使有二三个表面上看起来像是亲日的村子也不要紧，没什么可怕的。只要内心里有爱国情怀，有对日寇的仇恨，有坚决抗战到底的心志，表面怎么样只不过是表面嘛。抗日斗争日益残酷，在离一座被日军占领的县城近的地方，在炮楼林立的地方，几乎可以说是在敌人的眼皮子底下的地方，如果有那么两三个村子被敌人认为是亲日村，而实际上又是爱国村的村子，对我们也是有利的。比如有利于掩护我们的情报联络员，有利于我们的伤病员能在距县城近的地方疗伤养病。甚至也有可能使敌人产生幻想，以为这一地区的中国人已经被彻底征服了，抗日意志已经被彻底瓦解了。果而如此，我们的抗日力量不是正可以在敌人的眼皮子底下悄然凝聚和壮大吗？

上级毕竟是上级，站得高，看得远。有了上级高瞻远瞩的指示，大人们便一一打消了可能被疑为汉奸的顾虑。大人们思想通了，认识统一了，孩子们的思想却一时难通，王文琪这位乡村孩子王，又做了大量耐心的思想工作，孩子们才也终于与他统一了认识。统一认识归统一认识，平日里他所教唱的当然还是以抗战歌曲为主。至于日语歌曲，孩子们也不过就学会了唱几首而已。本就是出于自我保全之目的，王文琪适可而止。

这会儿，在藤野的“要求”下，王文琪命孩子们站成两排，指挥着用日语唱了一首李白的《静夜思》。而藤野和鬼子们站在孩子们对面，看着，听着，皆不动声色。

孩子们唱罢，藤野微闭双眼未做反应。

王文琪赔着小心问：“太君，您还想听吗？”

藤野点头。

于是王文琪又指挥孩子们唱起《兵车行》来。先用我们中国话唱，之后用日语唱。比之于李白的《静夜思》，杜甫的《兵车行》字数长出十余倍，那区别简直可以说是小品文与中篇小说之区别。而且杜甫的《兵车行》气势恢宏，场面广阔，意境雄壮惨烈，具有史诗性，不论是一个人还是一些人，也不论是大人还是孩子，只要明白所唱的内容，想毫无感情地唱都是不可能的。孩子们当然是明白内容的，因为王文琪教唱时讲过的啊。既明白，又自然而然地联想到鬼子对中国的野蛮侵略给家园造成的破坏，给自己和亲人们造成的苦难，亦悲亦愤，唱得便情绪饱满。将中国的古典诗词当作歌用日语唱起来，非是一件简单之事，那得先将诗词用日语精彩地进行翻译。意译不行，那唱起来不好听。须翻译得合辙押韵，恰到好处地断出旋律感。而且，原诗又不曾被谱过曲，得王文琪自己来谱。翻译成日语，对王文琪不是太难的事。在文学语言的中译日或日译中方面，他具有堪称一流的水平。他是才子型的人，文艺爱好广泛，不但自幼喜欢过绘画、书法，也尤喜欢写作诗词骈赋。在日本，他也确实曾以善于俳句而受到老师的青睐。至于谱曲，对他更是兴趣颇大之事。起初他将《兵车行》译成日文，并谱曲之时，不过是当成一件屈辱而又应该做的事来做的。译和谱的过程中，自我要求越来越高，反复地改，反复地教唱，一边教唱还一边改，结果就逐渐地当成一次创作来进行了，当成是作品来完成了。可以这么说，当年他用日语译成谱就的那一首《兵车行》歌曲，若今日在北京的音乐堂排练了公演，有一二百男女歌者分了声部来几重唱，并有交响乐团伴奏，再打出巨大屏幕的投影背景，不被视为史诗性演出才怪了呢！

但在当年，在他家颓败的老宅的一处场地上，由十几名乡村孩子们来唱，自然是唱不出那种回肠荡气的效果的。

不过，因为孩子们唱得特别投入，藤野们还是听呆了。也可以说，是被“震撼”了。孩子们用中国话唱时，藤野们只不过无动于衷地看着听着而已。当孩子们开始用日语唱时，藤野们的表情渐渐由漠然而庄严而肃然了，又渐渐由庄然肃然而愀然而怆然而接近着凄然了。

“新鬼烦冤旧鬼哭，天阴雨湿声啾啾！”——孩子们刚刚唱罢这两句，藤野戴白手套的右手突然举起，手掌竖得笔直，紧接着横向一滑，仿佛擦一面无形的镜子。那手势表示的意思是明白而坚决的——停止！

但孩子们都没看到他的手势，他们皆全神贯注地望着王文琪呢。王文琪眼睛的余光注意到了藤野的手势，却装作并没发现。那时的他，已暂时忘了自己和孩子们所处的局面，差不多完全沉浸甚至也可以说是陶醉在一种精神的幻境之中了——如同自己真的是一位音乐指挥大师，而孩子们是一个合唱团，正在一处什么舞台上，由他指挥着，演唱一首他本人创作的具有史诗性的气势恢宏的大音乐作品。按照作品规定，最后那两句，是要反复唱三次的。一次的声音比一次小，最后渐敛于无。他正得意着呢，所以明明发现了藤野所做的手势却成心装得什么都没看见。

“八嘎！”

藤野吼了一句日语。

王文琪的双手随之一抓，抓住了一只大飞鸟比如孔雀、仙鹤、鸿雁的两只脚爪似的，似乎想要将别人看不见的大飞鸟从空中扯拽下来，搂抱在自己怀里。完成了这一动作之后，他的双手缓缓垂下了，接着缓缓转向鬼子们，右手往胸前横着一放，向鬼子们特绅士地深鞠一躬，如同谢幕那般。

鬼子们皆一动不动，面无反应地望着他。然而，他们内心里是有迷惘且伤感的情绪在激荡着了。这一点孩子们是看不出来的，却瞒不过王文琪的眼。在中国的土地上，倒在血泊之中的毕竟不只是中国人，也还有他们日本的官兵。虽然，中国军人的伤亡肯定是他们这些侵略者的几十倍。如果加上中国人民的伤亡，一百倍都不止。但中国军民却是死在自己的国土上，道义也完全在中国军民这一边；而他们却是死在异国他乡，是为着根本没有半点儿道义的侵略战争而亡的，有些死了也是做了异国他乡的孤魂野鬼——如此这般之心理影响，正是王文琪译、谱《兵车行》的初衷。刚刚，他的目的达到了，他因而倍觉欣然。甚至觉得，总算为同胞和国家之抗战做了微不足道的一丁点儿助力之事，便死也不足惜了。

他接着又向藤野深鞠了同样一躬，佯装出对那日本军曹单独的一份敬意。

“刚才唱的，大大地不好！皇军的不喜欢听！你的，用心坏啦坏啦的！”——藤野一手扶着战刀刀柄，几步跨到王文琪跟前，愠怒瞪他。

王文琪仍鞠躬着，扪在胸前的手也并没放下。

他用日语说：“尊敬的藤野太君，我之所以指挥孩子们唱那一首歌，实在是因为日语歌唱时的魅力，通过那一首音调变化多端的长歌，能够体现得更为充分。没想到您并不喜欢听，这使我感到罪过。但我亲近皇军的心并没变，为了证明此点，请太君千万给我一次机会，允许我指挥孩子们再唱一首皇军们喜欢听的歌。”

他说得恳切极了，态度也恭顺极了。语调嘛，仍是那么一种吟诗般的语调。

藤野沉默片刻，扭头看了其他鬼子们一眼；其他鬼子们有的仍在发呆，仿佛灵魂出壳了。有的向藤野点头，表示还想听。那是一种下意识的点头，点了头其实还浑然不知自己已做出了表示。然而即使是那么一种糊里巴涂的表示，对藤野的心理也起到了不容忽视的影响。毕竟，他们是县城里来的士兵，是池田大佐的“亲兵”。而他是驻守炮楼的，是一名派出军曹，是在配合他们执行池田大佐的命令，所以他不能不照顾他们的情绪。

他退回原地，目不转睛地看着王文琪，一脸严肃地让王文琪报出歌名。

王文琪说那就为太君们唱《樱花》吧。

藤野点头。

王文琪便也退回原地，调整一下情绪，指挥孩子们唱起了《樱花》。

孩子们的歌声刚一结束，藤野背后的鬼子兵们居然鼓起掌来。藤野皱了一下眉，但脸上也难免出现一种动容的表情了，尽管他竭力将那一种表情克制在不被看出的程度。然而王文琪有的是一双曾阅日本人无数的眼，瞟了他一眼就洞察尽净了。

王文琪不失时机地又用日本话对藤野说："感谢太君们的掌声，请允许我的学生们最后为太君们唱一首《故乡》。我也就教我的学生们用日语学会了唱这么几首日本歌，太君们再想听我们也没可唱的了。"

鬼子们又鼓掌。

藤野则又皱眉，亦皱眉亦点头。

这时，除了藤野，别的鬼子似乎全都忘了他们是罪恶的侵略者，是中国人最仇恨的士兵，倒像是些到中国乡村观光的旅游客了。就连那条壮大凶猛的狼狗，其狼性似乎也收敛了，狗性似乎增加了。它蹲着了，不再以狗眼瞪着孩子们和王文琪，随时准备扑咬了。

当《故乡》也唱罢，那狼狗已趴着了。而鬼子兵们，一个个泪眼汪汪的了。连藤野也不顾一向在中国人面前的威严了，他掏出雪白的手绢擤起鼻涕来，擤出了很大的怪异的响声。并且，转过脸去随手擦了一下眼角。

王文琪再次以绅士范儿向藤野们谢幕。

藤野踱到孩子们面前，扫视着孩子们，来回走着。忽然，他抽出了军刀……

王文琪内心一激灵，赶紧上前一步，弯腰低头地说："太君，真的武士，是不做使女人和孩子们害怕的事的。否则武士精神就被玷污了。您如果内心里因为什么恼怒了，何不对我发作呢？"

藤野却对他跷起了另一只手的大拇指，以表扬的口吻说："王桑，你的，大大地好。皇军的朋友的是！"

接着，他用军刀的刀尖指着那个失禁了的男孩儿的裤裆，大声说："小孩，你的尿裤子的不好，将来勇士的不是！"

于是其他鬼子哈哈大笑。

王文琪趁机连连挥手，孩子们在鬼子们的笑声之中四散跑光了。

王文琪暗舒长气。

破败的院落顿时静了下来，鬼子兵们迅速地又站成了两列，将藤野和王文琪夹在中间。

藤野和颜悦色地看着王文琪，向大门口做"请"的手势。那手势他也几乎做得彬彬有礼，相当绅士。

王文琪问要将他带到哪里去。

藤野说驻守县城的池田大佐要见他。

王文琪又问：池田大佐怎么会知道在韩王村有我这么一个中国人呢？

藤野说是他在写给池田大佐的述职报告中提到的。说那些从县城里驾驶摩托而来的皇军士兵是奉池田大佐之命相请的，而他只不过是配合他们完成任务。

王文琪接着问：池田大佐如此抬举于我，是想让我为皇军效什么劳呢？

藤野说那他就不知道了。

王文琪无可再问，也怕将藤野问烦了，虽然满腹狐疑，那也只得与藤野肩并肩地向大门口走啊。

当他在两列鬼子兵的押解之下走到院落外时，见院落外聚集了不少乡亲，其中有韩成贵、韩大娘。原本也有韩柱儿的。他被几个男人硬给拖走了，怕藤野发现了他，对他又生狠毒之心。也怕他又看到了藤野，按捺不住憎恨，做出于己于大伙儿都不明智的事来。藤野们倒也不怎么理睬乡亲们。

乡亲们也都保持着距离，肃穆地望着而已。众目睽睽之下，王文琪被藤野“请”上了一辆摩托车的车斗，藤野自己也坐入了一辆摩托车的车斗，六七辆摩托绝尘而去。

藤野那个班的鬼子们所驻守的炮楼在县城与韩王村之间。摩托队经过炮楼时，藤野那个班的鬼子们站在炮楼的吊桥前向王文琪敬了一个军礼。这使王文琪心中更加一团狐疑了，捉摸不透鬼子们要的什么花招，将会把自己怎么样。

说不害怕是骗人的。

那时王文琪内心里是怕极了。他是特别了解日本人的一个中国人啊。打定主意要向对方实行最残酷的折磨的日本人，往往会在之前向对方表现出最虚伪的礼节。这种玩味礼节、玩味虚伪的过程，对某些日本人是极大的心理享受。

鬼子们一离去，乡亲们立刻议论纷纷。有的说，这次又幸亏了文琪，孩子们平安无事；有的说，文琪被押往县城了，池田那老鬼子比藤野狡诈得多，不知他还能不能自保性命。总之又是庆幸又是感激又是担心，一个个唉声叹气，徒唤奈何。但乡亲们谁也没看到院落里的情形，只听到了院落里传出的歌声，遂将孩子们召集在一起，七言八语地询问。孩子们也就七言八语地回答，每个孩子都认为，老师让他们用日语唱日本歌，完全是不得已的，要不然结果可能很惨。因为鬼子们忽然出现以前，老师正在指挥他们唱《大刀向鬼子们的头上砍去》啊！

韩成贵等抗日骨干，就都到韩大娘家去，商议该怎么办。在韩大娘家，他们也只有一个个唉声叹气，谁也想不出应该做什么。用今天的说法，他们都陷入了无作为的郁闷。不是主观上不想作为，而是客观上难有作为。整整一个团一千余名鬼子兵驻扎在县城里，不调动更多的抗日正规部队，是攻不下县城的。再说，为了救一个人而调动正规部队强攻一座县城，那也没有先例啊。我们的抗日正规部队是保证中国抗战胜利的宝贵实力，非是梁山泊的绿林好汉，不兴为了救一名“弟兄”而呼啸出山，不计代价。鬼子究竟为什么将王文琪押走，将他押到县城后又会怎样对待他，一切情况不明，谁都没了主张。商议的最后结果是，由一个人进山去找到罗队长，听听罗队长有何主张。韩柱儿表现主动，诚心诚意地要求进山。韩成贵沉思良久，决定亲自前往。

武工队仍隐蔽在山里呢。一年四季，夏秋两季因有遍地青纱帐的掩护，是武工队进行抗日活动的有利季节。而春冬两季，青纱帐割倒了，炮楼上的鬼子兵居高临下，他们的步枪可以清清楚楚地瞄准半里地内的人。何况他们还都有望远镜。春冬两季的平原，可以说差不多全面暴露在敌人的军事控制范围以内，所以武工队一向也只能和我们的正规部队一样，躲在山林里养精蓄锐，兼做抗日宣传和秘密组织的建立工作。

然而韩成贵找到他们是不难的。有熟悉路径的交通员引领，他一早悄悄离开韩王村，傍晚就见到了罗队长。

罗队长听了他的汇报，同样的唉声叹声，一筹莫展。

韩成贵问是不是应该将王文琪的事向我们正规部队的首长们汇报呢。

罗队长说没必要啊。说汇报给首长们听了，首长们除了和我们一样替王文琪担心，那也肯定是干没辙啊。要抗战，就会有牺牲。我们已经牺牲了多少好同志、好战友、可亲可敬的人民群众啊！别说王文琪了，就是咱俩的父母，咱俩也没法营救啊。就是咱们正规部队的首长，咱们的正规部队也只能按兵不动啊！

韩成贵说罗队长，那些大道理我都懂。我没有让咱们的正规部队赶快去营救王文琪的意思，我不那么幼稚嘛！但，你罗队长能不能派两名队员，到县城去打探打探消息呢？

罗队长想了想，一口否决地说不能。

韩成贵瞪着他呆愣住。连这样的要求也被干脆反对，是韩成贵万万没想到的。

罗队长耐心地、循循善诱地又说，成贵同志啊，池田大佐那老鬼子最近从保定调来了一批汉奸特务，都是受过专门训练的，配合鬼子加强了县城各处关口的盘查，对他们认为可疑之人一律逮捕、刑讯。仅仅是为了派人进县城去打探情况，那不是让咱们的武工队员去冒极大的危险吗？

韩成贵说：那我白来一趟了？咱们就什么事也不必做了？

罗队长说你也不要闹情绪嘛！你为什么偏偏往最坏的结果去想呢？也许两三天后，王文琪他又毫发无损地从县城回去了。咱们先都这么想，心情不是都会好点儿吗？

韩成贵说如果王文琪这次不像上次被押往炮楼那么幸运了呢。

罗队长半晌没吱声，只闷头吸烟。

如果过几天从县城里传出消息，王文琪被折磨死了呢？

罗队长终于又说道，那我们就再记住一笔对鬼子的仇恨吧！——说时，都没抬起头看韩成贵一眼……

★ 第五章 ★

韩成贵在回韩王村的一路上别提心情有多郁闷了。一方面，他明白罗队长半句错话都没说，如果自己是罗队长，也只能说那样一些话，也肯定除了相陪着汇报者着急上火唉声叹气，再就是一筹莫展徒唤奈何。另一方面，又因罗队长将话说得过于冷静过于直白而大为不快。理是那么个理，但话可以不那么明说嘛！干吗非那么明说呢？其实，他走在进山的半路上，就已经估计到注定是白去一遭了。一年十二个月，几乎月月有我们的好同志、好战友、好乡亲乃至优秀的抗日运动领导者落入敌人魔爪。有时是一个，有时是几个，有时是一批，即使明知他们还没被敌人残酷地杀害，那也只有干着急啊！何况，敌人往往以我们被捕的亲爱的同志、战友、乡亲和领导者为诱饵，布下陷阱，单等我们的营救人员往圈套里钻。稍有点儿大局意识，那就不能轻举妄动啊！每有一个自己人落入魔爪，便找到我们的武工队或正规部队要主张的话，那不简直是儿童般幼稚的行为吗？再者说了，王文琪不是党员，算不上是好同志；

不是对敌战斗成员，算不上是好战友；更不是抗日运动的什么领导。就目前而言，往最好了说也只不过是韩王村一个好乡亲。即使在这一点上，也不是每一个韩王村人都认为他是好乡亲。不错，他救了韩柱儿一命，也使一些孩子免受鬼子的伤害. 但他在万恶的鬼子面前那种种可以说是下贱之极的表现，却是某些乡亲们打心眼里嫌恶的。他教孩子们唱日语歌尤其是用日语唱日本歌，更是某些乡亲们所难以接受的事。特别是那些有亲人被鬼子杀害的人，背地里已开始叫他“汉奸王”了，他自己不知道而已。因为这么样一个人被鬼子客客气气地“请”到县城里去了，还没有什么消息从县城传出，预兆着鬼子将要把他杀害了，自己作为韩王村地下党支部的支书，风风火火地急走了一天进到山里，找到武工队队长，逼着似的非要求武工队队长当面给出主张，实在是小题大做、强人所难嘛！但即使理解罗队长半句错话都没说，他心里的不快却难以消除，实际上，他是希望罗队长用另外一些话骗他，比如罗队长完全可以这么说——成贵啊，大老远地进到山里来，辛苦了！你放心回去，我会派武工队员混入县城去打探情况的。如果鬼子并没有杀害王文琪的打算，还则罢了。如果有，咱们武工队一定要想方设法地营救他！他是受过边区正规部队首长口头嘉奖的人，咱们怎么能不营救他呢？或说——成贵啊，你放心回去，情况我一定及时地郑重地向咱们正规部队的首长汇报，如果王文琪的生命确实危在旦夕，那具体怎么个营救法，要按首长们的作战方案去执行。早就该教训教训池田那老鬼子了，说不定首长们意见统一了，咱们就对县城来一次突袭，一举将鬼子都消灭了，将池田那老鬼子活捉了，开公审大会，就地枪决……

哪怕他看出来了听出来了罗队长明明是在哄骗自己，给自己一种心理安慰，那也不枉自己从天蒙蒙亮走到天黑进山一次啊！

偏偏，罗队长是个实事求是，有一说一，有二说二，一向不打诳语，心里怎么想嘴上就怎么说的人，结果使韩成贵有了一种类似自讨没趣的委屈感。

他回到韩王村时，天自然又黑了。他女人告诉他，那些孩子们的父母来过几次了，都为的是向他探听王文琪的安危。

他没好气地说我和大家一样住在村里，又不是住在县城，我哪里会知道呢？

他女人又告诉他，韩大娘也来过几次了，也许有些人还聚在韩大娘家里等他回来。他女人知道他是在党的人，也知道在群众和武工队之间，他是个重要角色。但那女人明智得很，从没捅破过窗户纸。

韩成贵二话没说，喝了一瓢凉水，抓起一个窝头，边吃边就来到了韩大娘家。进门后，见该聚一块儿的人都聚一块儿了。他三口两口吃光窝头，立刻说起了和罗队长谈话的内容。没按实际情况说。觉得若按实际情况说，大家心里八成也会郁闷起来。他是按自己所希望的那样来“传达”罗队长的话的。他虽然也是个实事求是的人，但有些时候，有些情况之下，比罗队长说话活泛多了。

大家听了他的“传达”，一个个像吃了定心丸，虽然心情还是无法完全稳定，却毕竟不再是那种坐立不安的心情了。韩王村是有几个人死在鬼子的刀枪之下的，但罪恶不是藤野那个班的鬼子犯下的，而是之前驻扎在那座炮楼里的鬼子犯下的。藤野那班的鬼子们接手炮楼以后，他的战刀尚未染过中国人的血，他那个班的鬼子尚未枪杀过中国人。在别处杀害没杀害无法知道，杀害过多少也无法弄清楚，但自从来到华北这一处地方，进驻了那一座炮楼，一年多的时间里还没有。或者也可以说，还没顾得上大开杀戒。人的心理是这样的，亲人一旦被杀害了，死人无法复活，悲痛一阵子，渐渐那悲痛就化作了仇恨的种子，在心里生根发芽。又渐渐地，悲痛被仇恨替代了。而悲痛是令人夜不能寐的，担心也是令人无法成眠的。但仇恨却不是那样。仇恨恰恰相反。人心里一旦仇恨满满，反而吃也吃得下，睡也睡得实了。“不是不报，时候未到，时候一到，一切都报。”正是有仇必报、十年未晚的“境界”。可如果亲人不是眼睁睁地看着被杀死了，而是被押往狼窝虎穴了，那种不安那种担心，是比悲痛更折磨人的。那是对人性最柔软处“实行”的一种酷刑。虽然王文琪不是在韩大娘家那些人中任何一个人的亲人，但他在村里一向待人真诚，乐于助人，并且一向对乡亲们温良恭敬，很有人缘。说他是一位好乡亲，那是符合实际的。对在韩大娘家那些人而言，尤其是好乡亲。罗队长都当着大家的面吸收他为“内部人”了，那还不是好乡亲吗？他们与那些心里暗生着对王文琪的鄙视的人对他的看法是不一样的。因为他们这些“内部人”都知道，王文琪那些被某些乡亲所嫌恶所鄙视的做法，是经过一级级批准的。而且两天前的事实也证明了，十几个刚刚唱罢《大刀向鬼子们的头上砍去》的孩子，因为会用日语唱歌，哄得鬼子开心，居然一个也没受伤害，是多大的幸运啊！尽管藤野们那天是冲王文琪来的，但若看着中国孩子突然恶性大发，战刀劈一个，刺刀挑一个，开枪打死一个，对于他们那还不是儿戏般的事吗？他们以“内部人”看待“内部人”的眼光看待王文琪，于一般乡亲感情之外，自然又多了份特殊感情。受两种感情的压迫，就都觉得如同自己一个亲人落入虎口了，不担心是不可能的。一个个眼睛红肿，分明的连续两夜都没睡好。听了韩成贵的“传达”，都吃了颗定心丸。倒也不是一点儿都不担心了，而是担心小了。起码，认为王文琪的命是有保障了。于是很快也就纷纷散去，各自回家补觉。

韩成贵回到家里却彻夜未眠，翻过来掉过去的，一合眼就见王文琪在被鬼子用酷刑折磨，逼他出卖“内部人”。遍体鳞伤的王文琪则痛苦哀号不止，就要经受不住拷打了。结果惊醒了。惊醒之后，大睁双眼，那可怕的情形也同样在眼前浮现，耳旁仍有声声哀号回响。

一夜噩梦连连的韩成贵，第二天上午谁也没告诉，悄悄进了县城。他要独自打探一下王文琪的处境。他并没去找在县城里的地下关系，怕引起特务们的注意，而是向一些三教九流的熟人打探。他年轻时曾在饭馆当过跑堂，结交下了五行八作的朋友。但从朋友们口中一无所获，都说没听到过任何关于他的亲戚王文琪的事。他看得出，他们并没骗他。这就令他更替王文琪担心了——也许从村里押走王文琪不是鬼子的一般行动，而是“特高课”的行动。他那些朋友，大抵是眼观六路、耳听八方的人。连他们都一无所知，足见那行动的保密程度啊！而被“特高课”带走的中国人，竟然活下来的几乎没有。往往再就是活不见人，死不见尸。他也不仅是替王文琪的生死万分担心，也是替自己及村里“内部人”们接下来的安危提心吊胆。倘王文琪经不住酷刑招了，那么鬼子第二次到韩王村去抓的人，首先必是他韩成贵无疑啊！

一无所获的韩成贵回到村里，对自己悄悄进了县城一次的事守口如瓶，没跟任何人说。一无所获，有什么可说的呢？说了，还不是陡增别人的不安和郁闷，所以也就只有自己一人继续受那份儿不安和郁闷的折磨。

又一天过去了，王文琪没回到村里。

又两天三天四天过去了，王文琪仍没回到村里。

韩成贵带回来的那颗“定心丸”，其镇定的效力渐渐在人们心里消化掉了，失效了。人心于是起了变化，替王文琪的担心快没了，一部分一部分地转变成对他这个人的猜疑了。猜疑既生，则是越猜疑点越多。是啊，他在日本十来年，说是求学，谁知他究竟在日本成了什么人啊！他被押到炮楼里去，那对别人是九死一生之事，为什么他就能安然无恙地离开呢？他说他跟藤野那厮只不过说了些什么什么，可究竟说的是什么，别人也没法搞清楚啊！为什么藤野信任于他？仅仅因为他在日本待过，日语说得好吗？为什么此次被鬼子客客气气地“请”到县城去那么多天，连点儿关于他的消息都没从县城里传出过？

一种惶惶不安的气氛已在村里蔓延，全村笼罩在不祥之中。许多人预料某一天鬼子会突然扑入村子，王文琪自然也跟回来了，狐假虎威地带领鬼子抓这个抓那个……

连韩成贵也是如此了。

然而孩子们心里却只有替他们的老师担心，没有什么猜疑。孩子毕竟是孩子，不谙大人们因被伪装蒙蔽所历的危险，也不谙暴力四伏、血腥遍地之年代大人心理的复杂和叵测。他们白天经常聚在村口张望，有的还爬上树，久待在树上眺望，想要望到老师回村的身影。

第六天晌午，孩子们慌慌张张地跑进村向大人们报信儿——又有鬼子们的几辆摩托向本村驶来了！

韩成贵就挨家挨户告诫“内部人”们紧急隐蔽。向村外跑是来不及了。一眼能望到几里地外的平原野地上，跑也没处跑藏也没处藏啊。说隐蔽，其实也就是猫在自家屋里或附近挖的秘洞里而已。

韩成贵自己刚刚猫起来，鬼子的摩托队已进了村。他们和来“请”走王文琪时一样，一直将摩托开至王家院落外。藤野仍在鬼子兵之中，也仍坐在摩托车车斗里，王文琪坐在另一辆摩托车的车斗里。该紧急隐蔽的隐蔽起来了。一时没顾上东躲西藏的，或自认为不至于被怀疑是危险抗日分子的，见鬼子们的来势并无搜捕的架势，而且来的不多，便陆续壮着胆子跟到了王家院落前，一个紧挨一个站成一堆远远观望。他们那么做，是出于一种安全感的促使。好比非洲大草原上食草类动物的种群，当狮豹出现都本能地聚拢那样。事实上那也是明智之举，因为如果一户户被堵在家里，面临的危险更大，被杀害的概率也更高。

他们看到，藤野先下了车斗，然后以特绅士的手势将王文琪请下了车斗。再后，啪地双腿并拢，对王文琪敬了一个极标准的军礼，一转身旁若无人地又上了车斗。而摩托车一辆紧跟一辆调转车头，片刻未停地离开了。

王家门楼歪斜、台阶坍塌的院落前，于是只留下了孤单单的王文琪一人。

村人们远远望着他。

他也不知所措地望着村人们。

村人们都不敢上前跟他说话了。

孩子们也从各家聚拢来了，也远远地呆望着他，不敢上前和他说话了。

他右手缓缓举了起来，分明是在向大家打招呼。

大人孩子，没有一个也举手向他打招呼的。

他那只举起来的手，在空中僵了片刻，缓缓地垂下了，仿佛被看不见的绳索往下拽，仿佛不情愿垂下，却又扛不过那看不见的绳索往下拽的力道。

他一转身快步进入院落里去了。

大人孩子一个个满腹狐疑地散了。

不一会儿，韩成贵也进入了王家的院落，脚步轻轻地走到王文琪住的那间小角屋门外，干咳了一声。

王文琪在屋里说："听出你是谁了，进来吧。"

一种大郁闷着的语调。

韩成贵进了屋，见王文琪低着头呆坐在炕沿，旁边放着一卷白布。

韩成贵说："回来了？"

王文琪抬头呆看着他，不说话，那意思是——这不明摆着的事嘛！

韩成贵又说："你怎么把自己变成了这副样子？"

王文琪从头上抓下军帽，往炕上一摔。接着双手交替褪下手套，也摔在炕上。

韩成贵皱眉道："聋啦？"

王文琪这才恼火地说："你问的废话！难道会是我向鬼子死乞白赖非要到不可呀？池田那老鬼子非给我，还逼我在回来之前穿上，我有什么办法？"

韩成贵被反问得也一时说不出话。

王文琪恨恨地又补充了几句："我一个人被押到了虎口里，满眼看见的全是鬼子。我看池田那老鬼子笑里都藏着刀，彬彬有礼、和颜悦色地说话时，眼神儿里都透着杀气。我不是英雄好汉，我骨子里是贪生怕死之徒。在那么一种情况之下，我每一天的分分秒秒都如同是在刀尖上挨过的，连装也装不出一分英雄好汉的样子。还不是他要我怎么样，我就只有俯首弯腰、奴颜婢膝地怎么样吗？"

韩成贵也默默坐在炕沿，卷了一支烟递给王文琪。王文琪吸过几年烟的，后来戒了。即使在吸烟的那几年里，也从没吸过农村汉子吸的叶子烟。但他犹豫一下，接了过去。

韩成贵也为自己默默卷了一支烟。

二人都吸着烟后，韩成贵垂下目光，望着地面说：“汇报汇报吧。”

王文琪犯了倔劲儿，顶撞道：“没他妈什么可汇报的。”

韩成贵猛一抬头，转脸看他，见他也正恼火地瞪着自己，严肃地问：“你拒绝汇报吗？”

二人互瞪了一阵，王文琪低下了头，语气顺从了：“你到是要听我汇报些什么啊？”

韩成贵一点儿没变严肃的口吻，审讯般地说：“把你到了县城以后的一切经过，一五一十地都汇报给我听！”

王文琪沉默良久，终于开口汇报了起来……

他的说法是：在敌人进行那次扫荡时，藤野向池田报告了韩王村有他王文琪这么一个非同一般的中国人，可以经过进一步考验之后，培养成值得他们日军特别信任，而又特别能为日军服务的人。

韩成贵问是藤野那厮对你说的。

王文琪摇头。

韩成贵又问那你怎么知道。

王文琪说他推测肯定是那样。

韩成贵说你的推测只不过是你的推测，别那么肯定。

王文琪又恼火了，也又顶撞道：“你如果不许我说我的推测，那我就没法汇报了，也根本汇报不清楚！”

韩成贵又卷了一支烟递给他，替他点着后，用肩头撞了他一下，缓和了口气说：“你别跟我抬杠嘛！我来听你汇报汇报，这可是为你好。你想啊，鬼子用摩托车将你接到县城里去，一去六天，今天又是鬼子用摩托车将你送回来的，而且藤野那厮还向你敬军礼，而且你变成了这样子，许多乡亲都看见了，许多孩子也看见了。你是聪明人，他们心里会怎么想，不必我说你也明白吧？如果你没做对不起中国人良心的事，那就得有个人替你把乡亲们内心里的种种猜疑消除了吧？靠你自己去消除的话，你有几张嘴呢？由你自己去消除，谁又信呢？那就莫如由我听了你的汇报后替你去消除。当然，首先你得老老实实地向我汇报，并且，得能让我相信你说的都是真的，对不？”

王文琪固执地说，他的汇报必须加入他的推测、判断，否则，不仅韩成贵肯定会听不明白，就连他自己也是没法说明白的。

韩成贵愣了愣，强调说那你得这么汇报给我听，你得把你的推测、判断和实际发生的事严格区别开。哪些是你的推测和判断，你要预先来个声明。

王文琪问：讲后声明就不行？

韩成贵不耐烦地说，叫你别跟我抬杠，你还非跟我抬杠！讲后声明当然也行啦。

王文琪就说，刚开始汇报的，是他的推测。信不信，只能随你了。

韩成贵没表示信，也没表示不信，只催促他接着往下讲。

王文琪问：“你认为藤野那厮他为什么要向池田老鬼子报告我这个人？”

韩成贵想了想，摇头。

王文琪说：“那厮是个军官迷，做梦都想在他们日本发动的这场侵华战争中多立战功，胸前挂满勋章，以军官的身份回国返乡。他对自己来到中国四五年了仍是个小军曹，别提有多沮丧了。他曾在炮楼里跟我说过这么一句话：‘我讨厌炮楼像讨厌活棺材。’据守炮楼的日军是基本上没有提拔机会的，他的话暴露了他强烈的爬升欲望。那么，想要爬升只剩下了一种选择——引起长官的注意。于是，我就成了他引起长官注意的事。以上，是我根据我的推测所进行的分析、判断。你认为我的判断有道理吗？”

韩成贵不置可否地说：“咱不管他们鬼子之间的鬼事，你快讲你那六天是怎么过来的！”

按王文琪的说法是，池田老鬼子在扫荡中从马上跌落了一次，将腰扭伤了。他被押到县城后，池田先是命他给自己治腰。

韩成贵问：“你又想说，是藤野那厮向老鬼子池田举荐的你，而这是你的推测对不对？”

王文琪说：“对。肯定就这么回事啊。要不没法解释了。我在炮楼里为藤野那厮按摩过嘛！”

韩成贵忍不住又问：“县城里有日本军医，他有什么必要非派鬼子兵骑摩托将你押到县城去？”

王文琪说：“这你就只知其一，不知其二了。在日本民间，也是很信服中国的中医的。但在日本军队里，军医差不多都是毕业于军医学院的。而日本维新以后，医学院里逐渐形成了鄙视中医、崇尚西医的偏见。尤其军医学院，所开的课程全是西医课程。所以他们日本的军医，几乎没有中医治疗能力。而治疗腰扭伤，要按西医的方法，得用夹板将腰部夹住，还得终日仰面朝天卧床不动，一天服几次西药丸。少说半个月才能拆夹板，拆了夹板也不会就行动自如了。而且，估计半年一年内是骑不了马的。池田那老鬼子，哪儿能接受这么一套治疗方法呢？治疗肢体扭伤，咱们中医有诀窍。按摩加上敷膏药，见效快，愈后情况好。可他们的鬼子军医不行啊！请县城里的中医吧，老鬼子又防戒心极大，唯恐遭到咱们中国人暗算。所以嘛，藤野那厮一举荐，他当然就同意啰！”

韩成贵眯起眼，又转脸看王文琪。

王文琪也转脸看他，也坦然而期待地眯着双眼。

韩成贵终于说：“算你判断得对。”

王文琪就又娓娓道来地往下说，他被押到县城以后，由藤野带到了长官居住区的一间小屋里。小屋里有单人床、床头柜、暖水瓶、水杯、钟表、尿盆什么的。总之，旅馆房间应有的那些东西差不多全有。不同的是，门外有名小鬼子兵把守，“三八大盖”步枪还上着明晃晃的刺刀。

韩成贵揶揄：“亏你还知道‘三八大盖’！”

王文琪苦笑：“那谁不知道啊！”

他说，在那间小屋里，藤野那厮才告诉他，为什么把他请到县城。还双靴一并，弯一下腰，用日语小声说请多关照。藤野走后，他无所事事，想到屋外观察观察环境。刚一推开门，被小日本兵用刺刀挡住了。他只得听天由命地往床上一躺，回忆中医治疗腰部扭伤的种种经验，思忖先用轻柔的手法好还是先用深重的手法好；一次按摩多长时间；该用哪几种膏药；怎样取得池田老鬼子的信任，才能使他尽量配合自己的治疗；等等……

韩成贵问：“你还心想，只有治好那老鬼子的腰扭伤才能顺利脱离虎口对不？”

王文琪回答：“对。”

韩成贵又问：“也这么想，如果治不好，离开虎口就很难了？”

王文琪回答：“不错。”

“万一没治好，反而加重了，那老鬼子肯定轻饶不了你。还这么想了吧？”

“确实。还那么想了。”

“所以，使出浑身解数，也要把那老鬼子的腰扭伤给治好了——这是你想来想去，最后的想法吧？”

“正是。我想的有什么问题吗？”

“又杠！我那么说了吗？”

“这一次是你跟我杠。”

“我是跟你杠吗？也得允许我推测推测你，有点儿自己的判断吧？”

“我当时只身落在虎口里，面对的是装着客气、骨子里穷凶极恶的鬼子，我不推测行吗？你是在我家里，咱俩都是‘内部人’，你犯得着也推测我吗？”

“正因为咱俩都是‘内部人’，所以我才心里怎么推测的，嘴里就不绕弯子地问了。别啰唆，赶紧汇报！我可有言在先，今天你不老老实实汇报个一清二楚，从明天起，那你就不再是‘内部人’了！”

韩成贵最后一番具有忠告意味的话对王文琪的逆反心理起到了解构性的作用，王文琪不再抬杠了，他的汇报开始变得自觉了。

按照他的讲述，当天晚上，藤野陪他在军营中的长官用餐室共进晚餐。所谓长官用餐室分为一室、二室、三室。一室是池田及参谋长、宪兵队长等高级长官的用餐室。藤野与王文琪面对面坐下后，倍感荣幸地告诉王文琪，那是第一餐室。王文琪自然也相应地表现出受宠若惊的样子来。没上酒，却吃到了久违的大米饭。藤野说，那可是正宗的日本北海道大米，是专列从日本运来的，特供给团以上长官的。王文琪心事重重，面对着雪白的大米饭和香味四溢的红烧肉，也还是觉得腹胃胀气，没有食欲。倒是相陪的藤野狼吞虎咽，直撑得肚子突凸起来，饱嗝不断，才恋恋不舍地放下了碗筷。

饭罢，藤野将王文琪引领到了池田的长官办公室门外。鬼子卫兵都没让藤野进入，他只得盘腿坐在门外的木板廊阶上等着。卫兵搜了王文琪的身以后，才允许进去。池田的办公室、会客室、卧室是相通连体的三大间屋子，王文琪正站在办公室中央犹豫着该不该往里走，一位戎装挎刀威武雄壮的军官从会客室大步而出。王文琪以为他便是池田，赶紧鞠躬，连说："皇军万岁万万岁！"那军官傲慢地声明自己并非池田大佐，只不过是他的副官。之后，示意王文琪跟随着他往里走。走过会客室，也就进入了池田的卧室，那卧室有四十平米，除一张宽大的双人床，两个中式衣架，角落那儿的一个大木桶以及一张不大的桌子，再就没别的东西。两个衣架一立于床左，一立于床右。立于床左的，挂着军衣军裤军帽；立于床右的，挂着军刀和套中的短枪。而桌上，也仅有一面小圆镜和洗漱具、刮脸刀而已。

池田原来是瘦小老头，刚出浴，穿着和服，出家人似的在床上打坐。副官和王文琪进去后，他连眼都没睁一下。他显然刚修了面，一张苍白瘦脸刮得铁青。已经快完全秃顶了，一圈稀疏灰白的头发贴脑壳梳得顺顺溜溜的。

副官走到床前，俯身用日语低声说："大佐，那个姓王的中国人在您面前了。"

池田仍没睁一下眼，仿佛坐化了。

副官也不再说什么，大步然而是轻轻地走到大木桶旁，拽一根垂在桶边的绳子，于是将桶内的一个木塞拽了起来。那桶连着一截胶皮管，分明的，可将水放到外边的水沟里去。副官那么做时显得特麻利，看得出那也是他的一种职责。

在汩汩的流水声中，池田老鬼子终于睁开了双眼。

王文琪暗吃一惊，他没想到那老鬼子有一双与其瘦脸不相适的大眼睛，一双深陷的大眼睛，目光冷飕飕的，流露着老谋深算。这使他的头看去像一只鹰的头。如果他还长着鹰钩鼻子，那就更像了。虽不是鹰钩鼻子，鼻梁却挺高的。那老鬼子没留胡子。肯定是因为连胡子也花白了，若留反而有损长官形象。

他用日语叫王文琪走到他跟前去。他的话说得声音细小，王文琪无法判断那算不算是一种和气的语调。但不能算凶恶，甚至也无威严可言却是真的。

王文琪怯怯地走到了床边；一半是真的忐忑，一半是装的。

老鬼子问他打算怎么治。

他说那当然要认认真真全心全意地治了。

老鬼子就无声一笑，对他的回答做出了满意的表示。

他请老鬼子背对他坐到床边，说是要先检查检查扭伤的情况。

老鬼子又一笑，默默照办了。

这时副官也站到了床边，左手握刀鞘，右手握刀柄，防备地盯着王文琪的一举一动，随时预备拔出刀来一刀将他劈为两半的架势。

此时的他，也只有当那副官并不存在，当自己确是一位推拿高手，池田那老鬼子也只不过是扭伤了老腰的患者，认认真真全心全意地为其检查了。结果令他七上八下悬在胸膛里没着没落的一颗心稳定了——池田老鬼子的腰椎关节两节发生错位，使两侧的软组织扭曲，显然那会压迫到两侧的神经，并影响两侧血管中的血液正常运行。只要能使两节错位的关节复位，一切痛苦症状自会消除大半。

他问老鬼子头晕不晕，双腿麻木不麻木。

老鬼子回答头一直晕，双腿麻木得不听使唤。

他说那是必然的，将自己手感的印象说了一遍。

老鬼子问：没拍片子，你的手感印象肯定准确无误吗？

他自信地微笑道，那是中医推拿师的一般经验，绝不会有误。自从坐上鬼子的摩托车，他第一次脸上露出了笑模样。同时暗想：你个可恶的老东西，今天也得依靠中国人来替你解除痛苦了吧？

老鬼子又问那你打算怎么治呢。

他说以自己的经验，虽不敢言手到病除，但使关节复位是不成问题的。老鬼子说那开始吧。

于是他请老鬼子背朝自己侧卧下去。

他和那老鬼子始终说的是日语。老鬼子的日语有浓重的北海道腔调，而他说的是极标准的东京日语，即日本的官话，国家广播电台播音员才能达到的水平。池田老鬼子是从关东军调过来的，已来到中国多年，参加过日俄争夺旅顺的战役。那老鬼子在军中被誉为中国通，中国话说得挺溜儿。但他一句中国话都不跟王文琪说，王文琪推测，是出于骨子里的傲慢。也许他认为，跟一个“支那人”细声慢语地说日本话并不有损于他作为大日本皇军军官的威严，但用“支那语”跟一个“支那人”细声慢语地说就有损于了，那是“支那中国人”不配享有的待遇。心里这么推测，王文琪就成心将每一句日语都说出日本官话的标准，并在内心里暗自获得一种语言优于对方的快感。那老鬼子显然也觉得自己在日语方面自愧弗如了，能用点头或摇头表示的话就干脆不说了呗。

王文琪请老鬼子放松身体，一肘抵住他后背，一手扳住他的髋骨，轻轻哼着日本民歌，摇动一截圆木似的来回摇动他的身躯。摇着摇着，骤一发力，但听咔嚓一声骨节响，老鬼子同时哎哟大叫一声。

副官一脚将王文琪踹倒于地，右手随之抽出了战刀，双手将战刀高举在王文琪头顶，口中大吼一句：“浑蛋。”

王文琪坐在地上，并不理会头上那刀，只看着池田老鬼子的身躯，欣然地说："已经复位一节了。"

副官愣了愣，也不由得扭头看他的长官。

老池田欠起身，以手势命王文琪站起来。

王文琪却不往起站，捂着肋部开始哎哟。

老池田就用眼色命副官将王文琪搀起。王文琪被搀起后，这才说太君是我不对。我忘了告诉您，是会有点儿疼的。我以为，那点儿疼对您不算什么呢。您请躺下再欠几次身，看疼感是不是轻了？

老池田于是重新躺下，再次欠身。如是三次，自言确实疼感轻了。

王文琪仔细将他腰椎按了一遍，说一节错位的关节果然复位，而且复得很正。老池田命他再复位另一关节，他说今天不能进行了，明天吧。

老池田板脸问为什么。

他说刚才猝不及防挨了一脚，自己的肋部被踢得很疼。而且呢，受了惊吓，一时难以集中精力了。若这会儿非要求他继续，难保不会出闪失。一旦出了闪失，后果将极严重，也许会导致下肢瘫痪的。

老池田谴责地看了副官一眼，无奈地命副官送王文琪回去。

王文琪临走时说，刚刚复位那一关节周边的软组织、血管和神经，需要重新适应复位后的生理状况，所以，不能急，最早也应该是明天晚上再复位另一关节。也最好是在太君泡完澡后。其实他内心里的真实想法是：我才不将你老鬼子的痛苦一下子全解除了呢，你今天晚上也照样别想睡成好觉！

副官将他送至他住处的门前，并拢双靴微鞠一躬，老大不情愿地说："请多包涵！"

王文琪也很绅士地回一躬说："我容忍您的野蛮。"——将"野蛮"二字有意说出强调的意味。虽然嘴上是这么说的，却将腰弯到了七十度左右。在日本，九十度大躬表示“最敬礼”，对至尊长者才鞠此大躬。一般男人和男人之间七十度左右的一躬就意味着老大的敬意了。那鬼子副官听他说自己“野蛮”，本欲发作的，见他立刻又对自己鞠七十度左右的一躬，忍住了恼火没有发作，猛转身悻悻而去。

王文琪问“站岗”的小鬼子藤野到哪里去了。小鬼子说藤野已经被送回炮楼去了。

他进入房间，往床上仰面一躺，因为藤野离去，身陷虎穴的凶险之感和孤独之感，竟又增加了几分。他觉得，比之于老鬼子池田，藤野到底还算是一块自己的挡箭牌。又想，第一天总归是相当平安地挨过去了，虽然结果难料，但若注定了凶多吉少，那么担惊受怕也还凶多吉少。倒莫如听天由命，该吃便吃，该睡便睡得好。想开了，于是一翻身，酣然睡去。

第二天清晨，他被日军出早操的军号声惊醒。那“站岗”的小鬼子多了一项任务，似乎兼是他的勤务兵了，给他送来了香皂、毛巾、牙刷、牙粉，皆军中发的日货。

他洗漱时，小鬼子居然替他倒了尿盆，并冲洗得干干净净。

他连说“再不可”“再不可”。

小鬼子不看他，也不说话，又默默替他倒洗脸水。

他问小鬼子是日本什么地方人，小鬼子却突然翻脸，冲他低吼了一句：“放肆！”

那是一句中国话，发音还挺标准。

见小鬼子一副拒人千里的凶相，他明智地不打算再和对方套近乎了。

早餐是大米粥、馒头、一小碟咸菜、一个咸鸭蛋。他从容地吃时，发现小鬼子在窗外偷看他，看得直咽口水。分明，那样一份早餐，是小鬼子平日所吃不到的。虽然他已打定主意不和对方套近乎了，但一经发现小鬼子那馋样，主意又改了。他没吃那个咸鸭蛋，连同一个馒头给予小鬼子。小鬼子这一次没说“放肆”，犹豫一下，左右看看，见四周无人，急忙接过揣入兜里。

饭罢，他被允许在院子里散步。那日军的团部，原本是县女中。日军占领了县城以后，谁家的姑娘还敢上学呢？校长举家南逃了，老师失业的失业，改行的改行，根本不必日军驱赶，空无一人的女中就成了他们的团部。王文琪留了份儿心思，一边绕着操场信步走似的，一边将哪几排房子是警卫连，哪几排房子是军官宿舍，哪几排房子是伙夫房、医务室、会议室等，在心中清清楚楚地暗记住了。连团部总共大约有多少鬼子，也估计了个八九不离十。

中午饭和昨天的晚饭一样。一经想开，也有胃口了，饱饱地吃了一顿，倒身又睡了次长长的午觉。

晚饭后，和昨晚差不多的时间，鬼子副官将他请到了池田那老鬼子的卧室。真的是请，因为那鬼子副官口中不但清清楚楚说了“请”字，还做出了“请”的手势。老池田已浴罢，照例穿着和服盘腿坐在床上。

他问了几句类似查房医生该问的话后，向老池田讲起了《三国演义》中华佗为关云长刮骨疗毒的片断。刚讲了几句，老鬼子竖起一只手掌打断了他，说自己读过日文的《三国演义》，知道关云长这个人物，当然也知道刮骨疗毒那段故事。并说在必要的情况之下，关云长能做到的，他也完全能做到。

王文琪始料不及，轮到他自己发愣了。但那仅是几秒钟的一愣，随即对那老鬼子大加奉承，说自己之所以讲起关云长，其实没别的意思，只不过是想对他这样一位可敬的大日本皇军军官表明这么一种看法——

日本的武士道精神，与中国古代的英雄本色以及西方的骑士风尚，内涵是相通一致的。而通过昨晚短暂的接触，他从对方不言而威的气概中，领略到了他一定是一位关云长式的义勇兼备的人物。

老鬼子听罢哈哈大笑。笑罢，眯眼看着他说："你的，狡猾狡猾的，拍马屁的内行！"

心机被道穿，他也只有陪着讪笑而已。

池田老鬼子倒也没继续使他难堪，像昨晚那样，主动背朝他侧身躺下了。因为昨晚第一处错位关节一下子复位，王文琪竟心生了一种类似初战全胜的感觉。今晚他自信满满，在几乎毫无心理负担的较好情绪的支配之下，像昨晚一样，一边用日语轻轻哼着日本民歌，一边进行按摩，以使老鬼子的腰肌完全松弛。老鬼子被按摩得直哼哼，如同一头猪被挠痒挠得极舒服。

又是出其不意的一发力，又是"咔"的一声……

老鬼子这次倒没疼得叫起来，只低沉地"嗯"了一声。

王文琪小声说："太君，不要动，请保持姿势。"

老鬼子就一动没动。

王文琪接着又按摩了半个小时左右，这才停止，退后一步，双臂肃垂，低头又小声说："太君，您可以坐起来活动活动腰部了。"

老鬼子不说话。

副官也说："大佐长官……"

老鬼子发出了微微的鼾声。

王文琪抬起了头，见副官正不知如何是好地看着他。

他说："我又成功了，请允许告退。"

副官懵里懵懂地点一下头，王文琪鞠一七十度躬，也不直起腰，一步步退了出去……

那时也就八点多钟，天黑不久，离就寝的军号响起还早。王文琪回到他住的屋子百无聊赖，就想再出去走走。“站岗”的小鬼子阻止住了他，有点儿抱歉地说，天黑以后，他是不得离开那屋子的，除非去厕所。而即使去厕所，自己也得相陪着去到厕所前——是长官的命令。

他问是哪一位长官的命令。

小鬼子装聋作哑，不说。

他又问：那我唱歌可以不可以？用日语唱日本歌，不大声唱。

小鬼子想了想，说长官没下达不许他用日语唱日本歌的命令。

这就等于同意了。

于是他将碗、盘子和杯子一溜摆在桌上，端坐椅上，轻轻敲击着唱了起来。

他会唱的日本歌很多。可以这么说，在占领县城的这整整一团日本官兵中，绝对找不出一个比他会唱的日本歌还多。如果进行对歌比赛，那么冠军肯定是他这个中国人无疑。而且，他天生有副好嗓子。那副好嗓子，又似乎天生地适合唱日本歌。凭这样的好嗓子，他曾在东京大学的歌咏比赛中一举夺魁，戴上过“最能歌先生”的桂冠啊！

他原本是为了自娱自乐，排遣内心里的孤独和寂寞才唱的。一边唱一边还不无自得地想，可以在日本军营里随便唱歌的中国人，自己肯定是第一个了。

无意中一扭头，发现窗外伫立着些人影。他立刻就明白了，是些被自己的歌声吸引过来的日军士兵。

他笑了，内心顿然升起爱国情怀。干脆起身推开了窗，推开了门，重新坐下，继续轻轻敲击着唱。方才为了使自己的心情好一些，他唱的是欢乐的日本歌。重新坐下以后，他不唱欢乐的，开始一首接一首唱想念恋人的，思乡的，因而也是特感伤的日本歌了。唱得感情越发投入，越发饱满了，连自己都被自己唱得泪眼汪汪的了。

窗外门外的身影是越聚越多了，他发现其中也有几名下级军官。那些身影一动不动，如同一部分石林。在月光下，他们肩章、领章上的金属星、豆亮晶晶的，显得异乎寻常地诡秘。

忽然，有年轻女子妙曼的声音响了起来。那声音和他而歌，渐唱渐近。于是，一个穿和服的女郎进入他视野，边唱边走到窗口那儿，款款地坐在窗台上，睇视着他，仍和唱着。他看出她不仅是穿和服的女子，而且确实是一个日本女子。但只看了一眼，不敢一直看着她唱。他心里明白，她看着他唱是没什么的，若他也一直看着她唱，对于自己则是极其危险的。因为他与她和唱的是一首日本情歌，如果哪一名伫立窗外的日军军官听得冒火，一枪毙了他，那毙了不也就是毙了吗？但他并没停止歌唱，因为一旦停止，必定会使鬼子们认为他内心卑怯。而一旦给这些鬼子兵和下级军官那么一种印象，他的安全也又减分了。他深知，日本男人，尤其日本军人，是打心眼里鄙视在他们面前显得卑卑怯怯的别国男人的，不论是哪一国的。倘若遭到鄙视，那么尊严也就不保了。倘若遭到极端的鄙视，那么就等于被视为猪狗了，恐怕连生命都可虞了。因为人性恶的一个特征乃是——起先只不过是拿被鄙视的对方耍弄着开心，随之“娱乐”欲望升级，变得强烈，接下来就要以虐待、折磨和伤害来满足了。人性恶的此种特征，在侵华日军身上体现得格外分明。王文琪太清楚这一点了，所以才不停止歌唱，才旁若无人地继续唱。同时他想，我是池田那老鬼子请来的，在那老鬼子面前，我只得装出几分卑怯，那是我取得他信赖的策略。但对这些鬼子兵和下级军官而言，我毕竟是被请来为他们的一号长官治病的，是享受他们一号长官款待的客人，我犯不着在他们面前表现出半点卑怯嘛！何况在日本人面前，他心中从无丝毫的“卑”，只不过因情况不同而有过或大或小的“怯”罢了。

那日本女子嗓音很好，属于娇柔甜绵的那一种。确切地说，她实际上只能算是日本小女子，估计年龄也就在十六七岁左右。不管谁，一味往大了猜她，那也不会猜到十九岁以上去。乌黑的长发，在她头顶盘了一个大髻。盘得挺紧，用一柄红色的簪子插住。一张尚未褪尽少女纯情的脸上，单眼皮儿的大眼睛黑白分明，流露着生性调皮的眼神儿。她的脸庞很白皙，蛾眉入鬓，唇红齿白。显然，她是惯于与人和唱的。她的声音不高不低，既未喧宾夺主地大过王文琪的声音去，也不至于小到使别人听不到了。总之，她将自己的音量控制得恰到好处。通过那么一种声音，她似乎是在向王文琪也向窗外的军人们证明，自己只不过是一个前来凑趣的歌者，一个和唱者。虽然已经九月初了，华北地区的晚上开始凉了，她却仅穿了一件白底蓝花的布料和服，呈现着修长的小鹿一般的脖子和上部分胸脯。她的脖子和胸脯也是那么白，比脸庞更白。如玉。她脚上没穿袜子，双腿交叉，木屐在光脚丫上挑着，随着歌唱的音节一晃一晃的。

二人同时收声。窗外居然响起了掌声。当然不是齐刷刷一致的掌声，而是此起彼落分分散散的掌声。

王文琪站起身来，垂首肃立，先向那小女子鞠了一躬，接着向窗外门外的官兵们又鞠两次。是微躬，礼节性的那种。此时他不禁地产生了错觉，仿佛自己仍是东京大学的中国学子，仿佛是在大学礼堂的舞台上谢幕。

坐在窗台上的日本小女子向他伸出了一只手，意思是让他将她扶下来。他走到她跟前，她的一只手搭在他肩上，软绵绵的，无意撑持，双脚也不往地上蹦，一双眼目不转睛地看着他，笑成了一弯钩月。他明白了，她是要他将她抱下窗台。王文琪犹豫了，望窗外的鬼子们，见他们一个个也都在面无表情地望着他。那是真正的面无表情，魂游千里之外还没回归自己肉身的那一种无表情的面相。他想也不能让她的一只手长时间地搭在自己肩上啊，趁外边的鬼子们一个个还没醒过神儿来，干脆顺了她的意就将她抱下来得了。于是他弯下腰，一只手臂往她双腿之下一探，另一只手臂揽着她后背，轻轻松松地就将她抱了起来。在他将她往地上放时，她的一只脚轻轻一踢，将一只木屐甩出去了。她这一小动作他看在眼里，心里也明白她是故意的了。刚才她坐在窗台上唱歌时，他以为她是哪一位军官的女儿。偶尔，也有鬼子军官们的家眷到中国来看望他们，她这样一个小女子出现在日军的军营里也不是太稀奇的事。但此刻，他立刻又做出了另一种判断——她才不会是什么军官的女儿，肯定是一名随军妓女。倏忽间，他心中生出嫌恶来。但随之，同情也在心中接踵而至。如花般年龄的一个女孩儿啊，还自己不为自己叹息，还得看机会不管对什么样的男人就施展一下卖弄风情的小伎俩，你天生的下贱坯子啊！

她却悄声用日语对他说："你不能让我一只光着的脚也站在地上。"

他用日语回答："你说得对。"之后，不得已地将她横抱胸前走到了那只木屐旁，轻轻放下她。她当然是一足着地啦，另一只光脚丫向前伸出，伸直得连脚踝都快与脚面水平了。似乎他俩在跳什么双人舞，而她做的是一种舞蹈所规定的动作。她的一只手依旧放在他肩上，这次有点儿劲儿了，算是在撑着了。并且，她的身子斜靠着他的身子。他怎么会不明白那是什么意思呢？于是，默默替她将木屐套在脚上了。

窗外的门外的鬼子官兵们，一齐朝屋里望着他俩的举动，全在无声地笑，脸上全都出现一种骄矜的表情。分明的，他们认为，那是一个有特殊身份的中国男人奴仆般臣服于一个他们日本的小军妓的证明。确乎，关于他曾是东京大学什么博士这一点，已在军营中传开了。他的高学历使他们暗生嫉妒。这一个团的鬼子中还没一个曾是大学生的呢，他们的一号长官池田大佐也只不过是从军校毕业的，怎么能不嫉妒呢？何况那“支那人”是他们堂堂东京大学的博士。即使是在日本，他是一个日本人，他们这些底层人家出身的士兵和下级军官，那也是会嫉妒他的！不论在哪一国家，不论在古代还是近代，底层人家出身的士兵和下级军官，对自以为是高级知识分子的人，一向是心理不平衡的。在他们经常出生入死的战争年代，这一种不平稳的心理每变得相当强烈，甚至会形成歧视。那会儿，他们倾斜的心理平衡了不少。“支那人”就是“支那人”！曾是东京大学什么博士的“支那人”，那也终究还是“支那人”！只要是“支那人”，其身份就一概在日本人之下，包括日本的小军妓！看，这一个自以为身份特殊的“支那男人”，不是正在为我们的一名小军妓穿木屐吗？他们内心里几乎全都在这么想。虽然，他一次也没敢在他们面前流露出半点儿自恃身份特殊的样子，但是在他们看来，似乎他内心里就是那么自以为是的……

王文琪替那小军妓的光脚丫套上木屐之后，特绅士地做了一个往外恭请的手势。当时的他，内心里充满了对她的厌恶，也充满了惜香怜玉之同情。两种几乎同等程度的情绪在他内心里打架，难分胜负，纠结一团。

小军妓却不想离去，她大大方方地拉着王文琪一只手，将他拉到了窗前，问外边的鬼子们还要不要听他俩再唱了。

那些鬼子就七言八语嚷嚷着说还要听。她又问王文琪还会唱什么日本歌。

他说凡是你会唱的，我估计自己都会唱。即使连你都不会唱的，我也会唱不少。

她不言语了，轻轻唱了起来。刚唱半句，王文琪立刻和之。他一和，她马上改唱另一首，而他又立刻和唱。如是四五番，她终于不再改唱，看得出是信服王文琪的话了。最后他俩唱的是一首相当古老的插秧歌，歌词大意是一位老母亲在插秧的季节累得腰都直不起来了，盼望儿子能回到家乡帮他插秧。可儿子已离开家乡多年未归了，在哪里不知道，在干什么不知道，死活也不知道……

他俩一个站立在窗的左侧，一个站立在窗的右侧；她看着他唱，他垂着目光唱。

窗外那些鬼子官兵，有的脸上闪着泪光了。

"八格牙路！"——外边突然响起一句恼怒的咒骂声，王文琪本能地戛然而止，那小军妓却继续唱，仿佛没听到。又仿佛，虽听到了，但根本不将咒骂之人放在眼里，仍目不转睛地看着王文琪，都没朝窗外瞟一眼。

王文琪听出了那是老池田的副官的声音，但也没朝窗外转脸，低着头，垂着目光，一动不动地肃立着而已。

鬼子副官继续咒骂着，从头上扯下军帽，用以抽打那些呆呆听着的鬼子。待他将那些鬼子从窗前门前驱散了，小军妓也唱完了。她看着王文琪微笑，笑得有几分洋洋得意。仿佛对副官的粗暴制止不予理睬，是体现了一种尊严。

那副官闯入屋里，朝小军妓扬起了抓着军帽的手。她则毫无惧色地仰着脸，瞪视着他，似乎认为他不敢用军帽抽打她。

那副官也确乎被她瞪得犹豫了，抓着军帽的手僵在半空中。

王文琪此时已抬起了头，用日语低声说：“太君，一位有军队荣誉感的军官，是不会摘下军帽抽打别人的，更不会用军帽抽打一个小女子。军帽对于军人是比军服还神圣的，是军威的象征，正如军旗是军魂的象征。”

那鬼子副官被王文琪的话说得愣愣的，扬起的手不由自主地垂下了。

王文琪又说：“太君，虽然我还不理解您刚才为什么大发脾气，那我也觉得自己应该向您指出，您刚才的做法有失副官身份，我不认为池田大佐会很欣赏您那么做。”

以前在一般为人处事方面，王文琪并非是个很会说话的人。父母甚至认为他是个很不会说话的人。往往，心里怎么想的，嘴上就怎么把话说了，一点儿也不善于绕弯子。经常的，因为话说得太直，已将人得罪了，自己还浑然不知。这样的儿子，即使凭着聪明医术学得挺快，那也是继承不了祖上的衣钵，在县城里经营不好医堂的。所以父亲也不指望他子承父业了，宁肯花大把的银子遂他的意愿让他到日本留学，并且同意他想学什么就学什么，想学多少年就学多少年。在当年，父母那么顺着他，也算是很开明的父母了。父母能那么开明要感激“五四”。“五四”之后的中国，但凡是接受了一点儿新思想的父母，都尽量避免使儿女觉得自己是典型的封建专制式的家长，都尽量表现得与时俱进，哪怕内心里其实并非多么情愿。在日本留学时期的王文琪，逐渐学得会说话点儿了。身处异国，人际关系相比于国内复杂多了。因为不会说话很吃了几次苦头，再没记性的人也长点儿记性了，往往就善于将话说得八面玲珑、滴水不漏了。而开始善于说话了，加上日语说得极好，使他受益匪浅，尝到不少甜头。一尝到甜头，则就更会说话了。但自从回国后，他似乎又变回了从前那个王文琪，并且变得有过之而无不及，却不是经常因说话而得罪了人自己不知道，而是变得话少了。眼见日寇猖狂，山河破碎，百姓命如蝼蚁，许多人朝生夕死，且死得悲惨，他觉得能不说话便不说话，哑巴似的活着，心里反倒好受些。即使与乡亲们之间，他采取的也是一种言简意赅的说话方式。如果靠了摇头、点头、表情及手势也能使对方明白自己的意思，他就宁肯选择不说话。只有和孩子们在一起，自己的心情也较好的时候，他的话才多些。那日为了救韩柱儿一命，他急中生智地也可以说是条件反射地居然说起了日本话，随之又孤单单地被押入炮楼，不得不与藤野等鬼子机智周旋，使他在日本时面对日本人很会说话的技巧又恢复了。同样孤单单地被押入县城置身狼窝虎穴之后，他觉得自己那一种技巧获得了很大的提升。那是性命攸关的前提之下被逼迫出来的智慧的提升，是出于保命的本能。

面对扬起手来，要用军帽狠狠抽打那日本小军妓的鬼子副官，他说话的智慧和技巧又一次良好地发挥了。斯时，他内心里对那小军妓的怜花惜玉的同情，终于打败了他对她的厌恶，完全占了上风。

鬼子副官狠推了他一掌，将他推得倒退数步才稳住双脚。而鬼子副官擒住小军妓一腕，拖了她大步往外便走。王文琪看见，小军妓被拖得踉踉跄跄，才走了五六米远，一只脚上的木屐掉了。她低头咬了副官一口，副官怪叫一声，她得以挣脱了腕子，跳格子似的往回跳，穿好那只木屐后，还没忘朝窗口瞭他一眼，摆动摆动手，扮了个鬼脸，斜刺里朝另一个方向跑掉了，那个方向有她住的屋子。

鬼子副官也朝窗口转过了身。直至那时，军帽仍拿在他手中。他戴上军帽，笔直地伸出一只手臂指了王文琪一下，猛转过身去迈着大步走了。

王文琪呆立片刻，关了门窗，仰躺于床。

他怀着一种爷不畏死、奈何以死惧之的好汉大丈夫般的英豪气概，就那么和衣睡了过去。一夜无梦，天亮方醒。

又出乎他的意料，鬼子副官居然来陪他共进早餐，说奉了池田大佐的指示。早餐也居然不是馒头和大米粥了，而是油条和豆浆了。这当然表明待遇又升格了。但待遇升格了究竟是好还是不好，他就难以推测得准了。他深知日本这个民族有着这样一种“传统”，那就是，如果决定要杀死一个其实自己本应感激的人，在杀之前尤其要尽到该尽的礼节，以抵消“歉意”。并且要杀得对方猝不及防，顷刻丧命。对于日本男人，那似乎是一种特人道主义的讲究。若连杀也杀得干脆利落，那么便连杀死了应该感激之人的那一份儿良心不安也对冲光了。因为王文琪了解某些日本男人这一种彬彬有礼的流氓性，他一边吃着久违了的油条喝着久违了的豆浆，一边猜测着，若那鬼子副官果然是为了杀自己的，那么自己究竟会遭到一种什么死法。他倒没太怕。头两天分分秒秒地提心吊胆，到了这时，怕劲儿过去了。身在虎穴，一条命攥在对方们手中，怕也没用啊。他只不过是由于好奇。那鬼子副官没佩军刀，用刀杀死自己首先可以排除。鬼子副官坐下之前，将枪套摘下挂衣架上了，估计也就不会用枪杀他了。那不符合出其不意的快捷原则——得起身去从枪套里拔出枪来，麻烦。用皮带勒死自己？可对方坐下前连军腰带也解了，一并挂在衣架上了。掐死自己？自己又不是个婴儿，肯定本能地挣扎和反抗啊？那还不蹬倒了桌椅？那种杀法太不成体统，有违武士道精神。日本的所谓武士道精神，不仅体现在杀人和自杀方面，也体现在杀死自己本应感激的人方面。在中国古戏或古小说中，惭愧极了每曰“愧杀人乜”。日本人杀死自己本应感激之人时，也有那么一种“愧杀”之感。杀是肯定要杀的，愧也不是丝毫没有，所以才尤其要杀得讲究些，就是中国俗话讲的“大面儿上过得去”的那么一种杀法。

是在我这一大碗豆浆里下了毒吧？

王文琪几经猜测，最后估计到了自己唯一可能的死法。

这时他已将那一大碗豆浆喝下去一半了，却暂时还没有毒性发作的感觉。

那鬼子副官将枪套和军腰带挂在衣架上之后，曾从兜里掏出一个小纸包，将一些白色的粉状物倒在他的碗里，还替他用小勺搅了搅，说是军队里供给的糖，从日本运来的糖。怕他怀疑，又说，自己不爱喝甜豆浆，而更喜欢喝淡豆浆。当时他其实倒没怀疑，这会儿断定，那正是毒药无疑，一种作用缓慢发生的毒药。

王文琪想确定了之后，全然无所畏惧了。尽管他为了能够活着甚而能够怀着几乎胜利者似的骄傲脱离虎口，言行谨慎小心翼翼度日如年，但分明到了明摆着活不成了的时候，则就要求自己在一名鬼子军官面前死得不失尊严了。他认为比起别种遭杀害的死法，自己摊上的死法毕竟还算幸运。也可以说不同于杀害，而更接近谋杀。对方们想怎么杀害他就怎么杀害他，想多么残忍地杀害他就多么残忍地杀害他，却偏要煞费苦心地置他于死地，而且由一名军官彬彬有礼地作陪将这一过程进行到底，足见自己这个中国人在对方们看来非是等闲之辈，不可以随心所欲地乱来。能使对方们这么对待，也算是种胜利吧？也算没给中国人丢脸吧？也算死得其所了吧？他进而这么一想，不但全然无所畏惧，也同时觉得一点儿欣慰了。

他用小勺轻轻搅着豆浆，喝得缓慢起来，也一小口一小口喝得更加斯文起来。他想：干吗明知是下了毒的豆浆也喝得那么快呀？不怕死也没必要不怕到急着死的份儿上啊！自己一口气喝光了，对面那狗日的鬼子副官不就立马完成任务了吗？想拍拍屁股就走人？没门！狗日的你乖乖陪我坐在这儿吧！谁叫你下的毒药作用如此缓慢呢？！

鬼子副官忽然问他：是不是觉得豆浆不够甜？不爱喝？

他嬉笑道：甜！很甜！真是甜得不得了。大日本帝国出产的砂糖，比我们中国的砂糖甜多啦！

因为他说话的表情是嬉笑的，语调又是插科打诨的，鬼子副官就觉得他是在说反话，一只手伸入兜里，又掏出一小纸袋，欲往他的碗里再加入所谓“砂糖”。在他看来，那当然是所谓的“砂糖”。

他连忙用一只手罩住碗，变换了一种庄重的表情、庄重的语调说太君太过客气，我虽然爱喝甜豆浆，但这并不意味着我爱喝过甜的豆浆。己所不欲，勿施于人。

这“己所不欲，勿施于人”八个字，翻成日文，全没了中国文言那种含蓄之美。在孔子，说那话时，其实是劝告的意思。而翻成日文，不论译者的水平多么高超精妙，都只能是——“自己不喜欢的，不要强加于别人”。对于日语，包括对于世界上其他一切国家的语言，都只能是这么一种不拐弯不抹角的表达。除了这么直来直去的表达，根本没有拐弯抹角的余地。而且可以说，这么表达便是一切外语最为客气的一种表达了。王文琪成心不委婉地说。他将“己所不欲，勿施于人”八个字翻成了这样两句日语——“自己强烈讨厌的，不要强加于别人”。这么翻其实与孔子的原意是有区别的，因为在中国古文中“不欲”并不直接等于讨厌，更不等于“强烈讨厌”。“勿施”之“施”字，也非是很霸道的“强加”。所以呢，经他那么用日语一说，含蓄的委婉的劝告的意味荡然无存了，表达的完全是一种抗议的意思了。

鬼子副官瞠目视他片刻，将头一低，郑重地说对不起。停顿了一下，又苦着脸解释——他有糖尿病。

王文琪不再说什么，只管一小勺一小勺地喝豆浆。那时那半碗豆浆已快凉了，一个人那么一小勺一小勺地喝已快凉了的豆浆，是任何一个别人看着都难免会觉得奇怪的。那根本不像是在喝豆浆了，而更像是病入膏肓的人在喝珍贵的保命参汤了。他成心拖延时间嘛。拖延时间就等于对那鬼子的心理强加了不耐烦的感觉，而这正是他所要达到的目的，也是他所要好好享受一番的快感，一个人临死前的最后快感。同时他心里不无困惑——毒药的作用也发挥得忒慢了呀！他知道世上有数小时后才发挥毒性的毒药。这一类毒药也分两种。一种始终不使人感到明显痛苦，所谓慢性无痛中毒。数小时后是它，数天之后也是它。人在浑然不觉之际猛然一头栽倒，一命呜呼。或者口喷鲜血，或者连口血也不吐。另一种毒药毒死人的过程就太不人道了，同样使人慢性中毒，却又是极其痛苦的中毒，使人饱受生不如死的折磨。那是很残忍也很冷酷的一种毒死人的方式。在古代，世界各国心如铁石的人，都曾用那么一种毒药毒死过自己的仇人。

那鬼子副官给自己下的是哪一种毒药呢？

他一时无法得出判断结论，觉得甜丝丝的豆浆甜得越发可疑，更加难以下咽，也就喝得更慢了。并且，不由得不寻思——如果豆浆碗里下的是后一种毒药，那么为了免遭痛苦折磨，应如何自我了断？是寻找机会撞头而亡呢？还是上吊好些呢？如果鬼子们偏要使他活得悲惨，将他绑在床上，那可怎么办呢？

鬼子副官此时已吃光了油条，喝光了豆浆，掏出白手绢擦擦嘴角，双手横按膝上，腰板挺直，面无表情，眯起双眼研究地注视着他，不知内心里在对他做何想法。有一点他是看得出来的，对方表现出了极大的耐性。

他碗里的豆浆少之又少了，毒性却仍迟迟没有发挥。再用小勺舀着喝，连自己都觉得自己就像是一个赖饭桌的孩子了。于是他放下小勺，双手捧起那大号碗，将剩下的豆浆全饮入口中。

不承想鬼子副官偏偏那时刻说起话来，说的是："王桑，我请求你一件事，永远不要将我差点儿打了佐艺子的事汇报给池田大佐。因为，池田大佐对佐艺子是很喜爱的，他如果知道了将会对我不利……"

鬼子副官的话还没说完，王文琪噗的一口将豆浆喷了出来，喷了鬼子副官一脸一身。他是因为听了对方的话，一时心花怒放，所以才高兴成了那样。当然高兴啦，对方的话意味着，他喝的豆浆真的是放了糖的豆浆，而非下了毒的豆浆。自己又能多活一天了！王文琪你多伟大呀！不但使鬼子们不杀害你，而且还越来越礼遇你了，你了不起呀你！他高兴得直想喊：活着万岁！生命万岁！

高兴归高兴，喝在口中的豆浆喷了陪自己吃早饭的人一脸一身，毕竟是使他觉得尴尬的事。尽管陪自己吃饭的人是个令他憎恨的鬼子，但那也是相陪之人啊！

他也赶紧掏出自己的手绢，起身走到对方跟前，仔细帮对方擦军服上的湿处，一边说对不起请原谅；说自己绝不会告对方的状的；说只要佐艺子不告对方的状，那些士兵和那些下级军官也不告对方的状，那么池田大佐将肯定不知道他昨晚亵渎军帽之事。永远不会知道。

鬼子副官一边继续擦着，一边又说，池田大佐是特别在乎部下对军帽、军服以及开口的态度如何的。也多次训诲部下，军帽是军威的象征，军服是军人精神的一部分，自己昨晚忘记了长官平时的训诲，实在是应该受到惩罚。还说佐艺子原名叫古艺子，由于长官喜爱她，所以为她改名佐艺子。本想为她改名池田艺子的，但因为她毕竟是一名军妓，而他的姓在日本属于大姓，他这一支姓池田的家族，又曾是日本军界地位显赫的家族，所以不愿使她的名字与自己的姓发生关系，就以自己的军阶来表明自己和她的特殊关系了……

既然对方自己主动说了这样一些事，王文琪也就干脆趁机问道——池田大佐使一名军妓和自己的军阶发生了关系，那就一点儿都不顾虑责怪之声吗？鬼子副官说那不必，也不会有什么责怪言论。在日本军中，军妓像武器和军需品一样，是按军阶配给的一种待遇。既然是待遇，也可以视为荣誉。好比战马，军阶低的军官，那就不配享受出行骑马的待遇。而在日本军界，某些有授予之权的高级军官，甚至每每授予自己的爱马或爱犬以军荣。那么，池田大佐的做法，当然在军中也就无可厚非了……

其实此种现象，即使对方不说，王文琪也是早有所知的。他是专门研究古往今来之日本各类文化史的博士啊！但是呢，他却装出原来如此的样子，连说些多谢指教的虚心话。并且真诚地进言——尊敬的池田大佐的病还没完全被他治好，错位的腰椎关节虽然复位了，但周边的软组织还有粘连需经进一步的按摩使之分离，也需贴敷膏药促使血液流通，达到将养筋肌的效果。

鬼子副官说，池田大佐也是这个意思，所以希望他在军营多留住些日子。

王文琪说，自己并不急着回去，能为一位皇军长官彻底解除痛苦，是自己多大的幸运和荣耀啊！皇军待自己如上宾，在这里吃的住的都比在村里好，自己独身一人，无家属牵挂，为什么要急着回去呢？自己虽然不是什么推拿神医，但彻底治好池田大佐的腰伤那还是胸有成竹、信心满满的。

他为什么要上赶着这么表示呢？因为判断到了——老鬼子池田派副官陪他吃早饭，那肯定就是不愿放他走啊！对方不愿放他走，不论他多想走那也走不成啊！既然明知走不成，何不顺水推舟给对方点儿高兴呢？将对方哄高兴了，于自己必是没亏吃的事嘛！识时务者为俊杰啊！

听罢王文琪的汇报，韩成贵皱眉问：“连去带回六天啊，你不可能整天都为那老鬼子按摩嘛。你得写份文字的报告，否则别说村里人的怀疑消除不了，连我对你的怀疑也难以彻底消除。”

王文琪说：“怀疑就怀疑吧。怀疑我也没办法啊！老鬼子还有别的病呢，不定哪天又把我请去了。文字的汇报，以后一总写吧。”

韩成贵还想问什么，王文琪推说在鬼子军营里夜夜提心吊胆，没一天睡好过，要补觉。说罢一躺，闭上了眼睛。

韩成贵见他根本不愿再谈下去，只得离去。

还真叫王文琪说着了，没过几天，县城里又来了鬼子的摩托兵，二次将他“请”了去。

鬼子副官显出挺高兴又见到他的样子，说池田大佐仍觉身体不适，希望他继续医治。问他有什么要求没有。如果要求合理，他基本上都可以代表长官予以允许。

王文琪说只有一个要求——允许他离开军营，亲自到县城里去抓药，他要亲自为池田大佐熬制膏药，研配丸散。

那鬼子副官更高兴了，说完全可以。说为了他的安全，还要派两名士兵对他加以保护……

鬼子副官走时，对他啪地来了一个立正，居然微鞠一躬，口说“请多关照，拜托了！”

屋里就剩王文琪自己时，他缓缓坐在椅子上，坐得笔直，双臂交抱胸前，头脑中过电影似的，将单独与藤野、与老鬼子池田以及那鬼子副官包括监视他的小鬼子兵、佐艺子等敌方人士凭着机智进行周旋的过程全面梳理了一遍，不忽略任何细节。于是得出了一个结论那就是——他们也是秉性各异的，也有可以利用之弱点。只要自己利用得巧妙，安然无恙地脱离虎口返回村里是大有希望的。树立了这么一种信心，胸怀豁然开朗。

★ 第六章 ★

在县城里，身后跟随两名全副武装的鬼子兵的王文琪不论走到哪里，都会招致异乎寻常的睽注的目光。这三人走在县城里的身影，自然是太特殊、太令人觉得奇怪了。县城里的人们，经常见到鬼子们在街上巡逻，对这里那里进行搜查；也经常见到鬼子们和汉奸特务们一起巡逻，一起搜查，但总是鬼子们走在前边，汉奸特务们一个个屁颠颠地跟随其后。对什么地方进行搜查，也总是汉奸特务们服从鬼子们的命令。还见到过化装成形形色色的外地人或本县城普通人的汉奸密探，搭搭讪讪地这里坐坐、那里问问，无非是说投亲靠友而来，却找不到亲友了，出示张照片打听亲友的下落；或者，装出消息准确的样子，散布些中日双方的军事动向，观察聆听者的反应。曾发生过这样的事——有聆听者仅仅因为脱口说出了一两句情不自禁的话，汉奸密探立刻原形毕露，如狼似虎起来，不由分说，将不幸之人扭拖而去。这样的事出了几起，全县城的人都提高了警惕。汉奸密探们的狡诈阴险不复再能得逞。险恶年代，老百姓虽只不过是老百姓，没有什么能力改变时局，但自保平安的能力却大大增强，具有了善于洞察的敏锐目光，是不是汉奸密探，一看其做派、行色，一听其说什么问什么，说时问时表情怎样，心中也就有数了。故充聋作哑，根本不接他们的话茬。这就使他们极无奈了，也极感自讨无趣。他们就又想出了另一种阴谋，迫使一些在人们中印象好的人，比如以前的教师、学生，卖烟的老汉、洋车夫、算命先生，小店铺老板、进县城卖菜的农民，让他们记住一些话主动跟别人说，或问别人听别人怎么说。总而言之，是迫使好人充当汉奸密探们自己已经难以达到目的之角色。而汉奸密探们则若无其事地也从旁听，装出也饮茶也算命也坐在小饭馆用饭也买烟买菜买东西的模样。但有民族良心的中国人哪里会心甘情愿地陷害中国人呢？若选择了谁非要利用谁而谁偏不被利用，那么谁的下场可就不堪设想了。所以，受了一番皮肉之苦后，大抵也就屈服了，表示可以被利用一下了。既那么表示了，被逼着记住些什么话，也就只有非记住不可了。并且，在某些场合，对自己的某些同胞，便非那么问那么说不可了。但他们是留了份儿心计的，自己被逼无奈充当了怎样一种可耻的角色，预先就告知亲朋好友了，并嘱咐亲朋好友们替自己告知更多的人。一传十、十传百的，迅速地几乎全县城人也就都知道了。所以呢，他们如果坐在茶馆里饭馆里了，先前坐定在同一桌的人端着茶杯茶壶或饭菜起身便转移到别处去坐了，避之如避瘟神，结果就只有汉奸密探还相陪而坐了。那情形自然是很尴尬的，但被逼充当钓饵的人，却都是暗觉欣慰的，因为民族良心获得了救赎啊！而他们中是小店铺主人的，或守着摊床卖东西的，生意就难免会因而冷清，收入大受影响。老雇主们不太亲自去买他们的东西了，而打发孩子们或女人们去买了。甚至，一时不买也行，那就干脆不买了。一旦有陌生人买他们的东西，旁边又恰巧站着汉奸密探，他们免不了也要说几句教他们说的话。他们深知那是考验他们的时刻——汉奸密探在考验他们；民族良心也在考验他们。经不住前一种考验，往往当天就没他们的好果子吃。经不住后一种考验，那就犯下了一种民族罪行，自己的人生就永远留下了洗刷不掉的污点。在那种两难情况之下，他们也像王文琪一样，被激发出了种种前所未有的智慧。

“听说了吗？小日本是兔子的尾巴长不了啦，在中国横行不了多久了！不定哪一天，八路军就会将县城给拿下的……”

以上一句话，是他们被逼着记住的若干话中，最经常说的。也是他们最喜欢说的，因为说时，也等于说出了自己的一种大心愿。

听了这种话，对方们首先的反应自然会是一愣。因为这是一句说了也许会掉脑袋的话啊！

但说此话的人，随之就会抻抻耳垂。或抻左边的，或抻右边的。他一抻耳垂，对方立刻就明白了他是被逼无奈在充当什么角色。抻左耳垂，暗示汉奸密探正在左边。抻右耳垂，自然暗示右边有鹰犬。听到此话的人，即使是外地人，那也不会贸然搭讪的，通常是充聋作哑转身便走。有的走时还骂一句：“你浑蛋！”——因为，“抻耳垂的人”，已经成了全县城男女老幼人人皆知的一句暗语，只汉奸密探们自己不知而已。初入县城的人，通常也必有人告诉他们这一点。就像有人告诉自己的亲朋好友，初到某地，应注意当地的哪些事项。

发生过这样的事，一位曾是县女中老师的四十余岁的男人，某次在茶馆里跃上了桌子，挥舞手臂，慷慨激昂地进行了一番抗日言论宣传，照例是那样一些话——小日本是兔子的尾巴长不了啦！美国在世界各战场开始反攻了！德军自顾不暇了！日本海军在太平洋又吃了大败仗！中国军队大反攻的日子也临近了……

等等，等等。句句是被逼着记住的，也是被逼着必须在某些场合说的。但问题是，却没抻耳垂。别人们听了，也就躲得远远的，仿佛集体聋哑了，没一个人搭理他，也没一个人看他一眼，皆默默喝茶而已。仍坐于他附近不转移的，是四个便衣密探，不时应和着说，或振臂高呼："打倒日本帝国主义！""同胞们团结起来，将日本鬼子赶出中国去！""与鬼子决一死战！"……

忽然，沉默的大多数不再沉默，齐发一声喊，几乎同时猛然站起，将振臂应和的那四个团团围住，不待他们明白是怎么回事，已被一个个扭按住制服了。有人不知怎么变出了足够用的绳索，于是那四个被结结实实地捆绑了。随之被拖将而去，押送到了伪警察局……

过后一个极小范围里的人们才知道，那件事是以那一位姓姚的教师为首的一些有勇气的人，经过密议合演的一出戏，为的是耍戏汉奸特务、密探们一番，以其人之道还治其人之身。耍戏鬼子，县城里是断无一人敢的。而耍戏汉奸特务、密探们之勇气，县城里具有之人是不乏其数的。因为惹恼了汉奸特务、密探们，若被他们关了起来，往往还可具保相救。而如果被鬼子们逮捕，关押在了日本"特高课"的牢里，那就任何一个中国人也搭救不了啦，心有余而力不足了。

事实上，汉奸特务、密探们那么做，也是被鬼子逼的。具体说，是被池田大佐那老鬼子逼的。

老鬼子池田大佐有一种幻想，希望能将自己奉命驻扎并守卫的这一座县城，变成华北平原上的一座"模范占领城"，以充分证明日本"东亚共荣""日中亲善"之借口不仅仅是宣传，而是有样板足以体现的。故他对部下在县城里的行为要求也是颇严的。扰乱县城治安，比如酗酒滋事、抢掠烧杀，那也是会受到惩处的。对鬼子们如此，对伪军、汉奸特务、便衣密探们更是如此，算得上也是个中国通的他，对日本发动的全面侵华战争，既有远忧，亦有近虑，故他希望能以两种伎俩来实现对这一座县城的长期稳定的占领。他首先企图做到这么一点——将县城里有仇日思想的中国人全部寻找出来，若通过恫吓利用之法能将他们“改造”成不但不再仇日了，反而开始亲日了的大大“良民”固然更好；若不能，一批批从肉体上予以消灭，就像德国人对犹太人所做的那样。当这首先之目的实现以后，那就要开始实行绥靖的政策了。老鬼子认为，归根结底，占领是为了统治。而只有实现了长期稳定的统治，大日本帝国才能在中国实现利益的最大化。而要实现长期稳定的统治，单靠武力征服是不行的，归根结底也要以绥靖政策相配合。他认为，对于被占领国，一味地施加武力以使人心屈服，肯定会种下深埋心底的反抗种子。而绥靖政策，却会使反抗情绪日渐削弱，直至泯灭，最终忘记了，或没忘记也不在乎是被谁所统治了。他甚至潜心研究过中国的近、古代史，发现蒙古人对中国的统治是不成功的，因为他们似乎根本不懂绥靖的高妙之处，年复一年地一味对汉中国人实行镇压，还企图永远视之为奴人，役之为奴人。所以元对中国的统治仅仅八十九年而已。他觉得八十九似乎是一个诡异之数。因为他知道，在中国人的观念中，九是天数，乃大吉之数。而你元朝对中国的统治，就差一年就能达到九十年了，偏偏就没让你达到，偏偏就让你近于九而又止于九，这岂不也意味着是某种天意吗？而这种天意，是否还意味着是给不善绥靖的统治者的一点儿颜色呢？相比而言，他对清朝早期皇帝对中国的统治，那还是较为佩服的。因为后者们在征服以后，显然十分善于绥靖，而且开创了“以汉治汉”的高招。不拘一格，利用汉族中的精英统治汉人，而清王朝仅仅统治精英汉人，不但允许而且刺激他们参加科举，中了榜就可以封官，干得好还可以当大官，委以重任。统治一个民族的一小撮精英，那不是比统治一个世界上人口最众多的民族省力多了吗？统治方式也简单多了，统治成本也小多了啊！清王朝二百六十七年中，汉族精英分子个个都想当官出人头地想得多急迫啊，为异族皇室当官也当得多来劲儿多忠心耿耿啊，替大清王朝的长治久安出主意想办法，谏言献策，一个个又是多么积极啊！不是有时候遭到贬斥甚至革职查办的冤枉也无怨无悔吗？若非深谙绥靖之道，一个人数加起来不足汉中国人百分之一的异族，何来二百六十七年之久的统治期呢？至于清朝的亡，他认为那也是天意。以百分之一的少数而统治百分之九十九的多数，二百六十七年够悠久的了。天道有定数！同时，老鬼子还从中国历史中发现了一种深刻的统治规律，那就是单靠武力镇压不行，加上绥靖配合也不行，还须懂得变革之道。唯变革之道，能使一个故步自封的老王朝重新焕发生机。清王朝当然也是亡在忽视这一点上。从中国早期革命志士同盟会人士以及后来孙中山们的革命口号之中，他总结出了更加深刻的规律，那就是——憎恨异族统治的种子，很难在被统治国的一切人心中连根拔掉。同盟会人士们也罢，孙中山们也罢，他们所提出的革命口号，第一条不就是“驱逐鞑虏”吗？孙中山的三民主义，头两个字不也是“民族”吗？在中国为什么会出现同盟会人士和孙中山们一派革命党呢？还不是因为他们出过国，亲眼看到了别国不同于自己国家的先进情况吗？即使他们要革命，实行剪辫子时，些个是汉族的中国人，不是也双手护住后脑，哭哭啼啼地哀求别剪吗？说明什么呢？说明最高超的统治，是千万勿许被统治的人们看到世界别国的变化。而闭关锁国，其实本不失为统治良策，在一个国家内部足可实现更长久的统治内循环。清王室的愚蠢不在于他们闭关锁国的统治术不对，而错在他们以往连自己也不往外走走、全世界到处看看，别国的科技引进引进，自己的落后改良改良。结果错过机会，想开始改良也晚了，被革命抢在了改良前边。

一名大佐，也就是团级军官，却为他们日本在中国的占领研究中国近、古代史，而且还考虑了那么多问题，简直使人不得不承认他有思想、有主张了。

他自己当然是这么认为了。并且引以为荣，却从不当人自诩。很客观地讲，在日军中，在官阶不相上下的军官中，他是个很低调的人。又矜持又低调，要求自己不论在荣辱的情况之下，都应踏踏实实、任劳任怨，不计较任何条件地为大日本帝国的侵华战争服务。

他居然给天皇写下了一封万言书。在那万言书中，知无不言，言无不尽，毫无保留地汇报了自己在对华战争中的心得体会，献策多多，其中最主要、他自己认为也最重要的两条是：武力征服与绥靖政策交替使用；一旦全面占领中国，随之要采取清王朝闭关锁国的统治术，不许中国的精英人士以及大小知识分子跨出国门，连商人也不许。通过闭关锁国将中国全国人的思想闷死，最好是使他们的头脑根本丧失了产生新思想、活思想的能力。进言之，要通过奴化教育使中国人的大脑退化。适当时期，也可考虑让某些中国人出国见见世面，而出国的名目只能是留学，并且只能到日本去留学，那他们所见的世面，也就只不过是大日本帝国的世面了。而大日本帝国，正可以通过他们之留学诉求，对他们进行洗脑，进一步强化他们的亲日思维。如果一代一代的中国精英和大小知识分子，都先后成了由衷的亲日人士，那么就不必太担心中国普通老百姓如何统治了。依他的眼看来，中国老百姓虽然是世界上人数最为众多的，却也是最容易统治的。只要能使他们吃得半饱，日子好歹过得下去，他们才不管是什么人在统治他们呢！何况，还有一批被大日本帝国洗脑过的、变成了由衷亲日人士的中国精英帮着统治，大小亲日中国知识分子帮着维稳，大日本帝国对古老中国的统治岂不是将比清朝的统治长久多了？往少了说也将会是清王朝统治时期的两倍、六百多年啊！那么，有地广物博的中国作为大日本帝国突飞猛进地发展的巨大仓库，大日本帝国遂成世界上第一强大的帝国，令世界一切国家望尘莫及，怯于威慑，服服帖帖唯恐不及——这一远大目标一定会实现，必然会实现……

不过池田老鬼子并未发出，仅给军中极少他所尊敬的人看过。而他所尊敬的人，当然非是头脑简单的赳赳武夫，是和他一样有思想或曰有侵略思想的人。他打算等他真的将这一座由自己攻占并守卫的县城改变为一座亲日模范县城，总结出了一套成熟的经验以后再发出。日军中那些有侵略思想的人看过信后，都表示赞同和钦佩，认为他写出了他们大家共同的思想。他的副官也有幸拜读了那封信。虽然他从不认为他的副官是有什么思想的人，但也正因为如此，他让副官看了那封信，目的是为了使副官学得有一点儿思想。副官究竟从信中汲取了多少思想无人知晓，从此对他更加崇拜却是事实。

汉奸特务、密探们难以将每一个有仇日心理的人全都从县城里“挖”出来，于是只得做表面文章应付池田老鬼子。他们逼迫商人们捐款，将“集资”所得瓜分了一部分，用剩下的一部分买了多匹白布，再迫使一些人赶制成了百余面“膏药旗”。县城里也没有一家布料染印坊，所以“膏药旗”上的“红膏药”，只不过是用低劣颜料画上去的。特务、密探们将“膏药旗”一面面发给临街的人家、店铺，威吓必须悬挂。敢有领到了而不悬挂者，按仇日分子论处。他们还振振有词，说不收一文钱白给的也不挂，那不是成心与皇军为敌吗？人们不敢不挂啊，就或高或低地都挂了。于是县城里的主要街道，一眼望去，两侧处处悬垂着“膏药旗”了。

特务、密探又忽悠池田老鬼子，说经过他们一番番努力又辛苦的肃清，有些仇日分子被铲除了；有些悔过了，愿意做亲日良民了；有些则侥幸逃出了县城，大约以后也不敢轻易回来了。总而言之一句话，现在的县城，接近是一座亲日的模范县城了，家家户户主动自觉地挂出了大日本帝国的国旗便是证明。

池田老鬼子听了汇报挺高兴，确定了一个日子，要亲自巡视县城。

天有不测风云。头天晚上，乌云堆墨，电闪雷鸣，下了足足三个来小时的瓢泼大雨。大雨一下起来，挂出“膏药旗”的人家和店铺忙碌了。都知道第二天上午池田老鬼子要巡视，于是都找长竹竿，没有的冒着大雨四处借。借到谁家，谁家立刻就猜到了他们的打算，心照不宣地赶快相给。自家也没有的，打发孩子冒雨帮着借。于是，每一面挑着“膏药旗”的竹竿都换成了或接成了长长的，起码要长得足以探出房檐，使“膏药旗”能被大雨淋到。

雨过天晴。第二天上午的县城，像是被雨水洗了一遍，空气清新，每一扇窗都刚擦过似的，明亮亮的。石片路面也被雨水冲得干干净净的，每一条石缝都仿佛被清理过了。只这里那里，堆着一堆堆被冲拢的垃圾，连一堆堆垃圾看去也像是洗过后才堆在那儿的。

有人敲着铜锣边走边喊：“今天皇军要巡视啰，快将垃圾扫起来哟，给皇军一份大大的高兴啊！”

那喊的人，没人指派给他那么一项任务，他是自觉的，当成一项义务。而且看得出来，他尽那一项义务尽得可开心了。

不少人都出现在街面上了，比着积极性似的，争先恐后将垃圾扫走。不但扫自家门前的，还拿着笤帚、撮子走出挺远争着去扫别处的。边扫边互相交换会心的快活的笑。县城里的人们很久没那么集体开心过了，也没像那天上午那么表现过对公共卫生的在乎。

十点钟左右，日上三竿，娇红彤透，光芒普照。而一面面日本国旗上的大红“膏药”，已被昨夜的瓢泼大雨冲花了，变成一块块血赤乎拉的白布了。白布自然也非上等好布，一湿一干，缩水了，皱巴巴的了，说多难看有多难看。

老鬼子池田骑一匹高头东洋大白马出现在街上了。马旁紧紧跟随着他的副官，牵着耷拉血红长舌的大狼狗。其后，是百余名荷枪实弹的鬼子兵，再后是五十余名伪军。伪军后边是些便衣队的特务们。他们见“膏药旗”变成了那样，全都暗暗叫苦不迭。街两旁站些妇女、儿童和老人，是他们自己的家眷，经他们动员了前来烘托人气。由别人们烘托他们不放心，怕万一都不往街两旁站，冷了皇军的场。

池田老鬼子毕竟是有性情修炼的一个老鬼子。他见日本国旗变成了那样，内心当然恼怒。可那是雨淋的不是人为的啊，而雨又是在天黑以后下起来的，下得又特别的大——即使想要怪罪于人，一时也决定不了应该首先怪罪哪些人才对啊！所以呢，他目不斜视，直望前方，根本不往街两旁看了。

他想，天气这么好，就当成是出来散散心也不错。他一向是很谨慎的，没有什么必要，很少离开军营，怕遭到武工队的暗枪。但军营终归是军营，只不过是以前一所女中校园内那么大的范围，平时除了能在操场散散步，再就没有什么另外的活动空间了。眼前所见，除了现在的营房以前的教室，再就是几棵桑树，清一色的他部下的身影，以及少数伪军的身影。女中刚被占据为军营时，各种各样的花儿本是不少的。老鬼子下令统统连根拔掉，绝不许留下一株。他深知花儿是最容易使人多愁善感的，而花开花落在人心中勾起的那种莫名忧伤，对军心尤其具有瓦解性的侵蚀，所以在他作为一号长官的军营里，不得有任何一种花儿存在。这么一来，军营里就只有五种颜色了——灰瓦白墙的营房；几根桑树的绿色；部下和他自己黄色的军服；一个排的伪军的灰军服色。另外，还有两处红色——两面国旗上的红太阳。一面悬于操场中央的旗杆上，一面挂在他长官办公室的墙上。而实际呢，他本人不但是一个从小就喜欢花儿的男人，也是一个自少年时起就经常容易多愁善感起来的老男人。只不过他穿上和服独处时，允许自己多愁善感一下。而一旦换上军装，眼见尸横遍野、耳听鬼哭人号他心里也不会有什么恻隐产生的。不论尸横遍野的是敌方的官兵还是日本官兵。按说一个人是很难因为穿上了不同的衣服心性就变得截然不同、判若两人的，但他确实做到了。他的座右铭乃是——穿上和服继承大和民族的优良传统，穿上军装发扬大日本帝国之武士道精神。

当他信马由缰地来到两旁站着人的街上时，目光不由得左右看去。一看之下，立刻就猜到那都是些什么人了。那些人的表情不仅是卑恭的、奴相的、忐忑不安的，也还有着想要隐藏都隐藏不了的羞耻感。正是这一点使他立刻猜到了他们是一些什么人。

他心中居然生出了几分理解和体恤。

他想，是啊，当伪军当汉奸特务、便衣密探的那些中国人，也是多么的不容易！尤其是为他这样连对自己部下都一向高标准严要求的皇军军官当走狗！要使他经常对他们的效劳表示满意几乎是不可能的。而他们还要经常面对自己同胞的鄙视、憎恶和敌意。这不，为了讨他高兴，他们让自己的家眷冒充起寻常百姓来了。当然，从大的概念上说，他们确乎都也算是中国百姓。但只不过是一小部分中国百姓啊，而且是不再需要征服，甚至也没必要绥靖的那一小部分！

在他眼里，伪军、汉奸特务、便衣密探，只不过是为大日本皇军效劳的走狗而已。

但大日本帝国征服整个中国的伟大事业需要汉奸啊，需要走狗啊，多多益善啊！那么，该理解一下走狗们的难处的时候，就应该给予几分理解；该体恤一下的时候，也应该体恤。

想到这里，他嘴角浮现出了一丝微笑，举起戴着雪白手套的右手，频频向街两旁的人招着。尽管那时，他其实满肚子的不快。

巡视平平淡淡又可以说顺顺利利地结束了。

一回到营区，伪军和特务们的头头脑脑全都赶紧地向他去请罪。

他没训斥他们，也没点破他看出了什么。他装出对他们的工作挺满意的样子，反而表扬了他们一番。

这使他们一个个诚惶诚恐，受宠若惊。

挥走了他们以后，他独自盘腿而坐，陷入沉思默想。不由得翻出万言书又看起来。看了两页，无心看完，放在了膝旁。

那时他心生种种感慨——看来大日本帝国征服并驯化古老中国的伟大目标任重而道远，大功尚未告成，皇军仍须奋战啊！

经过以上诸事，县城里颇为平静了一个时期。那平静当然并非中国百姓仅靠了些无关大局的小把戏争取来的。正如王文琪身陷虎口而不得不尽量施展的种种心机，说到底只有益于保住他自己的命，对于抗日战争是没什么意义的。如果非说有点儿意义，不过就是也许能少死一个他那样的中国人罢了。那平静其实是假象，是老谋深算的池田的策略。如果他不想给予县城一个时期的平静，全县城的中国人无论怎么争取，那也是绝对争取不到的。日军就要进行大扫荡了，他不愿在大扫荡之前将县城里搞得风声鹤唳、草木皆兵、鸡犬不宁。那种紧张会影响到山里去，会使山里的抗日军队早有准备的。而城里的平静，自然也会麻痹山里的抗日军队……

扫荡结束回到县城里的池田，因日军兴师动众却扑空一场无功而返，连日来闷闷不乐。石家庄方面的皇军司令长官认为肯定是中国抗日军队具体说是共产党领导之下的八路军打算根本放弃在华北的抵抗了，所以早就悄悄从山里撤离了。他却认为事情没那么简单。依他的推测，当然是由于军事机密被泄露了。可是控制在那么小的核心范围内的军事机密，怎么就会泄露了呢？要知道那个核心范围中可个个都是皇军的高级军官啊！正因为想不出个所以然，也就没有发表他的看法。那么一种看法一旦谈了出来，还不将同胞们都得罪了？所以，他也只能独自郁闷而已。再加上腰扭伤了，行动不便，为大日本帝国忧虑、操心的劲头，也就大大地受了影响。那些日子里，连他的士兵也很少见到他的身影了。他几乎不太离开他的长官住屋了，一遍遍修改、补充他的万言书，再不就卧在床上看译成了日文的《孙子兵法》，或听佐艺子唱唱日本歌，看她跳跳舞；命副官研好墨，备好纸笔，写几幅中国字。自己觉得满意的，给佐艺子、副官，以及其他下级军官。他们自然都如获至宝，倍觉宠幸。他的书法，姑且这么说，起码他自己认为是书法——也就某些喜欢练书法的中国小学生的水平。但相对于日本人而言，尤其相对于几乎戎马一生的日本军官，那种水平也是不低的水平了。

他比较消停了，他那一个团的日军也就暂时消停了。日军暂时消停了，伪军、特务、密探们也都暂时消停了。

于是呢，整个县城又平静了一个时期。

王文琪出现在县城里那天，正是那么一种平静时期中的一个日子，也大约在上午十点钟左右，与池田老鬼子那次巡视县城的时间是一致的。

上午十点左右，是日军占领情况之下县城较有生气的时候。至中午，行人最多，五行八作的买卖会热闹一阵子。两点以后，逐渐归于平静。三点以后，街面上人影已很少。在日军占领之下，县城里的中国人，习惯了将每一天只当半天来过。买什么办什么事，都希望在上午赶快买到办成。下午就都明智地待在家里足不出户了，怕万一遭遇什么不测。天一黑，整座县城几乎是死寂的。

王文琪和两个小鬼子兵在街面上一出现，看到他们的人着实看不明白了——他是中国人还是日本人？如果是日本人吧，不像啊，明明从上到下都是中国人穿戴啊！对襟的白绸褂子、黑绸裤子、白袜子、黑皮帮便鞋，日本人才不这么穿戴呢！如果再戴黑色礼帽和墨镜，就完全是汉奸便衣队的特务样子了嘛！可如果是中国人，身后怎么会跟随两名肩挎"三八大盖"的小鬼子兵呢？而且两支枪都上了刺刀，看去显然是在寸步不离地保卫他嘛！一个什么特殊身份的中国人，值得鬼子那么重视，居然还派两名士兵加以保卫！

王文琪那时刻成了焦点人物，想不引起注意也不可能啊！鬼子副官向两名小鬼子兵交代任务时根本没提监视不监视，只强调要保卫他的安全，所以两名小鬼子兵确实对他进行保卫的意识很纯粹。既然他是他们负责保卫的对象，他们的脸上就不再有往常的骄横了，而都呈现着顺从的表情了。他站住，他们也站住。他走，他们也保持适当距离地相跟着。

但王文琪究竟是谁，很快也就被看见他的某些人猜到了。他们联想起几天以前韩王村的韩成贵进县城来打听一个人下落那件事。韩成贵所打听的人不是姓王名文琪吗？王文琪不是当年北平的名医，后来在县城里开医堂的王老先生的孙子吗？韩成贵说他被鬼子带入了县城里，想要打听出他的安危死活，不是什么消息也没打听到很失望地离开县城的吗？那么，这个人会不会便是王文琪呢？八成是他！别八成了呀，肯定是他无疑啊！不是他的话，当下的别的中国人，哪儿找那么簇新的绸衣绸裤啊！而且一双鞋还是皮帮的！县城里除了汉奸特务，没哪个男人还有心思穿得那么油光水滑的啊！何况大部分原本富裕的人家早已被战争消耗清贫了，还有心思那么穿戴估计也找不出那么一套了啊！也就只有王老先生家的后人，还可能从箱底儿翻出那么一套衣服吧？既然他是王文琪无疑了，那么他要到哪儿去呢？去干什么呢？鬼子为什么派两名士兵保卫他呢？甭猜了，他准是投靠了鬼子，当上了高级汉奸了啊！不是听说他在日本留学多年吗？那么肯定是个日本通了啊！鬼子正需要他这样的中国人充当高级汉奸啊！成了高级汉奸了，鬼子当然也要保卫一下的嘛！能为鬼子充当高级汉奸的中国人也并不遍地都是啊！

王文琪首先要去的地方是药铺，抓药对于他是正事，是得以逛一逛县城的理由。自他从日本回到中国以后，还没在县城里放心大胆从容不迫地走过呢。保留在他记忆之中的，是少年时期的县城印象。能有机会重温记忆，这使他心情大为好转。心情一好，脸上就流露出来了。脸上的表情一开朗，在某些审视着他的同胞的眼看来，那就接近是种春风得意的表情了。

县城并没遭到战火的太严重的破坏。他少年时期的县城印象基本还都保留着。当初守卫县城的是“国军”的一个团，日军还在向县城挺进的途中，“国军”那个团已预先撤退了。所以，事实上是，池田老鬼子率领的那一团皇军未交一战就占领了县城。明明占了大便宜，老鬼子当初还特失落——他宁愿通过一场恶战而将县城占领了，那样才更能满足他作为占领者的虚荣心。

王文琪仍从容不迫地走着呢，关于他是谁的种种信息，已经口口相传，迅速散播到他行走方向的前边去了。有些人自己一信了那些信息，转身就加快脚步超过他，本打算买东西或办事的，那时也不买东西不办事了，以尽快将那些信息散播开去为己任。从这一点上说，这一县城里的中国人，爱国心那还是特齐的。在日军的占领之下，他们的爱国心往往也只能那么体现一下——让同胞们都警惕一个已成为日寇走狗的高级汉奸，不能说是并无必要的啊！

等王文琪来到县城里最大的一家药铺，五十多岁的药铺老板也已先入为主地认定他是一个高级汉奸了。这几乎是不容置疑的。不是高级汉奸鬼子会派了两名士兵保卫他？不是高级汉奸他一脸的春风得意？不是高级汉奸，国难当头，在鬼子占领的县城里，他有心思穿得油光水滑上下簇新地招摇过市？

故他一迈入药铺门槛，老板就绕出案台，双手抱拳，连连打躬作揖，亲热地说三少爷光临，本店生辉，荣幸之至。

对高级汉奸，不管内心里多么鄙视，那也更得殷勤接待啊！

药铺老板一称王文琪“三少爷”，王文琪也认出他来了。当年，这药铺是在王文琪的祖父热忱相助之下才得以顺利开业，逐渐经营到目前有一百平方米左右的规模的。自家开医堂，别人开药铺，不以同行冤家即将出现为虑，反而热忱相助，可见王老先生是活得何等豁达仁义之人。说起来，王老先生还是这药铺老板的恩人了。王文琪小的时候，逢年过节，药铺老板是必会拎了礼物前去王家谢恩的，王文琪自然多次见过对方。所以细看对方几秒钟，立刻就将对方认出来了。这一认出故人来，他的心情不仅开朗，简直还十分高兴了。能在县城里见到关系较亲近的人，尤其在他所处的那么一种孤立无助的情况之下，怎么会不高兴呢？

在药铺老板看来，已是高级汉奸的三少爷脸上洋溢着的高兴，分明是伪装的。他请王文琪坐下说话，并亲自为王文琪沏了一杯茶。之后，恭恭敬敬地陪坐一旁。

王文琪问药铺生意如何。

他说生意马马虎虎。兵荒马乱的年月，富人变穷了，穷人更穷了，大多数中国人抓不起药，治不起病了。小疾挨着，大病不治了，索性等死了。只有不大不小的病，相信服几副药准能治好的病，才舍得花钱抓药。而估计靠不花钱的民间偏方也能治好的病，往往也就图省下一笔钱靠偏方治了。说如果不是有着以医济世的信念支持着，真不想开下去了。可关了也不是回事啊，利润再薄，一家老小也在依赖这药铺的收入度日啊！改开饭馆的话，情况也好不到哪儿去呀！开饭馆自己也没经验啊！

王文琪无话可以安慰，同情地叹气而已。

两名小日本兵没进药铺，站在门外吸烟。

药铺老板试探地问：三少爷，有一件最令我头疼的事，您也许能帮上忙，不知肯不肯替我排忧解难？

王文琪心想，以我目前所处的情况，能帮什么人排忧解难啊！你指望于我那不是白指望吗？！

可他的处境也不是短短三言两语就能说清的啊，一言难尽啊！外边有两个小日本兵，也不便直说啊！

所以，他只得问是什么事。先要考虑自己是不是真帮得了。

药铺老板压低声音说，也有鬼子……

王文琪急忙制止：“你指的是皇军太君们吧？”同时就向门外使

眼色。

药铺老板立刻会意了，重又改口说，也经常有皇军太君们前来光顾，往往不说什么不问什么，自己一通乱翻，凡认为需要的，左一包右一包，凑凑合合包了，拎上匆忙就走。说自己倒不太心疼一些药被白白拎走了。药是治病的，治什么人的病还不都是治病吗？这么想符合佛家教义啊！但话得分两头说不是吗？是药三分毒，中药那也不能不经中医开方就随便服用啊！万一有哪位皇军太君自配自熬，服用出个三长两短，皇军怪罪下来，我怎么担待得起呢？

王文琪更加同情他了，问：你究竟希望我为你做什么呢？

药铺老板说三少爷，我哪儿能让你帮明明帮不上的忙啊，那不是成心为难于你吗？咱们这县皇军的最高长官不是池田大佐吗？我只求你跟池田太君说说，约束一下他的士兵，以后别再光临我这小药铺了。他们军营里有医务室有自己的军医啊，他们的军医给他们的士兵开的药，那可都是从日本特运来的西药，服用起来不是百分百放心吗？即使他们的军医偶尔也想给他们的士兵开点儿中药，那也应该由他们的军医亲自光临是不？中医也罢，西医也罢，军医也罢，我这样的民间医生也罢，医对医，不才更负责任一些吗？你说是不是这么个理呢三少爷？……

王文琪不由反问：可你怎么就知道我能跟池田大佐说得上话呢？

药铺老板也反问：难道你还真的连那么几句话都跟他说不上？那不也是为他们皇军好吗？说那么几句话也不至于太使你为难啊！

王文琪听了，心中明白对方显然是错将他看成什么人了。又想，这也怪不得人家啊，门外明明跟来两个小鬼子兵啊，他内心很委屈，可还是不愿意浪费口舌予以解释。两个小鬼子兵之一是奉命在军营里监视过他的那个，那个小鬼子兵究竟能听懂多少句中国话他心中没数，万一解释的过程脱口而出一句不妙的话，恰恰被那小鬼子听入耳中于是汇报了，那自己的性命不又玄而又玄了吗？打算解释的话都顶嘴唇了，又被他吞咽了回去。

他微微一笑，说那自己就相机试试看。那么几句话自己肯定是会替对方说的，至于起不起作用就不敢打保票了。

药铺老板也高兴了。说不需要你三少爷打什么保票了。你答应了，就是给足我面子了，你给足我面子，我就该先谢你一番。

于是起身，又双手抱拳，作揖不止。

王文琪连说免了免了。您是长者，不必这么多礼数啊！您求过我了，现在轮到我有事相求了！

接着就出示了一个单子，单子上列着自己前来所需抓的中草药。而且预先声明，没带钱。多少钱，只能先欠着，以后还。

药铺老板接过单子看看，脸色不太好了，说三少爷你要抓的可都是好药，贵药。

王文琪说是啊，实不相瞒，池田大佐相信我，请我为他治腰扭伤。好药能使他的腰扭伤好得快嘛！

药铺老板心中暗骂：呸！王八蛋狗汉奸！你还有脸那么说！可脸上，却勉强挂出心甘情愿的笑容，起身往案台里请道：那三少爷只管自己取吧！你是要为池田太君治腰扭伤，我再多说别的不是等于给脸不要脸，不识抬举了吗？

王文琪看出了听出了人家是老大不乐意的。可人家再不乐意，他也非得带走药不可啊！

于是他也就不客气了，绕入案台，一样一样该拿便拿，自包自捆。大大小小的纸包捆了两串，又一眼看到铁铸造的药碾子，说这个我也得借用。

人家说三少爷，那是我这药铺离不开的东西啊！一日没它，我这里岂不是等于开饭馆的却没炒勺吗？你叫我不知说什么好啊！

王文琪说我抓的可都是原药，你不借给我药碾子，我没办法加工呀！

药铺老板被他磨得叽叽歪歪的，忽然有了两不为难的主意，告诉他去往何处可以买到小磨。

他也叽叽歪歪地说我买小磨干什么呢？

人家说小磨也一样能将原药磨碎嘛！你愿制膏丸还是愿制丹散，没什么差别啊！——一边说，一边连连往外请他。

无奈之下，他只得率领了两名小鬼子兵去买磨。那卖磨的石匠铺里没小磨了，最小的直径一尺半。那也得买呀。管不得人家脸色那份难看，打了欠条，借根抬杠，亲自捆了石磨，命两名小鬼子兵抬起跟着他。两名小鬼子兵也都气哼哼的，那石磨不轻啊！他们的任务只是负责保卫他，不是听他指使卖力气的啊！走着走着，捆磨的草绳开了，石磨落地，险些砸了一个小鬼子兵的脚。那小鬼子兵恼火了，骂了一句“八格牙路”扇了他一耳光。那情形，被不少同胞目睹了。同胞们心里都觉解恨——别看你大摇大摆人五人六的，自以为是高级的汉奸就真的高级了？惹得小鬼子兵一生气，还不是照样当街扇你大嘴巴子?!

他也恼火，也用日语将那小鬼子兵骂了一通。那小鬼子兵欺软怕硬，被他一骂，顿时服帖了，没用他发话，自觉地就重新将石磨结结实实重捆了一遍。

王文琪在前，俩小鬼子兵在后，三个又往前走一段路，经过一家饭馆门口。那时已是中午，他犹豫一下，转身朝俩小鬼子兵一招手，领先进了饭馆。他落座了，俩小鬼子兵也抬着石磨走至眼前了，却没敢放下，不知他怎么命令他俩，仍抬着。他过意不去了，和颜悦色地吩咐放下磨，与他坐一桌。

饭馆里人不多。正吃着的几个，见他们仨进来了，吃得匆了，先后离去了。不一会儿，饭馆里只剩他们仨了。也是老板亲自招待。点头哈腰的，一副小心翼翼的样子。尽管是鬼子占领之下的县城，一家饭馆既开着，家常菜总还是能炒出那么十几样的。鸡蛋、鸡鸭鹅肉也必定会多少备着点儿的。于是他点了一盘炒鸡蛋、一盘糖拌西红柿、一盘拍黄瓜、一大瓷盆土豆粉条炖鸡块、一盘青椒炒茄子，外加三大碗炸酱面，半斤白酒。预先没说打欠条，怕老板给不好的脸色看，使自己在俩小鬼子兵面前尴尬。他饿了，俩小鬼子兵也饿了。酒菜一摆到桌上，三个之间互相没半点儿客气，自斟自饮，狼吞虎咽。一个丧失了自由的中国人和两个小鬼子兵之间，谁对谁都不愿客气一下啊！转眼间，风扫秋叶般的，菜光了酒光了，三大海碗面条也都吃得干干净净的了。结账时他才说欠着，要打欠条。老板拉长着脸说省了那事吧。您就是打了欠条，我哪儿找您去呢？你就是告诉我去哪儿找您，我敢去那种地方找您吗？不就一顿家常便饭嘛，算我孝敬您了！

他说我不必你孝敬我。我既然没说白吃的话，那就一定会还你这一顿饭钱。不定哪天我会亲自送来！

抛下这番话，扬长而去。那时的他心中有数，相信自己不至于死在日军的兵营里了。仿佛一位孤胆英雄，大步流星，率先走得雄赳赳气昂昂的。

俩小鬼子兵不但吃饱了，还饮了酒，有劲儿了，也高兴了，虽然抬着磨，同样走得脚底板抹了油似的。并且，还高声大嗓地唱起了日本歌。听得他喉痒，也随着唱了起来。

自然这三个成了那时县城里的一景。

望着的同胞皆在内心里暗暗诅咒：别看你今天闹得欢，就怕将来拉清单！

三个一回到军营，王文琪立刻开始磨药。磨过的，一撮撮搭配了，仍粗糙的加水放入一个陶罐里，磨成细粉的一小包一小包均匀地包了几十包。

他命两名小鬼子兵照看着熬陶罐里的药，自己则回到房间，倒头便呼呼大睡。

★ 第七章 ★

晚饭后，鬼子副官来请他去继续为老鬼子池田治腰。他带上那些小药包，请鬼子副官捧着陶罐，俨然大救星似的来到了老鬼子池田的长官作息室。

池田大佐照例已经泡过了澡，照例穿着和服，盘腿于床，微闭双眼，不知打坐多久了。他听到王文琪和副官踮足而入的轻微响动，朝床旁边的一把椅子摆了摆下巴。

虽然就一把椅子，王文琪想那肯定是为自己预备的，不会是为他副官预备的，就不谦让，大大方方坐了下去。

那鬼子副官将陶罐放桌上，接过王文琪递向他的大公文袋，将装在里边的药包也放桌上，之后肃立床边，以崇敬目光望着他的长官。

斯时大立钟的指针指在七点半，当地响了一声。

老池田这才睁开眼，朝桌上看看，转脸看看王文琪，满意地点了一下头，仍不发一言，背对王文琪，侧身躺在床边了。

王文琪也不想说什么，默默地就开始为那老鬼子按摩。

都料想不到，忽然发生地震。

华北大平原近百年没发生过地震了，那晚偏偏发生了。还好，不算大震，估计有三级左右的小震。虽是小震，结果也严重了——副官抢前两步，及时护住了陶罐。而大立钟倒了，砸在了副官肩部。池田老鬼子双手紧扳住床帮，差点儿没滚在地上。王文琪却连人带椅子被震倒了，衣架也倒在了他眼前，险些砸了他的头。衣架一倒，池田老鬼子的手枪从枪套里滑出来了，半截战刀也滑出了鞘，横在他手边。受一种本能反应的驱使，王文琪一手抓起了手枪，一手握住了战刀。

地震还在持续。鬼子副官双手抱着陶罐，紧贴墙站着，大瞪双眼盯视着他。池田老鬼子双手扳着床帮，也大瞪双眼盯视着他。他二人一个床上趴着，一个地上坐着，离得近在咫尺，互相瞪着。

地震的间隙，趁那几秒钟屋子不晃了的当儿，王文琪将手枪扔在了床上。又趁几秒钟不震的间隙，他将滑出半截的战刀插入刀鞘，也放到了床上。

三分多钟的地震终于结束。副官放下陶罐，扶起了大立钟揉肩。而王文琪扶起了衣架和椅子。

那时的情形是这样的——老鬼子池田仍趴在床上，一手握着刀鞘中段，一手抓住着手枪。是的，那只手并没握住枪柄，确切地说是还没来得及握住枪柄，而只不过是抓住了枪身。他就那么四肢叉开趴得像一张人皮似的，不错眼珠地瞪着王文琪，眼中充满惊悸。

副官快步走过来，向他伸出一只手。

他却没将刀或枪递给副官，却瞪着王文琪说：“你的，挂起来。”

王文琪愣一下，立刻明白了他的意思，也向他伸出一只手。他先将军刀递给王文琪，等王文琪将军刀挂在了衣架上，又将手枪递给了王文琪。等王文琪连手枪也挂在衣架上了，他已在副官的扶持之下坐了起来，并且，又盘着双腿了。

王文琪低声问：“太君，还继续吗？”

老鬼子突然哈哈大笑。王文琪和副官看着他，也都笑了。副官是受到了老鬼子的感染而笑。王文琪则纯粹是出于识趣表现而笑。

老鬼子笑罢，微闭双眼，矜傲地点点头。王文琪明白了他的意思，做了一个手势，请副官扶他躺下。不料副官的手刚一触到他身体，他立刻感觉到了是谁的手，皱眉道：“一边去。”那三个字他是用中国话说的。虽然是用中国话说的，副官也还是听得懂，愣了一下，闪在一旁，老鬼子向王文琪做了一个“请”的手势。同时，他嘴角浮现出了令人莫测高深的微笑。

王文琪像对待八九十岁老太太似的，以特专业的动作，轻轻扶老鬼子躺了下去。

后来的四天，王文琪似乎真的成了一位日本兵营里的客人。而且不是一般的客人，是最高长官的客人。他不再受监视了，离开房间没人管了，行动相当自由了。偶尔与佐艺子一起唱唱日本歌，副官也不禁止了，甚至有时还从旁听听。两名小鬼子兵轮番熬药。熬好了，王文琪才亲自捣制成膏药，每日数帖，为老鬼子亲敷亲揭。还有一日三次的药汤，更是亲自捧碗，次次眼看着老鬼子服光。每晚的按摩也不曾间断，老鬼子说他的腰几乎一点儿都不疼了。他起先青黄晦暗的脸上泛起了红晕，饭量增加了，精气神有了明显的改观。他居然与王文琪对聊了几次，从中医聊开去，聊到了中国文化，孔子、老子、庄子、孟子什么的。也聊日本历史、文化、文学什么的。兴致高时，还命副官笔墨侍候，写几幅字请王文琪欣赏。或者，命佐艺子打扮得花枝招展的，手持纸扇，为他和王文琪表演歌舞。中国文化、文学也罢，日本文化、文学也罢，他虽然是颇能说点儿什么的，但只不过略知一二，皮毛而已。然而他谈时，一副自视甚高的表情，仿佛大学问家，不论对于中国还是日本的文化、文学，都有高人一等的见解似的。他谈时，王文琪肃然聆听，一脸崇敬，其实心里腻歪透了。因为听老鬼子谈那些，对于他简直等于是听小孩子在正儿八经地给自己上中日文化课。但在谈到中医时，老鬼子的态度还是比较谦虚的，不耻下问。一问再问，离不开养生与男人如何提高床第本领的内容。王文琪则有问必答，每答皆说出在古老医书中的出处。最困惑老鬼子的一个问题是——为什么中医认为纵欲伤身，却又有采阴补阳之妙窍？王文琪就从《黄帝内经》为他补课，解释中医所言的阴阳平衡，性悦心情于是心情养人之类的说法。点到要处，老鬼子每显得茅塞顿开，欢喜无比。

老鬼子曾写下一个大大的字是“忍”，以赏赐的姿态给予王文琪，王文琪自然又表现得诚惶诚恐，掌心向上，平举双手接之。老鬼子“请”他也试写几字。他略一犹豫，没作声，顺服地点头以示遵命，遂起身写了四个隶体小字“忍者近仁”。老鬼子似乎意犹未尽，又写了一个“武”字，再请王文琪写；王文琪就再写了四个小字“武者不辱”。

老鬼子问他这后四个字何意。

他说真的武士，必有第一等的道德操守，是绝不会自恃强大而凌辱弱小的，更不会乱杀无辜。

老鬼子顿时将脸一板，瞪着他厉声说：“你的，对大日本皇军的，不满的思想，大大地有！”

副官也将脸一板瞪着他了。

正翩翩舞蹈着的佐艺子，那时就停止了，噤若寒蝉，惴惴不安地看着他们三个男人。

王文琪退离桌案，垂下头，镇定地说太君误会了，我是要通过“武者不辱”四个字表达对您的敬意啊！我听我们的同胞说，您及您的部下，相比于其他皇军，是屠杀我们中国百姓最少的。那么，想必您对大日本帝国的武士道精神，有着高于其他皇军军官的领悟啊！

老鬼子沉吟片刻，忽又哈哈大笑。笑罢，示意王文琪坐下，之后自己也坐下了。

他看着王文琪又说：“你的，狡猾狡猾的。”

王文琪说：“我对太君您很坦诚啊。不坦诚还敢写什么‘忍者近仁’‘武者不辱’吗？不坦诚还敢说刚才那番话吗？”

老鬼子说你不要狡辩，狡猾就是狡猾，这一点蒙蔽不了我。但是，你也确实够坦诚的。你是个狡猾的坦诚者。我喜欢你这种狡猾的中国人。你要去掉狡猾，只保留坦诚地回答我，你是不是企图通过那么几个字，那么一番话，动摇我征服你们中国的军人心？

王文琪老老实实地说是啊太君，作为一个中国人，眼见我们中国的领土一部分又一部分地被皇军所占领，我们中国人，包括妇女、老人和儿童，几乎天天被皇军杀害着，我当然希望更多的皇军能像太君您一样，不以屠杀无辜的中国人为乐事啊！那对于占领是一点儿帮助也没有的啊。

老鬼子说你的话不对！有！屠杀虽然是野蛮的，但从古至今，仍是最有效的征服手段。冷酷的屠杀，能使被征服者胆量完全丧失，尽快屈服。

王文琪说那种屈服肯定是暂时的啊！难道太君没听说过，我们中国人的抗战口号是——“用我们的血肉，筑起我们新的长城”吗？没听说过，我们许许多多中国人被你们皇军杀死之前，满怀仇恨喊出的话是——四亿五千万中国人是你们屠杀不完的……

“住口！”——副官在那时刻怒斥了他一句。

老鬼子瞪了副官一眼，挥挥手，副官悄没声地退出去了。他命佐艺子为王文琪的杯中添水。佐艺子添罢水，刚想坐在王文琪身旁，老鬼子将她也挥出去了。

“王，你的，仔细地看看。”老鬼子向王文琪伸出了双手，手心朝上，两条手臂很放松，平常又随意的那么一种伸法。

王文琪垂下目光看一眼他的手，旋即抬起头，望着老鬼子的脸平静地说：“太君，我不会看手相。”

老鬼子微微一笑：“我的，手相的不要你看。我的手，我这双天皇军人的手，你的应该，印象大大的。”

王文琪迷惑地愣了愣，也伸出自己的一手，轻轻抓住了老鬼子右手的四根手指，心想不是让我看手相，那么就是让我观手诊病，进一步试探我的中医修行呗，这有何难呢！我就当你是一个病人，继续为你诊诊病呗。

他又垂下目光，刚欲细看老鬼子的右手，不料老鬼子将手迅速一翻，不知怎么一来，自己的右手反被老鬼子紧紧抓住了。

他吃惊了，抬起头疑问地看老鬼子的脸。

老鬼子却闭着双眼了，一边的嘴角仍浮现着一丝高深莫测的微笑。王文琪也不动声色地使暗劲儿，欲抽回双手，却哪里抽得回去！两个较了几十秒钟暗劲儿，老鬼子忽出左手，抵住了王文琪左腰部，不待他有什么反应，但听嗨的一声，已被盘腿而坐的老鬼子举了起来，从头顶摔到背后去了。

副官和佐艺子听到大的动静，一前一后进屋了。副官在前，握着手枪。佐艺子在后，一脸惊慌。

老鬼子哈哈大笑。

王文琪四仰八叉地躺着，一动不动，也不哎哟，死了一般。

佐艺子显然猜到发生什么事了，以手掩口，哧哧地笑。

副官却仍处于神经紧张的状态，也仍握着枪，大步跨到王文琪身边，踢了他一脚，喝问："你的，什么企图的干活?!"

王文琪缓缓坐了起来，晃了晃头，谁也不看，径自苦笑道："太君和我开玩笑。"

虽然是木板地，但却没摔疼他哪儿，只不过受了一大惊吓，心怦怦乱跳。身体落地时，头与地板咚地相磕了一下，有点儿晕。

老鬼子盘着双腿向他转过了身，如同磨盘转了半圈，看着王文琪问："王，摔疼了没有？"

王文琪也盘腿坐定之后，迎视着老鬼子的目光，平静地说："太君，幸亏您手下留情。"

老鬼子就又哈哈大笑。

副官的神经这才松弛了，将手枪插入枪套，走到老鬼子背后，叉着双腿，双手叉腰看着王文琪也幸灾乐祸地笑。

老鬼子举起右手，反向挥了挥。

副官与佐艺子互相看看，都又悄没声地退了出去。

老鬼子大声说："门的，关上。"

双扇的对开门就被关上了。

老鬼子声音更大地说："偷听的，不许！"

副官的皮靴和佐艺子的木屐走动之声在门外渐远。一会儿，他俩的身影从窗前走过。

老鬼子的目光注视在王文琪脸上，自己脸上仍保持着微笑。王文琪迎视着他的目光，装出一副傻兮兮的样子也笑。

老鬼子推心置腹似的说："你的，不要生气。开个玩笑的，可以。人的，长期不开玩笑的，大大地不行。"

王文琪点头道："太君，我理解。"

他确实理解，在这处日军军营里，没人敢跟对面的老鬼子开什么玩笑的，那结果将肯定是自讨苦吃嘛。即使他主动跟哪个下属开玩笑，下属也不敢因而就放肆啊！何况他也不会经常跟下属开玩笑的。他得在下属面前时刻保持不苟言笑的威严，所以他必经常感到寂寞。虽然有佐艺子可以随叫随到，为他唱唱歌、跳跳舞，以解其闷，但谅那佐艺子也只敢在他面前撒撒娇、卖卖嗲罢了，肯定同样不敢当他想开玩笑时，便没大没小、没深没浅地互相逗弄的。就好比一个人想下棋了，别人都不跟他真下，都一味让着他下，那棋下得还有意思吗？也就只有不下。

王文琪还明白，老鬼子刚才突然对他来那么一手，也并不完全是跟他开次玩笑，而是为了使他明白——即使在只有他们两个人的情况之下，如果他突然发起攻击，那肯定是不自量力的事。

他正这么想着，老鬼子的双手，又手心朝上伸向他了。

他语言乖巧地说："太君，不要再开我的玩笑了吧。刚才那样的玩笑，我经得起一次，恐怕经不起二次的。"

老鬼子笑道："玩笑的不开了。我的手，你的看出什么来，要老老实实地，讲给我听。"

于是王文琪只得再次轻轻握住他的四指，认认真真、仔仔细细看起来。看罢手心，托住手背看手指肚。之后，将老鬼子的手翻过来，认认真真、仔仔细细看手背、手指甲。

老鬼子的手挺大，五指粗长。肉很厚，也很硬，指根有一排茧子。不过，皮肤却保养得很好。男人到了他那种年纪，不论哪一国的男人，手背的皮肤一般会变得皱巴巴的。老鬼子的手却不同，手背的皮肤挺光滑，没皱没褶，中年奶妈的手似的。

王文琪看罢老鬼子左手，接着认认真真、仔仔细细地看老鬼子右手，同时觉得不可思议——那么样的一双手，那么一个干巴瘦的老鬼子，盘腿大坐的，刚才却将自己举过头顶摔到了背后，不是亲眼所见，十之八九没人信。

他抬起头时，见老鬼子又微闭着双眼了，寻思几秒钟，低声说："太君，您的肝不怎么好，肝火太旺。不过，也不是什么器质性的问题，是思虑甚多，睡眠不足引起的。明天我再进城为您抓几副舒肝祛火的药，调理调理就会见效的。"

老鬼子睁开了眼，问他"器质性"是什么意思。

他就在一张纸上，用毛笔写下"器质性"三字，耐心地解释"器质"一词在汉字中是什么意思，在中医和西医概念中又是什么意思。

老鬼子终于听明白了，也拿起毛笔，将"性"字一圈，急切地问："那么，我的，这个的，大大地好，问题的没有？"

王文琪这才知道老鬼子误会了，不禁笑道："太君性的方面，问题的没有，大大地好。"

老鬼子听了特高兴，又是一阵哈哈大笑。待他笑罢，王文琪语调缓慢地接着说："但是，从您的掌心纹来看，太君的肺也不是太好。"

老鬼子点头，承认自己的肺确实经常犯病，还留下了一到冬季就犯哮喘的病根，在户外不得不戴口罩。

“您的胃近来常泛酸水是吧？”——王文琪说得不是那么有把握了。

老鬼子却啧啧称奇了，连赞王文琪是神医。

王文琪谦虚地笑笑，说自己能看出以上情况来，其实不足为奇。因为在中国的古老中医经验中，有一派总结的便是“掌诊”的学问，几乎能做到观一掌而知全身，由于被些冒充江湖郎中的小人所利用，骗钱财，渐渐的声名狼藉，最终被主流中医所不耻，没谁愿意继承衣钵，久而久之便失传了。但自己的父亲在世时，曾一度潜心研究并多方收集整理过其经验。而自己当年替父亲誊抄过，也受父亲指点过迷津，自然略通。

老鬼子听得兴趣浓厚。

王文琪最后提出了一个问题，说自己不明白老鬼子手上的茧是怎么来的。

这一问，竟使老鬼子打开了话匣子。他说自己从军官学校毕业后，一正式入伍就处处表现优秀，二十八岁时就当上了一位司令官的副官，三十出头就当上了有资格佩带军刀的少佐，从那时起，一天二十四小时里，除了睡眠时，在大多数时间，右手习惯性地按着刀柄。尽管手上经常戴手套，日久天长的，还是磨出了不褪的茧了。

老鬼子的话匣子一打开，便收不住了，滔滔不绝地只管说起来没完。他说他非常感谢第二次世界大战，非常感谢大日本皇军对中国发动的全面占领的“圣战”。说在他看来，皇军对中国发动的全面占领的战争，当然是一场“圣战”。因为像中国这样一个疆土广阔、人口众多而又衰败得不可救药的国家，靠中国人自己是既统一不了也管理不好的，只能由某一个或某几个强国代为统一、代为管理。由某几个强国莫如由一个强国，由别的强国莫如由日本这个强国。很遗憾。国民党不懂得这个道理，不肯接受现实。共产党也不懂得这个道理，也不肯接受现实。那么，大日本皇军，就不但要狠狠地教训国民党的军队，也要将共产党的军队斩尽杀绝。他说，作为一位军官，如果一生没有参加过战争，那就不但枉为军官，而且简直也枉为军人了。他认为全世界的军官肯定都是这么想的。因为如果没有战争，低级军官几乎永远是低级军官，高级军官也几乎永远是并无实际光荣可言的高级军官。每年有百分之七八的低级军官晋升为高级军官，那也就足以补充高级军官的序列不至于缺位了。而那种晋升，对自己虽然是好事，实际上与一个国家的文官们的晋升没了什么区别。不但说起来文官们会不以为然，晋升了的军官们自己也会不无惭愧。他说自己就是一位被如此这般耽误了的皇军军官。如果日本的对华战争早几年就发动了，那么自己现在肯定是一位司令官了，怎么会才仅仅是一位大佐？都五十多岁了，有时一想很悲哀。

王文琪问："太君，您如果死于这一场战争，不论是大佐还是司令官，不是都没了意义吗？"

老鬼子愣都没愣一下，表情庄严地说那不同，结果完全不同。如果死前是一位司令官，并且是死在战场上了，那么骨灰大抵是会被供奉在靖国神社的，就是大日本帝国的民族英雄，国家级军人楷模了。而若仅仅是位大佐，除非死得特别壮烈，一般是不会享受到骨灰被供奉在靖国神社的殊荣的。靖国神社里虽然连普通士兵们的牌位也供奉着，但基本上是按军队番号整班整排整连一起供奉的，而且基本上是在极残酷的战役中所牺牲，牺牲人数又超过编制人数一半以上。

王文琪始终装出一副肃然起敬的样子听着。他看得出来，老鬼子对于他所提出的问题，早已思考过多遍了，所以才连愣都没愣一下，就导师解惑似的侃侃而谈。令王文琪感到奇怪的是，老鬼子一旦自己开说，而不是与他一问一答地说，中国话的水平竟也高了些。只不过偶尔夹杂一句日语，对于王文琪，那完全不造成任何倾听障碍。他想了想，也就一下子想明白了——少了什么“你的”“我的”“大大的”，听起来顺耳多了嘛！

老鬼子表白地继续说，他感激第二次世界大战，尤其感激大日本帝国皇军对中国发动的全面占领的战争，不仅仅是出于狭隘的一己利益的思想，更是由于他作为一位大日本帝国皇军之军官，对战争具有一种相当本能的热爱。甚至也可以说，如果能亲身参加一场灭掉别国的战争，是他从少年时期就梦寐以求的向往。他说那种热爱，像艺术家痴迷地热爱艺术一样。那种向往，像年轻人向往爱情一样。总之，那是大日本帝国从他是一个少年时起，对他所进行的最良好的教育……

老鬼子说到这里，终于站了起来，对王文琪做了一个手势。王文琪明白，是命他也站起。

他默默站了起来。

老鬼子抓住他一只手的手腕，将他牵导至世界地图前。确切地说，那是一幅日本绘制的二战战局军事地图。

老鬼子指点着说：“新加坡、马来西亚、韩国、菲律宾，小小的，对于我们皇军，轻松占领的事情。你们中国有一个古代的词，我的，一时想不起来了……”

他翻转了一下自己的手，不错眼珠地瞪着王文琪，等待王文琪帮他想起来。

王文琪小声说：“易如反掌？”

“对，对，正是易如反掌。”老鬼子的目光又望向地图，那时他双眼炯炯有神，像刚吸足了鸦片，接着以雄心勃勃的语调说：“看，你们中国，地域广大广大的，人口多多的，全面占领你们这样的国家，对于我们日本，才是最应该做的。如果你们中国人不驯服，不愿当亡国奴，我们就从东杀到西，从南杀到北，一直杀到你们驯服了为止！再看我们日本，与你们中国相比，小小的，是不是？”

他的目光再次望向王文琪，王文琪默默点了一下头。

“我们日本虽然小，但我们的海陆空军，却在世界上伟大伟大的。虽然，某一次战役，我们也会失败的。但最终，第二次世界大战将证明，我们的军队是不可战胜的！俄国，我们不怕。在旅顺，我们打败了他们！英国，我们也不怕！我们的海军，对他们的海军，威胁大大的。在海上，是他们怕我们，不是我们怕他们！美国，我们也敢挑战。而且我们已经那么做了！他们占领的珍珠港，彻底地，被我们摧毁了！我们的飞机，将他们炸得……”

他又想不起一个中国词了，拍拍王文琪屁股，口中发出“噗、噗”之声，接着做出撒尿的样子。再接着，拍拍王文琪脸颊，笑道：“王，你的说。”

王文琪说：“屁滚尿流？”

“对，对！”——老鬼子又拍拍王文琪脸颊，表扬道，“王，你的，大大地聪明。聪明的人，我的喜欢！屁滚尿流，这个词，我也喜欢！看，将来的世界，应该是这样的——欧洲、美洲、北美洲，由德国和意大利去分。他们怎么分，日本的，不管。但是全部的亚洲，都要在日本的占领和控制之下，这是必须的！你们中国，像大大的面包，夹奶油的面包，明白？”

王文琪眼望地图，装没听到“明白”二字。

老鬼子的双手捧住了他的左右脸颊。确切地说，是夹挤住了。手劲儿特大，将他的双唇都夹挤得由横而竖了。

“你的，不明白？”

王文琪的头，在夹挤之下赶紧点了一下。

老鬼子的手这才从他脸颊上放下，严厉地又问：“说，明白，还是不明白？”

王文琪只得小声说：“太君，我的明白。”

老鬼子笑了：“我们日本，小小的领土，大大的军事帝国！面包的，我们喜欢吃！奶油的，日本多多的需要！日本虽然比中国小，但是拳头，钢铁的拳头，能将中国砸成薄饼的钢铁拳头！在你们中国，皇军势不可挡……”

他突然给了王文琪腹部一拳。那一拳的动作幅度很小，力道却蛮大的。王文琪疼得捂着腹部蹲下了。老鬼子又开心得哈哈大笑。

那时的王文琪，内心里的屈辱感早已变成熊熊烈火，仿佛连五脏六腑都是固体汽油，也一并燃烧起来了。又仿佛，除了紧闭着的嘴，所谓七窍已有六窍在往外冒烟了。而只要他往起一站，冲着老鬼子张大嘴，口中就会像火焰喷射器一样喷射出猛烈的火焰，将老鬼子顷刻烧成一地灰。

他真希望自己的右手握着一柄锋利无比的匕首！那么他也可以出其不意地将匕首刺入老家伙腹中！刺入，横剖，接着连手也探入老家伙腹中，上三下四，左五右六，用匕首在老家伙腹中一通乱挑乱割，那是多么痛快的事情！

正这么仇恨地想着，听到老鬼子吼了一声：“站起来！”

他并未立刻站起。不是因为疼。忍着疼他也是可以立刻站起来的。而是因为怕，怕立刻站起来，自己内心里的仇恨会凝聚在双眼中，结果将老鬼子激怒了。而老鬼子一旦被激怒了，不知会对他做出什么事情来。而自己对个人屈辱、民族屈辱、国家屈辱的忍耐，实在已经到了极限！那么，自己若不再忍，结果不是秃子头上的虱子明摆着吗？自己此前的一切所忍，不是全白忍了吗？

“起来！”老鬼子踢了他一脚。在王文琪听来，那是老鬼子口中说出的最地道的一句中国话。虽然说得凶巴巴的，但因为是最短的一句人话，竟一点儿“鬼子味儿”都没有。也幸亏老鬼子说了一句一点儿“鬼子味儿”都没有的中国话，王文琪胸膛里像有一处喷火器阀门被关上了一样，仇恨的怒火顿时熄灭。当然，说到底，是他的理性，被老鬼子踢他那一脚反而给踢回来了。否则，他的理性肯定随着一股浓烟导弹似的飞往爪哇国，根本找不回来了。

他捂着肚子站起来，对老鬼子苦着脸说：“太君，我这寻常中国人的肚子，怎么能经受得了您这位皇军大佐的拳头呢？您那一拳使我岔气儿了，请求您别再开使我吃苦头的玩笑了好吗？”

老鬼子再一次哈哈大笑。那是忍都忍不住的开怀大笑，响亮得余音绕梁。他的笑声戛然而止，脸上一时出现了痛苦的表情，一手撑着桌角，一手捂着心窝，低俯下身去。

王文琪走近他，不安地问：“太君，您怎么了？”他的不安语调是装出来的，实际上，巴不得老鬼子心绞疼突然发作，结果在他眼前一命呜呼。

老鬼子说他也笑岔气儿了，说时的样子可怜兮兮的。

王文琪说：“太君，您就这样别动，几分钟内我就会使您顺过气儿来。”

于是他在老鬼子背后这拍几下，那拍几下，接着从后搂抱住老鬼子的腰，将老鬼子的双脚抱离地面，猛地往下一顿。放开其腰，又在其背后猛击一掌，大功告成地说：“……”他之所以这时候说了一句日本话，乃因他见老鬼子也笑岔气儿了，自己的心里忽然一下子放松了。他这时候想——你他妈不就是一个可憎、狡猾，此刻倍觉无聊，所以猫玩儿耗子似的耍弄着我解闷儿的老鬼子嘛！我要是一直在你面前提心吊胆的，那我不等于认了自己是你这只老猫爪子底下按着的一只小耗子了吗？我才不认！即使我难以将自己想象成猫，反过来将你想象成耗子，那我起码也将咱俩都想象成猫，或者干脆他妈的都想象成耗子！你拿我解闷儿？我还闷呢！我还要拿你解闷儿呢！反正看样子你今天是不会杀我的，那我就和你个老鬼子来一场猫与猫，或耗子与耗子的平等的解闷儿游戏吧！

他这么一想，心里就更加放松了，连那一句日本话，也像是日本朋友跟日本朋友之间说话那般无拘无束了。

老鬼子直起腰，缓缓转过身，眯眼看着他，表情极其郑重地说：“你的，日本话的不许说。”

王文琪愣了一下，随即笑道：“如果太君愿意，我们互相说英语也行。”

他以为老鬼子根本不会英语，成心尴老鬼子一尬。

不料老鬼子用流利的英语说：“也不许你说英语。在我面前，只许你说中国话。”

王文琪不由得一愣，想不明白老鬼子为什么只许他说中国话。想不明白也得再说句话呀！灵机一动，脱口来了一句：“客随主便。”

老鬼子也一愣。他看出来了，老鬼子不太明白“客随主便”四个字的意思，暗想：你他妈的可恨的个老东西，连“客随主便”四个字都不明白，你有什么资格偏跟我说中国话啊！心里这么暗想着，嘴上却不卑不亢地解释着“客随主便”的意思，趁机强调自己是客人的身份。

老鬼子耐心听罢，笑了，慢条斯理地说：“客随主便的，顶好。你的，我的客人的是。我的，大大地喜欢你！中国话的，我的不行，要好好地，好好地向你的学习学习的！”

王文琪说：“太君过于谦虚了，您中国话说得很好。”

老鬼子说：“我的，岔气的没有。玩笑的大大的。”

王文琪就又说：“太君爱跟我开玩笑，实在是我的荣幸。”

老鬼子坐在椅子上了，将一只手平放在桌上，语调近乎温柔地说：“我的手，你的闻闻。”

王文琪又一愣，猜不透老鬼子葫芦里卖的什么药，但那也得闻啊！为了不至于显出闻得卑贱的样子，他将双手背到身后，俯下身云，像闻一朵花儿那么姿势优雅地闻了闻老鬼子的手。

“这只手，你的，也要闻。”——老鬼子将另一只手也平放在桌上了。

王文琪只得再次以那种优雅的姿势闻了闻。他已从桌旁退开了，还没将老鬼子的用意猜到。但他的双手，却仍背在身后，暗想——你他妈刚才还说我是你的客人！哪儿有主人坐着让客人站着闻自己手的？我如果不背着我的手，不愿在你面前表现得下贱，岂不也还是有几分下贱了吗？

于是他更直地挺了挺腰，老鬼子本就是个干巴瘦的小老头，往大椅子上一坐，顿时显得更小了。王文琪那时望着老鬼子，就有点儿俯视的意味了。

老鬼子并未介意王文琪那会儿成心显出的士可杀不可辱的样子。分明地，老鬼子的心里那时也极其放松。他依然以近于温柔的语调问：“我的手，怎样的味道？”

王文琪回答有种富士山香皂与樱花香脂混合的味道。富士山香皂是日本当年的名牌，中产阶级以上的人家才用得起。而樱花香脂乃是中产阶级以上人家的女子们的最爱。其实他并没闻出什么味道，只不过那么随口一说。

老鬼子微微一笑，点点头，又问：“还有一种特别的味道，你的，没闻出来？”

王文琪摇头。

老鬼子说：“你的，再闻。”

王文琪又闻了闻，还摇头。

老鬼子说：“是人血的味道。你们中国人的，血的味道。”说罢，也闻了闻自己的双手。

王文琪说：“您肯定经常洗手。所以，我闻不出来我们中国人的血的味道了。”

老鬼子盯着他的脸，在他面前走来走去，边走边说：“是的。我讨厌血的味道。最讨厌你们中国人的，血的味道。那是，很不好的味道。你们中国人，为什么还将禽畜的血，以各种方法做来吃？”

王文琪承认自己对他所提出的问题没思考过，更没研究过，不知道。

老鬼子说他们日本人就不将任何禽畜的血做了吃。非但不吃，将肉做来吃之前，要一洗再洗，直至洗得毫无血色和血腥味儿。他说欧洲人也和他们日本人一样，所以，他们日本虽然是亚洲的一个国家，但却开始和欧洲一样文明。因为日本人的血，和欧洲人的血一样，是纯洁的人类的血。说只有血管里流着纯洁的人类的血的民族，才是优等的民族。

而世界，最终要由少数优等的民族来统治。

他在王文琪面前站住，将双手举在自己眼前，看着说：“我这一双手，杀死过许多你们中国人。有些中国人，非常地怕我，就像羔羊怕猛兽那样。他们对我们大日本皇军不构成任何威胁，不给我们制造任何麻烦，对我们百依百顺，在我们面前战战兢兢，希望我们别杀他们。但是，他们有时怕我怕得，使我大大地讨厌。所以，我的，一讨厌，就杀死了他们。你们有另一些中国人，却往往地，偏要在我们大日本皇军面前，表现出一点儿都不怕我们的样子。那种样子，故意的，大大的。我们大日本皇军，绝对地，不能容忍你们中国人，敢于那种样子。所以，他们的，必须死了死了的。统统地，死了死了的。还有一些中国人，是对于我们很危险的，抗日的分子。那些中国人，是我们大日本皇军眼中的，肉中的，什么什么的，王，你的说。”

王文琪看着他的脸平静地说：“眼中钉，肉中刺。”

老鬼子拍拍他的肩，微笑道：“对的。他们，仇恨我们。所以，是我们的，眼中钉，肉中刺。这两句中国话，我的，会说。由你的说，是因为，有些中国话，我的，喜欢听你的说。我们大日本皇军，当然的，也大大的仇恨，仇恨我们的中国人。我们一旦抓住他们，肯定要，那个那个……高级的厨师，做一道好的菜肴一样地，折磨他们。如果，用两三个字的中国话，应该，怎么样地说？”

王文琪想了想，以反问的口吻回答：“认真地？”

老鬼子摇头道：“不不不，比认真地，更认真地。”

王文琪：“仔细地？”

老鬼子：“你的，帮我想起来了。不要仔，只要细。细而又细，细细地。我们要，细细地，折磨他们。‘细细地’，顶好顶好的中国话。文艺语言的，大大地是。就像作诗那样，绘画那样，刺绣那样，细细地，细细地，折磨他们，使他们，成为出卖自己人的叛徒。如果他们很坚强，那就一直将他们折磨到死为止。折磨坚强的中国抗日分子，是细细的一种，很艺术的工作。我的，喜欢。如果他们不坚强，叛徒的，做了的，我的，还是要，杀了他们。叛徒的，我的，大大地不喜欢……”

老鬼子一转身，从刀架上抓起了他的军刀，并且将刀从鞘中抽了出来，将刀鞘朝王文琪一递。王文琪默默接过刀鞘，默默放在架上。一转身，见老鬼子双手握刀，刀尖对着他，几乎触到了他的心口。

他朝旁边闪开一步，平静地说：“太君，这很危险。”

老鬼子再次将刀尖对向他心口，也平静地说：“王，你的，闻闻。”

王文琪就俯下身闻了闻刀尖。老鬼子：“怎么样的味道？”

王文琪：“血的味道。我们中国人的血的味道。”

其实，他不可能从刀尖上闻出任何味道。

老鬼子举起了战刀。

王文琪微微扬起头，斜望着那把杀死无数中国人的战刀，像乐队队员望着指挥家手中的指挥棒，镇定得近乎白痴。

老鬼子开始绕着他转，边问：“你的，死的不怕。”

王文琪也随着旋转身子，边回答：“太君，我非常怕死。但是我知道，太君舍不得杀我。因为您说过，您喜欢我。您现在只不过是在跟我开玩笑。我想，近来您一定太寂寞了。”

高举在王文琪头上的战刀终于垂下了，老鬼子笑道：“王，你的，大大地会说话。我的爱听，杀你的，不会。你的，相信吗？”

王文琪自然只有点头的份儿。

老鬼子将战刀在手中一倒腾，刀柄对向了王文琪。

王文琪问："太君是允许我接过来吗？"

老鬼子也点头。

王文琪就毫不犹豫地接过了战刀。

而老鬼子则从刀架上拿起了刀鞘，比比画画，教王文琪怎样用战刀杀人。怎样怎样，一刀直劈下去，一个人（当然是一个中国人）会从头顶被直劈至腿叉；怎样怎样横挥一刀，一个人的头颅会从颈上被削掉；又怎样怎样，一个人的头以及一边的肩连同半部分胸脯，会被一刀劈为两半。他用刀鞘比比画画的，王文琪也用战刀比比画画的。那时的王文琪，战刀在手，一边仿佛很认真地学，一边暗自寻思，该用老鬼子教的哪一种方法，将老鬼子一刀结果了。依当时的情况看，杀死老鬼子，他有九成的把握。但自己要想活着离开军营，那可就连半成的把握也没有了。而且，自己将肯定死得比老鬼子更惨。虽然他表面看去学得很认真，内心里杀死老鬼子的欲望却一念强过一念。但同时，一想到因为自己的行为，不知会有多少个村子将被血洗，有多少中国的男女老幼将被屠杀，理性的堤坝在他头脑中也越筑越牢固，一道又一道，始终将那杀死老鬼子的欲望围困住，不使那欲望在自己头脑中形成不可阻挡之势。居然，由于那一道又一道理性堤坝的作用，极想杀死老鬼子的欲望，竟渐渐地平息了下去。到后来，只是在学着杀人了。他脸上淌下汗来。他的上衣湿了。他每劈砍一次，都有汗珠落在地上。渐渐地，他开始喘息了。因为，杀死老鬼子的欲望虽然平息了，老鬼子始终是他的杀人靶子这一点，却分分钟都不曾改变过。而老鬼子不同，双手握的是刀鞘，没什么分量。只不过是象征性地比画，当然既没出汗也不气喘。

终于，教练老鬼子叫停了。

大汗淋漓、喘息不止的王文琪，低下头，弯下腰，恭恭敬敬地双手将战刀呈还给了老鬼子。他直起腰抬起头时，见副官和佐艺子的身影，一左一右闪在窗子的两边向屋里偷窥。

老鬼子将刀握在右手中，命王文琪挽起一个衣袖。王文琪照做了。老鬼子抓住他那一只手的腕子，横刀于他臂上，从刀的中锋一直切移至刀尖，王文琪的臂上既没皮开肉绽，也没出一滴血，只不过留下了一道白印儿。那柄战刀没开过刃，并非老鬼子的战刀，而是一柄摆设刀。

王文琪的整个心像被老鬼子的一只手紧紧攥住了，不能跳了。但那只不过是一两秒钟的事，他随即微微一笑，态度卑恭地说："太君，我也只不过配用没开过刃的刀向您学习杀人。"

老鬼子也微笑了，夸奖道："王，你是个好学生。"将刀插入鞘中，放于架上。之后，盘腿坐于矮茶几旁，招手示意王文琪也坐下。王文琪坐在他对面后，背对窗子的老鬼子举起右手又一招，佐艺子转眼进了屋，为王文琪和老鬼子各自沏上了茶，转眼又飘出去了。

二人各自喝了几口茶后，老鬼子说："王，我的，派人调查过。你的，东京大学博士的，情况真实的是。你的老师，在我们日本，受尊敬的，大大的，这个情况，也是真实的。但，你的老师的老师，与大日本帝国天皇的启蒙老师，任何关系的没有。你的，编了一个大大的谎言。说，为什么？"

老鬼子居然为了自己这么一个不三不四的中国人（自从和鬼子们有了"亲密接触"，王文琪渐渐开始觉得自己是个不三不四的中国人了）派人回到日本调查了一番，是王文琪万没想到的。谎言既已被当面戳穿，除了从实招来，他再就没辙了。于是，他干脆敞开天窗说亮话，采取坦诚相见的策略了。

老鬼子听他从容不迫、娓娓道来地陈述了一遍前因后果，不动声色地说："那个韩柱儿，胆敢冒犯皇军，应该被烧死。你的也为他冒犯皇军，罪行大大的。"

王文琪就替自己辩护。他说太君啊，我并非要冒犯皇军啊！藤野命我跪下，我乖乖地跪下了呀。命我擦他的靴子，我也乖乖地擦了呀。他将我带走时，我丝毫也没反抗呀。到了碉堡里，我不是将我们中国的国家机密，也就是做高粱米饭要放碱的机密泄露给他了吗？我还教了皇军的炊事兵种种粗粮细做的法子呀。一切事实足以证明，我是愿意与大日本皇军交朋友的呀。为了一只小猪崽，就下令烧死一个中国的乡村青年，这么做没有太大必要嘛！说明藤野那厮头脑里缺乏大局观点啊！

老鬼子双眼一瞪："那厮的，什么意思的？"

王文琪意识到自己说秃噜嘴了，赶紧往回找补。他说"那厮"在中国话中，是对鸟人的一种统称。鸟人嘛，在中国话中，泛指种种智商不高爱犯冲动的人，"二杆子"是其中的一种人。结果是，越解释，老鬼子越加听得云里雾里。越听不明白，越一再地追问。王文琪则举《水浒传》中的人物为例，说李逵就是个"二杆子"。所以，也是鸟人。也可以被叫作"那厮"。

老鬼子终于有点儿明白了，颇有同感地说："藤野军曹的，优秀军人的不是。他的头脑，猪的一样。"

王文琪说："太君，这种话只有您可以说，我是绝对不敢那么说的。其实，我并无贬低藤野君的意思。我只不过觉得，他作为您的部下，如果能多学习您的大局观念，那对于皇军是有益的啊！"

老鬼子被奉承得很舒服，几乎是不由自主地笑了。

王文琪暗自庆幸自己又逃过了一劫，也几乎是不由自主地笑了。不料刚一笑，老鬼子出其不意地又问："你的，恨皇军吗？"

王文琪立刻低下了头。怕因老鬼子的话，使自己脸上出现了根本难以掩饰的深仇大恨。而只要出现了一点点儿，那也肯定能被老鬼子看出来呀。他还没来得及细想应该怎么回答呢，听到老鬼子又说："抬起头来！"——其声严厉。

王文琪怎么能不抬起头呢！他直视着老鬼子，眼中几乎喷出火来。

老鬼子："说！"

王文琪："恨！"

老鬼子："你的，把心里的恨，统统说出来！"

王文琪："你们的炮弹，炸平了我父母的坟！炸毁了我的家宅，使我现在连个像样的住处都没有了！如果我竟然不恨你们，那我不是一个鸟中国人了吗?!"

老鬼子："继续说。"

王文琪："说完了。"

老鬼子："你的，最主要的恨，没说。"

王文琪冷笑道："我知道，太君是想从我嘴里听到这样的话——皇军没完没了地杀我们中国人，一个省又一个省地侵犯我们的国土，我心中到底是恨，还是不恨？"

老鬼子："对。"

王文琪："更恨。"

老鬼子："说下去。"

王文琪："我恨我们中国的军事力量很弱，皇军太强大。目前这样的抵抗，等于用鸡蛋砸石头，结果对于我们中国，当然是浩劫，是苦难。所以，恨也没用，我这样一个具体的中国人，莫如与你们皇军搞好关系，那就兴许还能活到战争结束的一天。我是个极其怕死的中国人，我只能苟且偷生。”

老鬼子：“说完了？”

王文琪：“说完了。”

老鬼子忽然哈哈大笑，笑声极其响亮，于是窗外又出现了副官和佐艺子的身影。他亲自为王文琪续茶，居然对王文琪肯于当着他的面说真话的态度表示感动。

“王，你的，问题看得很清楚。头脑，冷静冷静的。你们中国话，怎样来说你这样的人？”

老鬼子甚至以茶代酒，示意王文琪举起杯，互碰了一下杯。

王文琪呷一口茶后，一脸卑恭之相地说：“我们中国有句著名的古话，是‘识时务者为俊杰’，太君是想借这句话来夸我吗？”

老鬼子笑道：“对，对！正是这句话。你的，俊杰的，大大地是！我的，希望你的，要多多地，经常地，对你们不识时务的中国人，说你刚才那些识时务的话！”

王文琪装出受宠若惊的样子说：“太君，我早已经那么做了。更多的中国人听了我的话，就会和我一样活下去了。战争总是会结束的，少死一些中国人，对中国是幸运的。”

老鬼子一边听，一边不住点头。

当天晚上，王文琪这位日本军营里的不三不四的“客人”，受到了规格更高的礼遇。那确实是礼遇——老鬼子池田大佐亲自陪他共进晚餐，开了多听日本罐头以及两瓶清酒，都是对大佐那一级军官的特殊配给，而且还不经常，时有时无。老鬼子平时舍不得独享，由副官登记保管。高兴时，每赏给他认为有功的部下。副官和佐艺子，也沾光陪于主宾左右。佐艺子说，她义父很久没饮过酒了。席间，佐艺子唱罢，王文琪被要求接着唱。佐艺子只会唱些民歌小调，王文琪却会唱一首首俳句。据他说，有些日本古代俳词，是从一代代幕府里流传出来的，在民间基本已经失传。他唱时，不唯佐艺子，老鬼子和副官也学唱。他俩学唱得特来劲儿，王文琪自然表现出相应的热情，一遍遍也教得不厌其烦、耐心可嘉。佐艺子更是不失时机地博取义父的欢心，一次次翩然起舞。王文琪不仅日本歌唱得好，各种日本舞蹈也跳得好。不必要求，他也一次次按捺不住似的起身与佐艺子对舞，直将老鬼子和副官两个，学得听得看得不亦乐乎。老鬼子半醉时，忽拿副官开起玩笑来，指着叫“那厮”“鸟人”“二杆子”，叫得副官莫明其妙，一次次傻笑着也说自己是“鸟人”“二杆子”，于是老鬼子一阵又一阵哈哈大笑……

四人一直娱闹至半夜才散。散时老鬼子已七八分醉了，命佐艺子当夜必须好好服侍王文琪于枕席，命副官指派一名士兵，必须彻夜为王文琪和佐艺子站岗。王文琪并没怎么醉。他是天生的酒精免疫者，席间撒过两泡尿，头脑清醒着呢！眼见老鬼子和副官都醉得糊里巴涂的了，便以佯醉模样蒙混过关。一听老鬼子命佐艺子陪他睡一夜，那一惊使头脑更清醒了，连说不敢当不敢当。他想，自己身不由己地与日军“打成了一片”，不但连自己都觉得自己作为一个中国人未免太不三不四了，而且连自己也觉得快要跳进黄河洗不清了。若再与一名日本军妓在军营里睡过，岂不是在国难当头、全民族艰苦抗战的年代，完全成了一个寡廉鲜耻的中国人吗?！法西斯侵略者必败，德国、意大利必败，日本也必败，对于此点，王文琪这样的人，比许许多多别的中国人更加坚信不疑，甚至比韩成贵还要坚信不疑。那么，即使身在虎穴，即使血管里已吸收了日本清酒的酒精了，他的思想也还是瞬间就飞驰到了以后。如果真与佐艺子睡过了，以后怎么办？倘自己不说，被别人了解到了，予以揭发，那不就等于隐瞒可耻的历史了吗？为什么要隐瞒？在日本的军营里，日本大佐为什么命一名军妓向你王文琪这么一个中国人献身？他不将你王文琪当成日军的忠实走狗，怎么那么喜欢你？你又为日军效了什么劳，才使日军大佐对你厚爱有加？若被一问再问地问下去，长十八张嘴也辩解不清了啊！倘自己一回村就向韩成贵汇报了呢？那韩成贵以后将怎么看待自己呢？韩成贵知道了，也就等于村里的“自己人”们也全都知道了呀！一传十，十传百，不久便会传到外村的“自己人”耳中的！那么，估计韩大娘也会知道，韩柱儿也会知道。韩大娘是特别具有宽容心的，如果连韩大娘都因而不搭理他了，那他还有何脸面继续生活在村里呢？中国虽大，不论去往哪里，身上的历史污点将带往哪里呀！至于韩柱儿，说不定每见他一次，都会往地上啐口唾沫，再踏一脚的……

头脑里一时间想到这么多，王文琪赖在门口不肯往外走了。

这使老鬼子困惑了，板起脸，生气似的问：“你的，觉得我们日本姑娘不可爱吗？”

王文琪乱了方寸，语无伦次地说：“可爱，非常可爱……但是她……我觉得……太君也应该问问她的想法……”

佐艺子却开始往外拖他了，脸笑成了一朵怒放的花儿。

老鬼子一边朝外挥手，一边又说：“佐艺子的，大大地高兴！我们日本的姑娘，大大地好！小狼狗一般地讨人喜欢！你的，要像吃奶油蛋糕一样，细细地，细细地享受……”

王文琪无话可说了。佐艺子在前拖他，副官从后推他，在老鬼子的笑看之下，他像个不愿上幼儿园的小孩子似的被弄了出去。那时军营一片寂静，只有两三扇窗子还亮着，操场上也只有两名哨兵的身影在走动。佐艺子仍在前边回身拖着他，副官仍从后边推着他。三人斜穿操场时，副官喊了句日本话，一名哨兵便跟随着了。

佐艺子和王文琪刚一进入他住的套间，她就像猴子似的攀在他身上了，双臂搂住他脖子，双腿盘在他腰际，饿鸡啄米似的，小嘴不停地亲他的脸，亲得咂咂有声。

门被副官关上了。副官关门之前，在门外冲不知所措地看着他的王文琪做了个鬼脸。门关上后，王文琪听到副官吩咐哨兵找把锁，从外将门锁上。

王文琪心中叫苦不迭。

攀在他身上的佐艺子，已开始迫不及待地解他的衣扣。

一股怒火从王文琪心底突然升起！他想，反正是跳进黄河也洗不清了，我堂堂一个有教养的中国男人，与其被动地被这淫荡的日本小女子玷污了声名，还莫如索性反过来——就像老鬼子说的那样，今夜干脆大快朵颐，将这日本奶油蛋糕享用个痛快！

能这么想，他也总算是想开了。不管什么人在什么情况之下，一旦想开了，就不再会有任何心理负担了，行动也就随心所欲了。他任凭佐艺子吊在胸前，一只树袋熊似的走入了卧室，仰面朝天往大床上一倒，接着一翻滚，压在佐艺子身上了。

离开时天尚未黑，卧室的窗帘未拉上。那夜月色很好，水银般的月辉洒满一大床，使佐艺子的脸看去极白，五官也很分明。并且，看上去很美。

王文琪心中的怒火却还在熊熊燃烧。他三下五下将佐艺子的衣裳撕扯掉，顷刻使她裸了体了。她仍高兴地笑，很享受他的粗暴。这使他更加恼怒了，又三下五下，也使自己裸了体了。紧接着，他就开始没够地折腾起她来了。多亏那床够大，折腾过来折腾过去的，居然一次也没一块儿折腾到地上。佐艺子果然淫荡，床上的活儿乃是她的熟练工种。与她比起来，自信满满的王文琪，床上的能耐只不过是学徒工水平而已。在日本求学时的王文琪，生活从未拮据，也并不是一个洁身自好、行为检束的君子型中国青年。日本的烟街柳巷，他也是光顾过的。日本女人的滋味，他也不是没尝到过。她们都曾夸他床上的表现良好，所以他才有那满满的自信。正因为内心里有那满满的自信，他暗下决心，不将佐艺子折腾到苦苦求饶的地步，此夜绝不善罢甘休！哪承想，真的“开战”了，自己根本不是佐艺子的对手！任凭他折腾过来折腾过去的，她非但不求饶，还一直是一副不满足、不够爽的模样，嘴里也一直叫着些渴望他更凶狠才好的日本话。三招两式之后，他的本领已用尽，却又身心极其投入了，欲罢不能。于是呢，局面发生了变化，觉得不满足、不够爽的佐艺子，心急火燎地猛一翻身，变下为上，反过来骑在他身上了……

王文琪醒来时，天已大亮。佐艺子不知哪儿去了。他穿上衣服走出卧室，见佐艺子正端着一托盘早餐进来，身后跟入一名士兵，也端着一托盘早餐。那士兵放下托盘，用日语请王文琪跟他去洗澡。他自从进入军营，没洗过一次澡。但他是个干净人，心情稍好时，便在房间里擦擦身。

他询问地看佐艺子，那意思是——今天怎么了，为什么早饭前要请我洗澡？

佐艺子说，早饭后就要将他送回村里了。按日本的礼节，送客之前，请客人洗得干干净净的，是对客人的极尊敬的表示。

一听就要回村了，王文琪大为高兴。二话不说，跟着日兵往外便走。那名日兵并没将他往日军集体洗澡的浴室领，而是将他引到了一处地方较隐蔽的单独的小浴室。他进入浴室看出来了，分明是专供佐艺子洗澡的浴室。也由而明白了，“极尊敬的表示”，并不意味着是老鬼子对他的表示，也不意味着副官以及任何一名日本官兵对他的表示，只不过是佐艺子个人对他的一种表示罢了。他又本能地起了疑心，怕请他洗澡是一个圈套，这间小小的弥漫着日本香水味儿的浴室，是自己死于非命的所在。疑心一起，连香皂、洗发液之类都不敢碰一下了，唯恐有剧毒。水流很冲，水温是稳定的。对于这县城里的军营，煤和粮食一样重要。女中原本就是有锅炉的，但很小，当年也就是日本兵没占领县城之前，那锅炉起两个作用：平时供给师生们开水；周六的下午，教员们可以在男女两间浴室洗澡。教员不多，洗澡也不成问题。但鬼子们一将学校占领了，那小锅炉的作用就起得十分有限了。鬼子们也终究是人类，长期不洗澡也是会人人都有怨言的。于是他们命县里的铁匠给造了个特大的锅炉，并且也将浴室的间数增加了。那么，煤就变得宝贵了，每个月都要由省城里的鬼子们驾驶军卡车运来两车。煤既然宝贵，池田老鬼子就命军中的技工对供水系统加以改造，除了他本人可用很热的水泡澡而外，任何别人洗澡的水温都必须控制在五十度以下，佐艺子也不例外。但佐艺子毕竟还是沾他的光享受到一定的特权了——不仅拥有一间单独用的小浴室，而且每天每时每刻都可以洗澡。

王文琪因为有疑心，只敢洗清水澡。洗着洗着，忽然又想——别他妈的这水也有问题！这想法刚一产生，立刻从笼头下闪了开去，呆望着水流发了一会儿呆。再看身上，皮肤并没起什么不良反应，疑心这才打消，继续站在水流下洗起来。洗着洗着，忍不住扑哧笑出了声。他是笑自己由于身在狼窝虎穴般境地，终日担惊受怕，都快落下了疑心病了。既然水是好水，没什么问题，那么香皂、洗发液什么的，当然也可以放心大胆地用啰。疑心彻底打消，便又用那些东西洗开了二遍……

佐艺子一直在耐心地等着他。当他坐在她对面开始用餐时，她哭了。她说她不喜欢军人，包括皇军，更不喜欢和他们发生肉体关系。而王文琪是她来到中国以后遇到的唯一一个不是军人的男人。

她遗憾地说他不是中国人多好。

他敷衍地说她如果不是日本人多好。

她问："那么，你像我希望你是一个日本人一样，也希望我是一个中国女人吗？"

王文琪顿时火冒三丈，放下碗瞪着她，用中国话一字一句地说："错！我不希望你是一个日本女人这一点倒是真的，但我绝不希望你是一个中国女人。如果那样的话，对我就是不好再加上一百个不好的坏事了！"

佐艺子也是会说几句中国话的。她能听懂的中国话，比她会说的中国话多不了几句。虽然如此，王文琪的话的基本意思她还是听明白了。

她连忙道歉，不知王文琪为什么生气。王文琪不愿再理她，只管冷着脸快速地吃着。吃完自己那份儿，见佐艺子没心思吃她那分儿，毫不客气地也连托盘端过去吃了个精光。他风扫残云般地吃时，佐艺子脉脉含情地望着他，不敢再跟他说话，径自吧嗒吧嗒掉泪。

王文琪刚吃完佐艺子那份儿早餐，副官进来了，将一套鬼子的军官服放在床上，说是池田大佐奖励给王文琪这位皇军的朋友的，命王文琪立刻穿上。王文琪离开心切，尽管内心里一百二十分的不情愿，却什么话也没说，匆匆将军官服穿在自己那身衣服外了。刚穿上，副官向他做了一个"请"的手势。他来时什么东西也没带，走时自然也就不必想想落下什么东西没有。他是巴不得一眨眼就已回到了村里的，看也不看佐艺子一眼，拔腿往外便走。操场上不知何时停了五辆摩托，两边还各有五名骑兵。见第三辆摩托的车斗是空着的，猜那肯定是留给自己坐的，大步腾腾走将过去，也不问一句，理所当然大模大样地就坐了上去。刚一坐上去，副官跟至，向他解释说池田大佐昨夜失眠，今日起得迟，不便相送，请他见谅。穿木屐的佐艺子也迈着碎步跑了过来，不停地向他鞠躬，连连说："还要再来啊，一定再来啊……"

王文琪哪里还有心情理睬他俩呢？

他忽然举起右手，向前一挥，用中国话喊了两个字："出发！"

直至那时他才觉得，自己这一个被变得不三不四的中国男人，多少为自己争回了那么一点儿面子……

老鬼子池田昨夜并未失眠。恰恰相反，睡得很好，醒得也很早。他穿戴整齐，隐立窗子内侧，将操场上那几分钟内的情形看得分明。

半小时后，老鬼子召开了一次军官会议，按他的说法是一次"战局思想训导会议"。他在部下们面前踱来踱去，一副满腹文韬武略的样子，大谈自己的绥靖占领思想。

他说，要使四亿五千多万中国人放弃抗日意志，认同大日本帝国最有资格也最有能力全面统治中国，无非两种方法。一是杀服。不断地，冷酷无情地杀、杀、杀，将"三光政策"进行到底。残杀能不能使一个民族屈服呢？老鬼子认为完全可以。只要对一切表现出不屈服情绪的人格杀勿论，那么一个民族也就会渐渐地屈服了，并且会一代一代地习惯于屈服地活着。但老鬼子又强调，这第一种方法，更适合于对待被占领的小国。比如一个国家如果只有五六千万人口，索性大开杀戒，杀掉一半，那么剩下的一半人口，起码在一百年内是会屈服的。可中国是一个地域广阔、人口众多的大国，杀光四亿五千多万中国人的一半，每年杀掉两千多万，那也得可持续地杀上十年。而大日本帝国对中国的全面占领和统治，不能等到十年之后才实现巩固。因为没有办法预测到，十年之内世界会发生多少次不利于日本的大事件。所以，依他看来，对于大日本帝国之中国愿望，第一种方法不现实。而恩威并施的第二种方法，亦即绥靖占领的策略，才是高级的策略。他以元朝和清朝对中国的统治为例，认为只知一味屠杀和镇压的元朝统治者是失败的，结果才统治了八十几年。而采取以汉治汉的清朝却是成功的，因而不但能统治中国二百六十多年，还实现了康乾两个盛世时期，还在二百六十多年里，造就了一批又一批死心塌地忠于大清朝的文官武将，这是了不起的统治成就。清朝的灭亡，其实并非由于它自身失去了统治能力。依他看来，如果不是因为有包括日本在内的列强国家对它一次又一次发动的现代军事攻击，它对中国再实行二百六十多年的统治是根本不成问题的。腐败不能使它灭亡。它完全可以又腐败又驾轻就熟地实行统治。它的一代代忠臣良将，也完全习惯了既不满于它的腐败，还一如既往死心塌地无怨无悔地忠实于它。而中国的老百姓，也早已习惯了做大清的顺民，并以此为良民的第一准则……

王文琪认为池田只不过是一个会几句中国话而已的老鬼子，这一点他大错特错了。实际上老鬼子是日军中很有文化的人，中国话说得相当不错，对于中国的历史、政治、民族心理，也很有研究，并且不乏独到见解。他是成心在王文琪面前装得只会几句中国话而已，此外对中国一无所知。那是他在王文琪面前的策略。

老鬼子话锋一转，接着又大谈起“识时务者为俊杰”这句中国话来。他称赞汪精卫便是中国当代的一位俊杰。他说，作为中国曾经很有抱负的政治家，汪为什么宁肯被戴上汉奸的帽子，与我们大日本帝国合作呢？因为他也有做中国第一号统治者的野心。他想要借助大日本帝国实现他的野心。而我们日本，也要利用他实现我们在中国的远大理想。我们和他互相利用，对双方好处都大大的。他识时务，所以他是俊杰。如果我们对中国的全面占领实现了，我们当然也要以中治中，扶植他替我们统治全中国。那我们将会很省心，很省事。为什么不呢？所以，我们大日本帝国要实现在中国的远大理想，不仅需要一个汪精卫，而是需要千千万万个汪精卫！最好是，每一个村子都有一个汪精卫，每一个县城都有几个汪精卫！不是伪军，不是由中国人组成的便衣特务队，不是告密者，而是千千万万以普通中国人的身份生活在中国人之间的汪精卫，能以“识时务者为俊杰”的思想影响一大批一大批中国人的思想型的汪精卫！

老鬼子忽然问：“你们认为那个王文琪，他恨不恨我们大日本皇军？”

军官们中，除了他的副官，谁也没接触过王文琪，自然一时间地你看我，我看他，皆默不作声。

老鬼子扫视着部下们，自问自答：“他承认他恨我们大日本皇军。但他说，那是因为，我们皇军的炮弹，炸平了他父母的坟墓，炸毁了他家的老宅。那个王文琪，狡猾狡猾的。他的恨，绝不只这么一点点儿。他更恨我们侵略他的国家，杀害他的同胞。他这种恨，大大地，隐藏在内心里边，不肯老老实实地说出来。但是，你们要给我听明白，我认为他也是一个识时务的中国人。在我们这里，在我的面前，他非常地，善于忍受屈辱。否则，我早已亲自杀了他，或者命令你们杀了他。在中国，我们需要走狗。走狗只能从识时务的中国人中去发现。一旦发现了，我们要装出几分对他们友善的样子。这样一来，他心中原有的恨，渐渐地就会消除的。那时，他就不知不觉地，真的成了我们的走狗。好的狗，它希望在自己和主人之间，体会到这样的感觉——它是主人的一部分，并且，那种感觉很好。当一条狗有了这样的感觉，就是好的走狗了。今后，你们谁都不许找那个王文琪的麻烦，我要用事实证明，一个中国人，即使他内心里是恨我们的，我也能用我的智慧，为了我们大日本帝国的长远利益，将他培养成我们非常需要的走狗，一个我们在中国民间的小小的，汪精卫式的榜样中国人……”

军官们皆心领神会地点头称是。至于是否都真的心领神会，那就只有他们自己知道了。

★ 第八章 ★

再说王文琪，在离韩王村还有二三里处，非闹着下了摩托自己走回村去不可。于他，那自然是明智的决定。不是古代金榜上独占鳌头的状元郎，不是荣归故里的官老爷，不是衣锦还乡的大商人，搞那么耀武扬威的护送阵仗，他哪里经受得了呢？何况是国难当头时期，何况是由中国人见了都痛恨的鬼子兵护送！明摆着会使乡亲们不拿好眼色看他！可那也不是他自己说了算的事啊！那些鬼子是在执行任务啊！他们认为他们必须将任务完成到底啊！如果他进行解释，他们也许会被他说服，依了他。但他那些顾虑，难道是可以向鬼子兵们陈述的吗？不解释，还偏要下了摩托，不肯再被老老实实护送着往前走，这就使鬼子兵们一个个特恼火。像他恨他们一样，他们一个个也是极恨他的，每个的内心都涌着想杀了他的冲动。站在他们的角度而言，王文琪同样是个不三不四的中国人。这不三不四的中国人只不过为他们的池田长官治好了腰疼，并没对大日本皇军做出什么巨大贡献，何以就该在军营里受到那么高规格的优待？这使他们不以为然。特别是，当佐艺子奉命陪他睡了一夜的“新闻”在军营中不胫而走，他们人人都知道了以后，每一个都心理特不平衡。都不由得想——我们背井离乡，多次冒着枪林弹雨出生入死，难道不比这个不三不四的中国人更有资格享受享受佐艺子那性感十足的肉体吗？更使他们恨到牙根的是，据说佐艺子还兴高采烈的，看去根本不是在奉命行事，而是也被赐给了一次享受他的良机似的！不错，他说日本话的语调好听，日本歌也唱得好听，这两点强过于他们，分明使佐艺子那个淫荡的小尤物受了蛊惑！但一个不三不四的中国人，居然能将日本话说得比他们这些帝国皇军说的还好听，居然也能将日本歌唱得比他们还好听，据此两点，还不该一刀杀了吗？仅据此两点中的一点，那也该一刀杀了呀！允许中国存在着这么一个不三不四、不土不洋、不文不野，日本话说得比帝国的皇军们说的还好听，日本歌唱得连帝国的皇军们都爱听的中国人，难道不是对大日本帝国、大日本皇军的羞辱吗？用中国话来说——是可忍，孰不可忍？

所以他们都恨不得杀了王文琪。

如果，他们也听了池田老鬼子那番对军官们进行的训导，心中对王文琪的恨或许会消除一点儿。但他们没听到啊！

跳下了摩托的王文琪，蹲在路边，说什么也不肯再坐入摩托车斗里了。

负责护送的鬼子兵班长大怒，狠狠一脚将他踢倒在地。紧接着，另几名驾驶摩托的士兵围上来，一个个全都踢他，踩踏他。其中一个解开裤子，要朝他身上撒尿。骑在马上的鬼子们，看着全都解恨地笑。

鬼子兵班长及时将那名想要往王文琪身上撒尿的鬼子兵推开了，指着趴在地上一动也不敢动的王文琪摇头——他是因为王文琪身上穿着日军军官服而制止对方。

虽然池田老鬼子赠他那么一身日军下级军官的军服动机阴险，但事实是，那身日军下级军官的军服当时起到了保护他的作用。

鬼子兵班长怒吼：“八格牙路！装死的，立刻死啦死啦的！”

王文琪麻溜站了起来，身上哪儿哪儿都被踢得生疼，想揉，却不敢揉，忍着。垂着双肩，低着头，像被罚站似的站着。那会儿，他觉得反而是军营里较为安全了。

鬼子兵班长喝令他抬起头。他刚一抬头，立刻挨了一个大嘴巴子。那鬼子班长自己扇了他一个大嘴巴子还不算，居然示意其他鬼子兵都扇他耳光。五辆摩托，除了他，五名驾驶摩托的，四个斗里也各坐一个；再除了鬼子兵班长已经扇过他了，那么还有八个鬼子兵没扇过他。他们一领会了鬼子兵班长的示意，顿时将他团团围住，依次扇他耳光。每一记耳光都扇得响亮，也扇得狠。此时的王文琪，既躲闪不开，也不敢反抗，只有紧闭双眼默默挨着的份儿。挨一记，暗数一记。鬼子兵们倒也保持着一定程度的理性，每人只扇他一记耳光，谁也不多扇。王文琪暗数到第四记时，觉出口中有腥咸的东西从嘴角流出来了，鼻孔里也有同样的东西淌下来了。他知道自己已被扇得口鼻出血了，而那时他刚暗数到第四记。

他突然睁开双眼，二目瞪圆，眼中喷火，也怒吼：“八格牙路！你们，统统死了死了的！”

第五名鬼子兵的手掌僵止在了空中。

围住他的、骑在马上的鬼子兵，全部呆呆地也瞪着他，仿佛他吼的不是日本话，他们一个字也听不懂。

王文琪环指围住他的八名鬼子兵，声色俱厉地继续吼：“我的，死的不怕！开玩笑的，更不怕！池田太君的跟我开玩笑，我的大大地喜欢！你们的，这样的玩笑，我的不喜欢！大大地生气！我要向池田太君郑重地汇报！韩王村的，不回去了！军营的，我的要求立刻回去！”

鬼子兵们一时大眼瞪小眼，面面相觑。

骑在高头大马上的十名鬼子兵，一个个也都顿敛冷笑。

鬼子兵班长一一拨开围住王文琪那些鬼子，歪头瞪着王文琪，在他面前踱了个来回之后，啪地双腿一并，笔直地立正着了，并且将头一低，叽里咕噜地说了一大串日语，大意是——他们对他毫无恶意，确实如他所说，只不过是在跟他开玩笑。如果他觉得他们的玩笑开过了头，那么请他多多原谅，千万不要向池田长官汇报。但是他必须由他们护送回到韩王村。这一带的抗日分子经常神出鬼没地活动，万一他路上有个三长两短，他们是担责任的……

“你的，明白？”

王文琪除了点头，无话可说。

“你的，摩托车的，高兴的上去了？”

王文琪也只有点头，还是无话可说。

鬼子兵班长做了一个“请”的手势，王文琪一手捂着嘴角流血那半边脸，一手撑着后腰，恨恨地又坐入了摩托车斗里。

王文琪被护送到村里时，已快晌午了。韩王村静悄悄的，没有三禽五畜的叫声与踪影，也不见有人在村里走动。甚至也不见谁家的烟囱冒烟，似乎是一个被全体人家遗弃的村子了。自从王文琪被县城里的鬼子兵带走，村人们日夜提高警惕。白天几个半大孩子爬在树上，注意观察有无鬼子向村里运动。晚上由大人们轮班值更，时刻倾听四面八方的声音，稍觉可疑，便学韩成贵家的驴叫，于是妇女们带领儿童们迅速隐藏。人们警惕性如此之高乃是因为，没有谁能够说得清楚，王文琪与鬼子们的关系，究竟是一种什么关系了。人们自然希望是一种对大家有利的关系，却又都难免十分担心，怕其实是一种有害的关系。比如怕王文琪向鬼子告密—— 区武工队是经常出没于本村的。果而如此，那全村人的命运还不惨了？韩成贵们尤其不敢掉以轻心，因为他们的“内部人”身份，不是已经向王文琪公开了吗？

护送王文琪的鬼子小队伍离韩王村还有一里多远时，已被树上的孩子们望到了。家家户户顾不上做午饭了，女人们带领孩子们东躲西藏地隐蔽起来了，只有韩成贵和些老头老太太不躲不藏，为的是总得有人出面应付鬼子。人们让韩成贵也躲藏起来，他偏不躲藏，说是祸躲不过。说如果真是祸，那么肯定是王文琪招致的。那么，他就是豁出一死，也要死个明白，亲眼看看王文琪那厮是怎么充当鬼子们的可耻走狗的。他这么说时，似乎认为，王文琪肯定已经变成鬼子们的走狗无疑了。他反劝韩大娘赶紧躲藏，认为鬼子此来，八成凶多吉少。韩大娘是令鬼子们恼火过的人，他怕鬼子们这一次来饶不过她。韩大娘也认为，果而凶多吉少的话，当然必是王文琪出卖大家无疑了。她都这把年纪了，动辄东躲西藏的，早已躲藏烦了。躲得了初一，躲不过十五。也要豁出一死，亲眼看王文琪如何做汉奸。并且，死前非将他骂个无地自容不可。听韩大娘这么一说，老头老太太们都七言八语地说开了。如果王文琪听到了他们的话，一定会真的无地自容的，也一定会大喊冤枉的。他们中有人，甚至恨恨地开骂了，将王文琪连同他的祖宗八代骂得痛快淋漓。当时那种情形是很奇怪的，也是现实生活中常有的，即某事尚未分明，某些人任由主观臆断所主宰，全体陷入了自以为是又互相影响的坏情绪之中。

于是，在视死如归的韩成贵的率领下，些个同样视死如归的老头老太太，干脆一起走向村口，准备从容就义，用自己的血和命来向鬼子证明——中国的老头老太太们也都不是孬种！

他们刚走到村口，摩托队和骑兵队也来到了村口。

王文琪下了摩托车斗，不明白韩成贵为什么率领村里的老头老太太们出现在村口。穿一身鬼子下级军官军服的他，在韩成贵和老头老太太们那种意味极其复杂的目光的注视之下，难免大为尴尬，不知所措，恨不得地上裂开道缝一头钻进去。

他张了几次嘴，终于说出一句自认为得体的话："大爷大娘们，又让你们担心了。我王文琪命中有菩萨保佑着，这次又毫发无损地回来了。"

话一说完，立刻意识到说得不对。左右脸都被扇肿了，鼻唇之间，一边的嘴角那儿还凝结着血呢，怎么能说"毫发无损"啊！

他苦笑一下，纠正道："也不能说是毫发无损，但基本上算是平安无事地回来了。"

老头老太太们都不接他的话，意味极其复杂的目光中，既没因他的话多了点儿什么，也没因他的话少了点儿什么。

韩成贵则根本连看都没看他一眼，只望着鬼子兵们说，自己是村里临时主事的，带领乡亲们前来欢迎皇军的大驾光临。太君们有什么需求只管对他讲，他一定吩咐乡亲们尽量办得使太君们满意。为了工作，他也是学会了几句日本话的，有些还是王文琪教他的。他用日本话与中国话混杂着将他的意思表达完毕，便低头垂手地等待吩咐。

鬼子们都基本听明白了他的表达，一个个显出对他印象挺好的模样。鬼子兵班长站起在摩托车斗里，也用日本话与中国话混杂着问他：为什么他带领的人这么少？而且都是“老东西”？

他回答说大多数中青年男人为了逃避战争，早都不知流浪至何方去了。剩在村里的十来个，跟女人们与大点儿的孩子们四处讨饭去了。今年的收成虽然还不错，但为了保证对皇军的粮食供给，收下来的大部分粮食都送到周边几座炮楼里去了。所以呢，怕以后自己留下的粮食断顿，趁冬天没到，能靠讨饭度过一两个月是一两个月。

鬼子们居然听得一个个点头。

韩成贵又说，从明年起，村里决定也种几片地的水稻和麦子了。等秋收，细粮一定先想着满足太君们的需要。不能做到使太君们万分满意，但使太君们每个月也能吃上几顿细粮，那是全村人的愿望。只要太君们不是一来了动不动就生气，一生气就烧房子、杀人，村里人是乐于与太君们搞好关系的。

鬼子们居然听得一个个表情起了变化，看去接近着和颜悦色了。

那鬼子兵班长，也不再追问更多的人都到哪里去了，夸奖了韩成贵几句，说他是大大的良民。

韩成贵受宠若惊，堆上谄媚的笑脸说，为皇军效劳应该的，应该的！

鬼子兵班长指着王文琪宣布：这位王桑，是皇军的大大的朋友，以后会被经常请到县城里去做客的。今日将他护送回来，全村人都要对他日后的安全负责。如果他被抗日分子杀死了，那么全韩王村的人，统统死啦死啦的！皇军必将因他的死，杀许多许多中国人进行报复！

韩成贵说，太君们放心吧。你们将他护送回来了，那么他就等于是在保险柜里了。一旦他的生命面临危险，全村人都会奋不顾身地保护他的！

鬼子兵班长对他的回答非常满意，点一下头，坐在了车斗里，将手一挥，摩托车队与骑兵队掉转方向，绝尘而去。

老头老太太们都长舒一口气，分头散去。韩大娘最后才走。直至那时，她也没正眼看一次王文琪，只看着韩成贵问，如果没什么事了，她是不是也可以回家了？

韩成贵说没什么事了，大娘您赶紧回吧。

于是韩大娘也走了。

转眼村口只有王文琪与韩成贵二人了。王文琪因韩大娘对他的态度也那么冷，望着韩大娘背影，心里别提有多么不是滋味。

韩成贵干咳一声，朝王文琪缓缓转过了身。王文琪收回目光，看着他无奈地说："我担心的就是这样的事。"

韩成贵反问："哪样的事？"

王文琪说："乡亲们对我真发生了误会。"

韩成贵又反问："如果全村没一个人对你发生误会，你觉得咱们韩王村一个个还正常吗？"

王文琪又问："那么，听起来你也又对我有误会了？"

韩成贵冷冷地说："瞧你这身鬼子皮！瞧他们护送你回来这阵仗！究竟是不是误会，只有由日后的事实来证明了。估计你还没吃午饭，回家弄口吃的吧。我也饿了，有什么事以后再谈。"说罢，一转身也要走。

王文琪一把抓住他手腕，不让他走成，逼他将他心中的误会说出来。

韩成贵使劲挣几下手腕，没挣脱，急了，脸不是脸鼻子不是鼻子地说："你放开我！我不是说我饿了嘛！"

王文琪执拗地说："我也饿了。饿不饿对我是小事，你和我是'内部人'和'内部人'的关系，你对我也有了误会是大事！"

韩成贵说："我不是清清楚楚地说了嘛，究竟是不是误会，那得由日后的事实来证明。”

王文琪也急赤白脸地说：“你这么说，那就更加证明你内心里对我确实有很多很大的误会了！别人怎么误会我，我不在乎。你和韩大娘也误会我，我是非常在乎的！今天你非把你的误会讲出来不可！今天你也非听我解释清楚不可！”

韩成贵说：“这刚中午，今天过去还早呢！我的误会你的解释，都留待晚上再说。”

王文琪说：“我忍不到晚上了！我这就跟你去你家，你边吃饭边听我说好了！”

韩成贵拿他没办法，只有由他跟到了家里。韩成贵女人和十一二岁的儿子已在家里凑合着吃上了——无非一盘子蒸土豆，几个窝头，一碟咸菜，一盆玉米面菜粥而已。母子二人见丈夫后边跟入了王文琪，都不由一愣，各自抓起一个土豆躲了出去。

韩成贵大声说一句：“不许偷听！”

门外没任何动静，猜到那娘俩不知去谁家了，便对王文琪说：“那就什么也别隐瞒，放心大胆，一五一十地照实说吧！”

他确实饿了，抓起个窝头就是一大口。王文琪虽也饿了，却哪里有心思吃什么！看着韩成贵来了这么一句：“你先说。”

韩成贵瞪着他一怔，咽下一口窝头，捧起粥盆喝了口粥，送顺了食道，不禁反问：“我先说？我倒是先说什么啊？”

王文琪说：“先说你的误会啊！我跟到你家来，忍着饿，看着你吃饭，不就是因为急着想听你说这个嘛？”

韩成贵只得将刚又拿起的窝头往桌上一放，开诚布公地说：“我先说就我先说。你被藤野那厮带到了炮楼里去，乡亲们谁也没对你产生什么误会。事情的前因后果，大家都看在眼里了。虽说你当时的表现不够英勇，但那是为了救韩柱儿一命，大家都能够理解的。那和情况下表现英勇，非但救不了韩柱儿一命，连自己的命也会白白搭上。鬼子们拿咱们中国人的一条命不当人命，咱们中国人自己犯不着非将脖子往他们锋利飞快的刀刃上凑……”

王文琪插言道：“我当时就是这么想的。好汉不吃眼前亏，何况我也不是好汉。”

韩成贵接着说：“所以，那第一次，乡亲们非但不误会你，而且还都为你担心。一动员捐出东西赎回你，没有舍不得的人家。”

王文琪说：“这我知道，心里边一直对乡亲们很感恩。”

韩成贵继续说：“那第二次，是藤野那厮突然地就来了，将你往县里押送，乡亲们虽又为你不安，但谁敢拦呢？眼睁睁地看着你被带走，没有心里不难受的。都以为肯定是凶多吉少，有去无回，以后再也见不到你了。想到你平日与大家相处的种种仁义，能不难受吗？我还亲自冒险进县城打探你的消息，却白去了一次，什么消息也没打听到……”

王文琪说：“我心里也一直对你很感恩。”

韩成贵说：“感不感恩的，对我是无所谓的。你从炮楼里平安回来，队长当着你和我们几个同志关系的人的面，宣布你也是我们的‘内部人’了，那你和我们之间的关系，也就不单是乡亲关系了，而且还是同志关系了。一名同志被押往虎口了，其他同志能漠不关心吗？那完全是应该的。”

王文琪动情地说：“我知道，为我那件事，你还进山去找过咱们的正规部队，希望他们……”

韩成贵竖掌打断了他的话，仍板着张脸说：“咱不论那些。你从鬼子们的兵营里，总算也平安回来了，乡亲们都为你高兴。可是你并不知道，我虽然没从县城探听到什么消息，两天后，却有些关于你的说法，一传十，十传百的，也传到乡亲们的耳中了……”

王文琪说：“第一次在鬼子兵营里的情况，我不是如实地向你做了汇报吗？我觉得我是说清楚了的。也觉得，包括罗队长在内，你们大家是相信了的。”

韩成贵已卷好了一支烟，吸了几口之后，低头看看手中的烟说：“不错，你当时是汇报得挺清楚，我们大家当时也的确是信的。但有一点大家心里其实都很困惑，那就是——藤野那厮也罢，老鬼子池田也罢，为什么都不加害于你，反而都对你特别的好？仅仅因为你会说日本话？会说日本话的中国人未必都愿当汉奸，会说日本话又不愿当汉奸的中国人，那鬼子对他还能像对你这么好吗？”

王文琪想了想，肯定地回答：“不能。”

韩成贵一拍腿：“问题就在这儿！事情有蹊跷，那你就不能怪大家对你渐渐地心存猜疑！”

王文琪力辩道：“也不能说有什么说不清道不明的蹊跷吧？无非就是，鬼子们觉得我似乎可以利用，于是在我身上下注，打算充分地利用我罢了。”

韩成贵出溜下了炕，将烟吸了最后一口，扔在地上，并跺一脚，倒背双手，研究地盯着王文琪说：“他们让你捎话回来，希望咱们明年多种稻子和麦子，还要像他们没占领县城以前一样，多养鸡鸭鹅猪，对不对？”

王文琪点头说：“对。”

韩成贵问：“那是希望咱们能最大限度满足他们的抢掠，对不对？”

王文琪又说："对。但罗队长不是向上级汇报了吗？一级级的上级，不是也都表示同意吗？不是也都认为，咱们可以明修栈道，暗度陈仓，也能趁机改善对咱们自己人的给养补充吗？"

韩成贵说："理是那么个理。还有挂太阳旗，都是同一个理。麻痹鬼子，也有利于咱们抗日力量的喘息，以求暗中发展。这么想，理上都是说得通的。"

王文琪也拍了下腿，大声质问："那我就不明白了，我要来听你心中的误会，你审讯似的审了我半天，你心中那误会，干脆替你直说吧，你们大家的种种猜疑，究竟是什么呢？"

韩成贵又盘腿坐在炕上了，双手往左右大腿根一撑，更加严肃地说："你既然问到这份儿上了，那我也不想再对你说含糊的话了　你刚才自己都说，鬼子们无非是打算充分地利用你……"

王文琪忍不住又打断道："可我也正打算充分利用他们，好为咱们中国人的抗日做点儿有益之事！"

韩成贵眯起双眼瞪他片刻，语调缓慢地说："总而言之，到目前为止，鬼子对你的利用是明摆着的，你对鬼子的利用，还没有什么具体的事可以证明……"

王文琪火冒三丈了，一拍桌子嚷嚷起来："姓韩的你放屁！大批鬼子进山扫荡之前，如果不是我及时汇报，那一次咱们山里的军民将受多大的损失?！哎你怎么翻过来掉过去地，偏往歪了寻思我呢?！"

韩成贵也拍了一下桌子，严厉地训斥："你别跟我嚷嚷！不是我偏往歪了寻思你，你变歪没变歪，究竟是你被鬼子开始利用了，还是你在利用鬼子，这都得靠许多事实来证明。仅仅鬼子扫荡那一件事，证明不了什么！你不要以为那是你立的一次大功！实话告诉你，不完全是你以为的那样！你当咱们的情报员都是饭桶啊？在你汇报前，他们的情报早已送达山里了！”

王文琪愣愣地看他，半天没说出话。

韩成贵谴责道：“你看你今日回来这种阵仗，这不明摆着使乡亲们心里犯嘀咕吗？鬼子们当着些乡亲的面，指着你说你是他们大大的朋友，还说你若有个三长两短，他们就会大开杀戒为你进行报复，你说当场听到了的那些长辈心里会怎么想？我能一个个为你警告他们，不许他们传吗？几天后，全村的人还不都知道了？再过些日子，其他村的人不也都知道了吗？”

王文琪不由得长叹一口气，说显然是鬼子们使的离间计。说自己其实料想到了的，怎样怎样在离村子二三里的地方闹着想要自己走回来，怎样怎样惹恼了鬼子们，被他们扇了一通耳光。

韩成贵说：“我还以为你在鬼子们的军营里天天被待为上宾，好吃好喝，弄得红光满面，胖了许多呢。”

王文琪满腹委屈地说：“我那是在狼窝虎穴里你不明白吗？我得整天与敌人斗智斗勇，我得……”

韩成贵又拿起了窝头，请求地说：“行了行了，我的爷！你还让不让我吃成这一顿饭了？这样吧，你将你两次在鬼子们军营里的经历，点点滴滴详详细细毫无遗漏地，写成一份文字的汇报材料交给我，我替你交给队长，作为你的一份材料先在我们有关的同志那里备上案，将来抗日胜利了，革命成功了，若有什么小人翻起你的老账来，也算是你的特殊经历的历史证明，对你有好处的。抓紧写。别不当成回事。”

王文琪诺诺连声，再也忍不住饿，也抓起个窝头狼吞虎咽起来。

王文琪一回到自己住的那间小屋子，倒身便睡。在鬼子军营里第二次经历的几日，与第一次经历的几日一样，没睡过一夜整觉，夜夜被噩梦多次惊醒。只有一天的后半夜睡得较踏实，便是与佐艺子同床共枕的一夜。一来是由于两个你折腾我、我折腾你，折腾来折腾去的，折腾累了。二来是因为有佐艺子陪睡，不那么风声鹤唳、神经高度紧张了。

但回到家里这一觉他并没能一直睡到第二天早晨，半夜醒了。一醒饿了，煮了半锅玉米面粥全喝光。喝光之后，不困了，索性润笔研墨，翻出家藏的一沓上好信纸，燃起残烛，写起汇报来。

天一亮，他红着双眼，去到韩成贵家，将刚刚起床的韩成贵带到了河边，将二三十页一卷汇报材料交到韩成贵手中。

韩成贵吃惊道："这么快就写成了？"

他说："你不是让我抓紧写，别不当成回事吗？"——逼着韩成贵立刻就看，希望韩成贵能给自己指出，哪处哪处，写得还不够详细。昨天与韩成贵一番长谈，他开始意识到，鬼子们对自己"好"，公开宣布自己为他们顶好顶好的朋友这一"事实"，的确很可能真的会成为自己以后的"历史污点"的。字里行间，流露替自己叫屈的情绪。

已是晚秋，早上凉意袭人了。偏偏那时，河对岸漫过大雾来。转眼间，二人已在雾中，只得分开了各自回家。

王文琪想学生们了，希望从孩子们那里首先也是重新获得信任，继续当他们的孩子王。他要去把他们一一找来，刚走出破败的宅院，又退回去了，怕从孩子们那里，也只不过获得的是冷淡和鄙视。一白天，他坐卧不安，好比一名犯人，呈交了申诉状，却估计不到法官将如何判决。在那种没着没落心绪烦乱的状态下好不容易熬到傍晚，决定再去找韩成贵时，韩成贵来了。

王文琪急切地问韩成贵的看法，韩成贵摇头说不行。

王文琪激动了，忍不住嚷嚷："你说你说，哪点我写得还不够详细?！"

韩成贵盘腿往炕上一坐，批评道："问题就在于你写得太详细了。"

王文琪说："不是你叫我点点滴滴都要写的吗？你自己说过的话你忘了？"

韩成贵白他一眼，继续以批评的口吻说："不错，我是那么说的。但你自己没长脑子啊？拉屎撒尿也在点点滴滴的范围内，哪些事应写，哪些事写了对你自己绝无好处，只有坏处，你就不替自己考虑考虑吗？千不该，万不该，你不该还跟一名日本军妓发生了那种事，更加不该的是，你自己还白纸黑字写出来！那不仅是丢不丢你的人、失不失你的名节的事，还关系到你的将来。如果将来有谁以你自己白纸黑字写下的这汇报质问你——鬼子们用美人计从你口中得到了什么不利于我们自己人的消息，姑且就说消息，不说秘密吧，你怎么替自己辩护？"

王文琪说："我也不知道什么秘密呀，这一点老哥你还不清楚吗？"

韩成贵说："就算我那时替你这么做证了，别人如果连我的话也不信呢？我告诉你文琪，一位我们自己的同志，不论他平时给大家的印象是多么坚定的革命者，也不论他曾为革命怎样地出生入死过，只要他一旦被捕了，不论他是被鬼子逮捕了，还是被伪军、特务逮捕了，那么只有两种情况能证明他在革命性方面的清白，一种是他被杀害了，一种是他被自己人营救出来了。除了这两种情况，别的任何一种情况，都很难证明他革命性的清白了。他说他并没变节行为，是逃出来的，谁能百分之百地信？谁又敢百分之百地信他？万一不是那样呢？即使被敌人处死了，疑点那也还是照样存在——如果他变节在先，被敌人处死在后呢？这种事也不是没发生过！有那我们的同志，一旦被捕，成了软骨头，或经不住金钱美女的诱惑，变节了，但敌人还是把他处死了。也有一种情况是，一名同志被捕了，大家念他曾是一名好同志，想方设法甚至采取冒险的武装行动，将他营救出来了。更甚至，还搭上了营救他的同志的性命，可不久查明，其实他已变节叛变了！严刑拷打对我们革命者是一种考验，美人计是一种更难经受得住的考验。至于金钱考验，那倒是微不足道的考验。兵荒马乱的，得了钱又哪儿去花，买什么？不瞒你说，反正我不说你以后也会知道，罗队长他也由于叛徒的出卖被捕过，因为他被捕前是我们革命性极坚定的好同志，所以咱们自己人不惜冒险采取武装营救行动，在敌人往保定押解他的途中，成功打了一次伏击，将他给救了。但就是罗队长，他也得向组织写汇报材料的。对他的汇报材料，组织也不能百分之百全信的。据我所知，武工队里就有人，接受了组织的特殊任务，时刻监视他的行动。这是毫无办法的事，如果他实际上已经变节了，由他主要领导着的区武工队，稍有闪失还不被敌人连锅端了？”

王文琪突然大叫：“别说了！”

韩成贵冷下脸瞪着他问：“连你根本没资格知道的事，我也违反原则地告诉你了，你反而不爱听了？”

王文琪愤愤地说：“是不爱听！太不爱听了！听不得你像讲什么家长里短似的，讲罗队长他也因为被捕了一次，就如何如何地不被充分信任了！”

韩成贵沉默片刻，叹道：“斗争残酷无情，形势复杂多变，谁又愿意这样啊！也包括我自己在内，哪一天被捕了，即使侥幸活着脱离了虎口，那也不再是被捕之前的我了！”

王文琪低声问：“罗队长他知道自己一边继续领导着武工队，一边受到自己同志的暗中监视吗？”

韩成贵反问：“他那么个眼观六路、耳听八方的人，你以为会不知道吗？”

二人说话期间，王文琪一直站着的。一问一答地说到那会儿，他也在炕沿坐下了，垂着头，一副失魂落魄、六神无主的样子。

韩成贵推心置腹，谆谆教导地说：“文琪老弟呀，所以呢，你这份汇报，我看得重写。白纸黑字的，我一旦替你交上去了，将来那可就是对你做什么结论的依据了。你重写时，那得下一番心思，多动动脑子。”

王文琪低声说：“听了你这些教诲，我心里更乱了，只怕重写也还是写不好的。究竟怎么写才对，你指点指点我。”

韩成贵郑重地说：“那你可给我认真听着。我的话只说一遍，不说二遍。而且呢，哪儿说哪儿了，天知地知，你知我知。除了你我，再连个鬼也不许让他知道。这第一点，便是你与那名日本军妓乱搞到一起的事，在鬼子们的军营里，你居然有过那种可耻的行为，跟一百个人解释不是鬼子对你使的美人计，一百个人肯定个个都不信。那事你自己先忘了吧，就当根本没发生过，一句别提。”

王文琪说：“我那也是被逼无奈。”

韩成贵说：“被逼无奈？鬼子们怎么逼你了？枪口对着你太阳穴了？刀刃压在你脖子上了？”

王文琪说：“那倒没有。反正我是迫不得已。”

韩成贵又嘲讽了：“迫不得已？我就不信，你一个不缺胳膊不短腿的大男人，照你写的来说，她一个才十六七岁的日本小婊子，你要是像古书中说的不近女色的英雄好汉们那样，坐怀不乱，正气凛然，她能反过来把你给强奸了？”

王文琪不爱听地说："你话别说得这么难听行不行？我又不是不近女色的英雄好汉。"

韩成贵习惯地一拍腿："你也别我有来言你有去语地行不行？你再不识好歹我可不指点你了！"

王文琪赶紧说："我的好哥，千万别不指点，你说的每一句话我都认真往心里记呢。"

韩成贵白他一眼，接着指点："池田老鬼子将战刀塞在你手上那段，也只字别提。你说你啊，但凡多少有点儿英雄气，上次他的枪在你手中时，我要是你，也早啪啪两枪结果了那老鬼子的狗命！你可倒好，乖乖将枪放老鬼子手边了！这次也是，刀在你手中了，我要是你，狠劈猛砍，那老鬼子也肯定见阎王去了。你呢，又没下手！你为什么要丧失两次替咱们千千万万被鬼子杀害的中国人报仇雪恨的机会呢？"

王文琪长叹一声，羞愧难当地说："还能为什么呢？我不是你，贪生怕死，没那种胆量呗。"

韩成贵又白他一眼，加重了语气说："记住我的话，那段也只字别提。再说最后一点，别夹杂着些委屈的话，好像别人猜疑你是别人们的不对。别人们有什么不对的？你和鬼子们的关系明明变得那么不清不楚了，别人们都一点儿不犯猜疑反倒对了？你要写成那样——时刻做好了与鬼子拼个鱼死网破的思想准备。在鬼子面前，你虽然不得不巧言周旋，却半句有损于咱们堂堂中国人名节的话也没说过！"

王文琪又长叹道："我的哥，那种话，不论在藤野那厮面前，还是在池田老鬼子面前，我可是没少说啊！想想我在鬼子面前低三下四、奴颜婢膝的样子，这会儿我还羞臊得慌！"

韩成贵理解又怜悯地说："别后悔了，后悔也没用。你还知道羞臊，那就证明你还有中国人的人味儿。既然如此，也就大可不必将汇报写得像认罪似的。我昨天在鬼子们面前，不是也低头哈腰地说了些不要脸的话吗？在敌人面前，总是要讲些策略的。所以可以理解。可以理解就可以原谅。可以被原谅就可以首先自己原谅自己。首先自己原谅自己那就大可不必写在汇报里嘛！”

王文琪忧郁地问：“哥，你为什么对我这么好。昨天我还以为你对我不好，成心把我往变节分子一堆儿里推，现在我觉得你对我太好啦！”

韩成贵就告诉他，他们王家，对他是有大恩的。王文琪在日本时，他韩成贵的老父亲患了没法治的绝症，却一时还死不了。但所受那些痛苦，使他这个儿子看在眼里，整天心如刀绞一般。王文琪的父亲知道了，主动为他父亲治病。靠着服王文琪父亲给配的药，他父亲多活了三四年，并且活得不是多么痛苦了。所以，他要将欠下王文琪父亲的一份大恩，报答在王文琪身上。

王文琪又小声问：“好老哥，我不头顶着个‘内部人’的特殊身份了成吗？”

韩成贵瞪着他反问：“你什么意思？”

王文琪说：“如果，我不是什么‘内部人’了，我还能知道自己应该怎么应付鬼子们。一成了‘内部人’，我在鬼子们面前，反而更加顾三虑四，左右为难了。”

韩成贵极其严肃地说：“不成。晚了。自从罗队长那一天当着你和我们的面，宣布你是‘内部人’了，你就做不回从前的自己了。有些委屈，你就必得担待。比如，我如果哪天被敌人抓走了，后来被杀害了，或者咱村的其他人发生了那种不幸，咱们的同志第一个应该怀疑谁告的密呢？”

王文琪声音更小地问："谁？"

韩成贵突然提高了声音："你！当然是你王文琪！只有彻底排除了对你的怀疑以后，才会再接着怀疑别人。"

王文琪顿时目瞪口呆。

韩成贵又下了炕，倒背双手看着他说："因为罗队长那一天已经宣布你是'内部人'了，所以你知道了一些只'内部人'才知道的事。因为你知道了一些只有'内部人'才知道的事，所以你想不是'内部人'也不行了。又所以，许多只有'内部人'才体会得到的委屈，你也得无怨无悔地经受！好啦，不跟你多说了。对于你，认认真真地，花心思、动脑子地将汇报写好才是正事，别想那么多没用的。有些事，临到头上了再想不迟！"

韩成贵说罢，一转身扬长而去。

王文琪想叫住他，再问几句心中的困惑，张了张嘴，竟没叫出声。

从那天晚上到第二天晚上，王文琪除了弄几口吃的垫垫饱，再就只重新写汇报了，没做别的任何事。

又一天上午，王文琪将重写的汇报送给韩成贵看。不论在城市还是在农村，只要不是当了兵在战场上，即使国难深重，即使在日军占领区，每一户中国人家还是得强打起精神来过日子。王文琪先是去韩成贵家里找他的，他女人说他到地里刨高粱根去了。就说了这么一句，再就没说第二句话。一说完，继续扫院子。受到冷待的王文琪颇觉尴尬，也二话不说，一转身到地里去找韩成贵。

这一带没出现炮楼时，农民们收完庄稼，随后几天里就会将庄稼根刨出来，晒在地里，赶在天冷前运回家当烧柴。一座座炮楼出现后，天一冷，守在炮楼里的鬼子们也冷啊，于是会到村里来抢烧柴。经历过两次被抢后，农民们长心眼了，不一总将庄稼根刨出来弄回家院了。他们干脆就让庄稼根继续留在地里，没烧的了，提前两天再去地里刨。无非冬天一到，土硬了，刨起来费些劲儿，因为还有水分，烧起来起火慢罢了。

王文琪在韩成贵家的地头遇见了他和他儿子。驴车上装满高粱根，十一二岁的少年坐在车板前一角，韩成贵走在驴旁边。那少年看着王文琪走近，没像以前那么礼貌地叫他叔，蹦下车，背冲他坐到车后去了。韩成贵料到了王文琪找他什么事，默默将驴缰往驴颈上一搭，拍了拍驴背，驴便自行往家走了。

韩成贵还不说话，默默伸出一只手。王文琪也不说话，默默将一卷纸递给他。韩成贵从腰间取下烟袋，也默默递给王文琪。

王文琪说："我不吸烟。"

韩成贵说："让你给我卷一支。"

王文琪卷烟时，韩成贵蹲下看起来。王文琪卷好烟递给他，他不用手接，指指嘴角，张开了嘴。王文琪就将烟塞在他嘴角，划根火柴替他点着了。韩成贵看得极认真，时而还移开目光，皱眉望着远处想什么。王文琪站累了，也蹲下，韩成贵将目光望向哪儿，他也将目光望向哪儿。韩成贵低头接着看时，他就研究韩成贵脸上的表情，猜测他的态度。

韩成贵终于看完了，腿也蹲酸了。王文琪搀扶着他，二人同时站起。

王文琪惴惴地问："还是不行？"

韩成贵说："我说不行了吗？"用那卷纸轻拍着掌心又说："不但行，而且好。很好。这么写就对头了。"

王文琪情不自禁地笑了，感激地说："还不是多亏你指点。"

韩成贵白他一眼，提醒道："刚才的话，哪儿说哪儿了，不许对任何人说第二次。我才没指点过你。我干吗指点你写这种汇报？”

王文琪愣了愣，随即领悟了，赶紧说：“老哥放心，我保证不对任何人说。”

韩成贵问：“第一份带身上了吗？”

王文琪说估计他会对比着看，带了，遂从兜里掏出递向韩成贵。韩成贵没接，让他烧了。王文琪就划根火柴，将第一份汇报材料烧了。一阵风刮过，烧成灰烬的纸骸荡然无存。

韩成贵又叮嘱道：“我再说一遍，根本没有第一份，我也根本没指点过你怎么写。”王文琪自然诺诺连声。

二人同时将目光望向远方，视野内或远或近的几座炮楼，像大平原上的巨树桩。

韩成贵恨恨地骂：“他妈的，如果不是因为鬼子们，咱们中国人之间何至于也这么别别扭扭，你防我、我防他的。”

王文琪不知说什么话合适，只有苦笑。

韩成贵又指着问：“你看那像什么？”

附近一个村子里，一根碗口般粗的，剥尽了皮望去光溜溜的高树干上，悬着一面日本国旗。那时没风，旗未招展，垂着。旗上的太阳，只显露着中间一道血红。

王文琪望着回答：“咱们不都管那叫‘膏药旗’吗？”

韩成贵说：“我看像月经布。”

二人相视都笑了。

韩成贵又说：“将来，凡是挂起‘膏药旗’的村里的人，回忆起这年头的事，你王文琪的大名肯定常被他们提到。不知那时他们怎么评论你，你猜你的口碑会如何？”

王文琪苦笑道："不好猜。人们爱怎么评论就怎么评论吧。能不能活到将来还不一定呢，将来如果我死了，却留下个骂名，拜托你替我辩护几句了。"

一番话说得韩成贵心里难受了，两眼噙泪，重重地在王文琪肩上拍了一下，鼓励道："以后咱都不说丧气的话，都要争取活到将来！"

二人往村里走时，王文琪心中郁闷有所消解，不免抱怨起韩成贵的女人和儿子来，说那母子俩冷淡他，是他心口的痛，希望韩成贵从中做做工作。韩成贵说他穿着一身鬼子的黄皮，使自己的女人和孩子根本不可能像从前一样对他亲的。他也不要活得太娇气，别往心里去就是了。王文琪解释，不是自己喜欢穿，而是因为那一身鬼子下级军官的军装是粗呢子的，穿着正当季，暖和。自己脚上生过冻疮，一到冬季就犯，鬼子的一双皮靴也许能保护他的双脚今年冬季安然无恙。韩成贵说有一得必有一失嘛，那你就更别抱怨什么了！王文琪说要不我用鬼子的上装换你那件旧棉袄吧！韩成贵说你想得倒美，我那棉袄只不过布面儿旧，里边的棉花可是八成新的。三层呢顶不了一层棉，傻瓜才跟你换！

好像学生的论文导师看了满意，于是师生二人都高兴似的。他俩一路相互打趣着走至村里分开，各回各的家。

从那一日起，王文琪也为自己做起过冬的种种准备来。事实上，村中大部分人家耕种着的土地，仍属于他王文琪家名下。每年秋收以后，各家各户都会主动送给他粮食。是地租那么一种意思，但国难当头，就都不提地租二字了。王文琪从日本回到村里所做的第一件事，便是将乡亲们召集在一起，当众将自家拥有的地契烧了，宣布不管谁家租种着他家土地，那些土地从此便归在谁家名下了。只不过希望，租种得较多的人家，分给租种得少的人家和没有土地的人家一小块地，以使全村家家户户都有地可种。这韩王村，一大部分人家是王家的佃户，一小部分人家虽也有自己的土地，但人口多，地少，打下的粮食不够吃，便也租王家的一二亩地补短。还有少数的几户人家，既无自家的地，也没租到王家的地。因为王家当年收的租公平，一开始租，呼啦就被抢租光了，便只有靠成年男子给王家当雇工维持生活。说起来，这是抗战以前的事。王文琪的做法，自然使乡亲们都感动，都表示由他来分最好，他怎么分大家都没意见。于是他就本着家家有份的原则，将自家的土地进行了一次相对公平的分配。地是分了，家家也都有地可种了，却并没同时拥有一份有效的地契。抗战的年月，没有什么地方的什么人管发正式的地契这种事了，故在乡亲们的意识里，仍视土地为他王文琪家的。他当时又分得特急，竟忘了也给自己留下块地。大家就说那重分吧。王文琪却说，别重分了呀！已经分得大家比较满意了，省省事吧。只要你们别让我挨饿就行啊！结果呢，他反倒成了村中唯一没有土地的单身户。乡亲们哪儿能使他挨饿呢，每到秋收以后，家家户户送粮菜给他，而且都想送得比别人家多。太多了，他吃不了啊！就要求乡亲们干脆每年轮着送。所以他的入冬准备也很简单，无非就是收集更多的烧柴，往秘密地窖里储藏粮菜，修严透风的门窗，和泥补抹上掉泥的墙皮而已。但这些事，也够他独自忙碌的了。以往，不必请也有人来帮，最热心相帮的是韩柱儿。该年却连韩柱儿的影都不见来过一次，也没另外的人来相帮。只韩成贵路过他家门前时进了一次院子，替他往墙上抹了几抹子泥，做做示范，教他怎么正确使用抹子，怎么能将泥往墙上抹得又快又平，之后说有事匆匆便走。迈出他家院门前又说，他这少爷型的农民，应该尽早学会各类居家过日子的农活。

忽一日上午，王文琪正在往秘密地窖里放土豆，韩成贵慌慌张张地出现在眼前，说情况不太好，发现鬼子们朝村里来了，队伍中还有几辆马车，那就肯定是来抢东西无疑的了。说自己得赶快照料着乡亲们该躲的躲，该藏的藏，让王文琪到村口去应付一下鬼子们，尽量拖时间。

王文琪不敢稍慢，爬出地窖，拍拍身上土就要往外走，韩成贵提醒他戴上帽子。他一摸脑袋，没摸到那顶戴不惯的鬼子的军帽，就说戴不戴的没什么。韩成贵却说那不同，戴着军帽了，就是身着全套的鬼子军装了。那样去迎鬼子们，他们必然高兴。他们一高兴，也许会少抢点儿东西，乡亲们岂不是少遭点儿殃？王文琪听他说得有理，便这儿那儿地找那顶鬼子的军帽，越急越找不到。韩成贵居然不怕耽误工夫了，也帮他找，还说别急别急，急中出错。终于是韩成贵找到了。王文琪已戴上了帽子，韩成贵又扯住他，从地上抓起几把草，搓软了，蹲下将他靴子上的泥土擦净……

王文琪迎候在村口时，鬼子们转眼已到了近前，他们人数不多，只不过是炮楼里的藤野将他那个班的鬼子率领来了而已。另外还有十来个男人，是别村的农民，赶着他们的马车各自带着他们的种种工具，一看他们的脸就知道一个个来得憋气，显然是被逼来的。马车上载着些砖石木料，也显然是别村哪户人家准备修房子所备的，被“强征”了。

藤野歪头打量王文琪，显出愉快的样子，拍拍他肩说他很像一名日本文职军官，说自己是奉池田大佐之命，前来监督着为王文琪家修修家院的。知道了鬼子们不是征用别村的两挂马车来抢东西的，王文琪忐忑不安的心稍定。他说家中就剩自己一人了，有两间小屋住着足够了，至于东倒西塌杂草丛生的其他房间和大院子，他早已习惯了，不收拾也罢。藤野却说他怎么想是他的事，池田大佐既然向自己下达了命令，自己就必须认真执行。王文琪无奈，只得依从。

人马来到王家大院门外，鬼子兵们吆喝别村的男人们往院子里搬砖石木料，藤野则请王文琪带领着，绕院子外墙观瞻了一圈。接着又请王文琪陪他在院子里各处欣赏。共有二十几间屋子的家院，已被日军的炮弹和从飞机上投下的炸弹、燃烧弹炸毁烧毁了十之八九，面目全非，有什么好欣赏的呢？藤野一边东望西看的，一边随便聊似的，问王文琪在军营里为池田大佐治病时，与池田大佐交谈过些什么内容。王文琪一听心里就明白了，敢情是在主动搭讪着向他示好。这正中王文琪下怀，便夸大其词地说，池田大佐多么多么信任自己，对自己多么多么友善，而自己多么多么感到三生有幸。藤野开始撑不住以往趾高气扬、不可一世的架子了，厚颜无耻而又试探性地问，池田大佐是否也与他谈到过自己？王文琪自然回答谈到过，说如果没有您藤野太君的极力举荐，我王文琪又怎么可能接触到池田大佐呢？我连那样的好梦都不敢乱做啊！说大佐太君对您藤野太君印象深刻，评价很高的，称赞您是大日本皇军忠心耿耿而又表现优秀的军官呢！

藤野忍不住喜笑颜开，请求王文琪再有机会时，在池田大佐面前多多美言自己几句，转达自己想要调回县城军营里去，能够近在池田大佐身边效忠于皇军的希望。说如果那一希望实现了，自己便可经常聆听大佐的训导，经常学习大佐身上可敬的种种军人品质了。说事成之后，自己必定会对王文琪表示感谢的。王文琪听了，心中暗笑，想不到在鬼子们军中，也有溜须拍马以达目的之现象。更想不到，藤野那厮，为了达到目的，居然不顾身份地央求到自己头上了。又一想，鬼子们也是人嘛！凡是人，为了达到趋利避害之目的，谁不是有病乱投医的呢？他知道，驻扎在炮楼里的鬼子，没有不盼着调回到县城军营里去的。比之于县城军营里，驻扎在炮楼里不但生活条件艰苦，而且日夜神经高度紧张，唯恐何时一个不防，炮楼被端了，自己成了俘虏，甚而一命呜呼。藤野那些冠冕堂皇的话，实在是拙劣的借口，说白了，他是怕死罢了。王文琪心里一边这么想着，嘴上一边无比真诚地说，您藤野太君同样是高看于我，对我有恩的人啊，玉成太君您的希望，当然也是我三生有幸的事啊！只要有机会再见到池田大佐，我一定会将您的希望，用我最能打动人心的语言，替您向池田大佐表达得包您满意！藤野那厮乐不可支，又拍王文琪肩，口中连说："王桑，你我，大大的好朋友的是！"

正那时，韩成贵等一些老人，以及一些孩子，被两名鬼子押进院子里了。两名鬼子喝令他们帮着干活儿。老人孩子们，其实插不上手干什么的，也不知究竟该干什么，都木呆呆站着，不拿好眼色瞪看王文琪。王文琪见状，对藤野那厮说，太君您看，您召集来的外村人，他们都是会工匠活儿的，您看他们干得多内行啊！而我们村这些老人孩子，哪里会干工匠活儿呢？人多手杂，他们来了只会添乱不是吗？我的意思是，别叫他们干什么活儿了，只让他们拔拔荒草丛蒿就行了。藤野那时格外顺心，王文琪怎么说，他都点头同意。

老人孩子们拔草时，王文琪借故离开藤野，大约两锅儿烟的工夫，回到了藤野身旁，手掌托着一环镯子，恭恭敬敬地说，是他母亲家祖传下来的上品手镯，他要进县城去将它卖了，为皇军们买些吃的喝的。为他修家院，有劳皇军们了，他不表示表示，内心里过意不去。藤野拿过去镯子看着问值多少钱，王文琪说，若倒退十几年，能值不少钱。现在县城里的有钱人家都走光了，值不少钱也卖不成好价钱，但若换吃的喝的，一定能换挺多。藤野还给他镯子，嘱他别忘了换瓶好酒。拍拍他肩，准许他赶上马车去了。

下午两点多钟王文琪才回村。他歉疚不已地向藤野"报告"，说自己这时候能回来，其实是很辛苦了那匹马的。并请藤野到马前去看，马果然出了一身汗。他说事情并没有自己预想的那么简单，县城里仅有的两家当铺，出的价一家比一家低。按那么低的价，卖不了多少钱的。卖不了多少钱，就买不了多少东西。以很低的价卖了，自己又舍不得。干脆不卖了，向几家商铺餐馆打欠条。好在他是名门之后，老板们都信得过他，估计他家里会留下些更值钱的东西，便都给他面子。车上放着四五只大盆和一个食物篮子，皆盖着罩布。鬼子兵们都围住了马车，藤野一一掀开罩布看，见盆里满出尖地装着馒头烧饼、油条包子。另外两只盆里，一只装着十来只烧鸡，一只装着炒肥肠、炖猪蹄、切碎的猪头肉之类。盆与盆之间，插空夹放着几瓶白酒。食篮子的罩布之下，另有两瓶白酒、四只烧鸡。

王文琪指着低声说："太君，这是单独孝敬您的，您走时带着。"

藤野那厮早已饿得饥肠辘辘，一挥手用日本话说了句："开饭！"之后，抓起一个包子，拎起篮子就要走。

王文琪阻止道："太君，您何必非吃篮子里的，省着您带回去吃多好。"——撕下一只鸡腿递向藤野。

藤野一手拿包子，另一只手接过鸡腿，嘴里还嚼着，想对王文琪的"巴结"说句高兴的话，却又没法说，竟与王文琪撞了一下肩头来表示，接着坐在马车赶车的位置那儿了。

而那时，其他鬼子已饿狼似的一拥而上，双手齐出，争拿起来。

王文琪又对藤野说："太君，干活儿的那些人，是不是也应该给他们吃点儿？否则他们下午饿着肚子干，干不好，那就辜负了池田大佐对我的一片厚爱了。"

藤野只顾吃，点头而已。

王文琪接着“请示”地说：“我想，我们村里的人，也应该给他们吃点儿。池田大佐希望我为皇军做出一个中国良民的榜样，如果我和他们的关系搞不好，那我就很难起到榜样的作用了。”

藤野就又点头。

得到了藤野那厮的同意，王文琪也该出手时就出手，岂敢稍慢？赶紧往一只盆里放了两只烧鸡，抓了几把肉食，小跑着端去给外村的那伙男人们吃。之后小跑回来，又往另一只盆里放了两只烧鸡，爬了几把肉食，端去给本村的老头老太太和孩子们吃。见满院所有的人，分成三堆都在吃着了，王文琪暗吁一口气，这才从容不迫地走到马车前，也坐在车前另一边，抓起一个包子安心稳定地吃起来。

回村的半路上，王文琪最担心的是出现这么一种情况——鬼子们一见了好吃的，集体产生护食心理，既不许外村那些干活儿的男人吃，也不许本村的人吃。尽管多他们也护食，吃不了统统带走。他们吃时，自己的同胞只能眼巴巴看着。饿着肚子的同胞看着鬼子们津津有味地大嚼大咽，而且下午还要接着干活儿，又是为一个受鬼子青睐的、在鬼子面前极尽讨好卖乖之能事的中国人干活儿，那对于自己的同胞们该是多么来气的事啊！大家心里要不恨他王文琪才怪了呢！

现在好了，鬼子们、本村人、外村人三方面，他可算做到比较的一碗水端平了。这“一碗水”能不能端平，他是没有半点儿自主权的，尽管各种吃的全是他一一打了欠条买回来的。“许可证”在藤野那厮手里攥着，藤野那厮偏不发给他，那他也干没辙。藤野今天这么好说话，是王文琪没想到的。他扭头看藤野，见那厮已不知何时开了瓶酒，一手抓着一整只烧鸡，一手握着酒瓶的细脖子，嘴对嘴喝一口酒，啃一口烧鸡。

有两名鬼子走到了马车跟前，想要端走车上那两只装面食的盆。

藤野斜瞪他们一眼，骂了句“浑蛋”，他们立刻乖乖地将盆放下，只抓走了几个包子馒头。

藤野扭头看着王文琪问：“王桑，你的家里，中国大富翁的是？”

王文琪淡淡一笑，以略带忧伤的口吻说：“大富翁是谈不上的，但肯定曾是我们中国人所说的家底儿不薄的殷实之家。只不过比起某些中国的大富翁来，因为我祖父、父亲的医名医德远播近传，我的家曾比某些大富翁家更受人尊敬罢了。到了我父亲那一代，由于兄弟们闹分家，家道开始败落了。我父亲一故，家门医名无人继承，我就成了一个没出息也不受人尊敬的人。我活着的唯一意义，似乎就是要替父母看坟尽孝，捎带守着这个破败的家院。哪一天这家院倒塌得连我一个人都没法住了，我就只有远走他方，四处流浪，记着在每年清明这一天，赶回来为父母祭祭坟了。”

若他完全用中国话回答，藤野肯定是听不大明白的。所以他只得中国话日本话夹杂着说。

藤野向他这边移近了些，仍扭头看着他，又问：“那么，你的家里，古物流传下来，多多的？好东西大大地有？”

王文琪刚才那一大番话，既是在回答藤野，也并不完全是回答，而更接近着是那时那刻的自说自话，更接近着是自己苍凉心境的一种独白。听了藤野的第二句问话，他不禁在心里骂：妈的，你个狗养的鬼子！我说了那么多日本话向你大费口舌地解释我的中国话，闹半天你个狗养的根本没注意听，你感兴趣的只不过是我家留下了多少好东西！转而一想，他个随军侵略中国的鬼子，怎么能指望他对自己家族的兴衰感兴趣呢？他最感兴趣的当然只能是后一点啦，这是太自然不过的事啊！别说他个狗养的鬼子了，他将目光望向那些外村男人——心想就是他们，在这种国难当头的年月，我要是跟他们去说我家以往的兴衰，他们也会左耳听右耳出呀！自己穷愁着的人，谁有心思听别人说他家当年的名门往事啊！名门不再是名门，望族不再是望族，名门望族之后，落魄到了也是穷困潦倒之人的份儿上，这才是世代中国老百姓喜闻乐见之事啊！他又转脸望向本村的人们，心想包括我这些父老乡亲在内，他们拔我家院子里的野草刺蒿时，心里大约也在想，这下老天公道了，国难当头，其他中国有钱人家是不是也遭殃了不知道，但这王家，我们亲眼所见，已是风光不再啰！这么想时他们心里边未必就不因而舒坦了些。像韩成贵那种铭记着我家对他家的一份恩情的人，即使在自己的乡亲中，估计也不是太多的吧？

王文琪由藤野所问的又一句话，一时想到了许多，不由得倍觉孤独。

“王桑，你的，为什么不说话？”

王文琪朝藤野转过脸，见那厮在看着他，表情迫切地期待着他的回答。这就使他不愿回答不可能了，回答得藤野不信也不妥了。

他指着藤野手中的酒瓶问：“太君，我可以喝一口吗？”

藤野一愣，接着掏出白手绢，煞有介事地将瓶口擦了擦，挺哥们儿似的将酒瓶朝王文琪一递。

王文琪接过酒瓶，抿一口，将酒瓶还给藤野之后，郑重地说：“太君，并不像您想的那样，我这个中国人还守着祖上留下来的种种值钱的好东西。实不相瞒，我家祖上流传下来的好东西的确曾经不少，宋代的青花瓷，明清两代的家具、餐具、书架、八宝格，哪一样都是好东西中的上品，还有不少古今名人字画……”

藤野的眼睛发光了，用自己油腻腻的一只手抓住王文琪的一只手腕，摇着问：“在哪里？！”

王文琪挣出手，环视着家院，语调缓慢地说：“都在贵军的轰炸中化为乌有了。”

藤野不明白“乌有”是什么意思。

王文琪解释：“瓷的全炸碎了，木的全被爆炸后的大火烧光了，只保留下了这镯子，和一幅唐伯虎的画。”

藤野自然不知唐伯虎是何人，王文琪只得又向他解释一番。

藤野的眼睛也再次发光，提高了声音以命令的口吻说：“你的，带我去看！”

王文琪似乎早有准备，平静地说：“人多眼多，不防君子防小人。这时带您去看，对那幅画太不安全了。我已经向池田大佐保证过，必会将那幅画送给他，您还是以后在池田大佐那里向他请求看吧。我现在等于是为池田大佐保藏那幅画，责任在身，所以不会给任何人看的。”

藤野眼中的光顿时也“乌有”了，盯住王文琪的腕子目不转睛地看。镯子戴在王文琪那只手腕上。

王文琪问：“太君喜欢？”

藤野连连用日本话说：“要，要！”

王文琪默默从腕上退下镯子，还没来得及给予，便被藤野那厮一把夺将过去，急不可耐地往自己手腕上套。但王文琪的手及腕瘦秀，如女人的手及腕一般，戴上退下都挺容易。而藤野那厮，手大腕粗，根本穿不过镯去。

王文琪出主意说：“太君也可以拴在身上。我们中国人认为，身上佩玉，可以避邪。”

藤野那厮开了窍，蹦下马车，解开武装带，将镯穿在武装带上了。

韩大娘也来拔草了。韩成贵估计到了藤野必来，怕韩柱儿与藤野那断互相见着了，又闹出人命危机的大事来，严厉地命令韩柱儿躲了起来。天已下午，韩柱儿不见奶奶回家吃口饭，哪里放心得下？他冒险来到王家，踏上坍塌不整的台阶，躲在一侧院墙后向院子里窥视。不料被一名鬼子发现，大叫一声日本话。这一叫，使得其他鬼子兵包括藤野在内，也不吃喝了，同时如临大敌般紧张行动起来，持枪的持枪，握刀的握刀，一齐冲出院子，霎时将手无寸铁的韩柱儿团团围住。那些鬼子兵都已认得韩柱儿了，藤野和韩柱儿两个，更是仇人相见，分外眼红。几把枪上的刺刀对准韩柱儿胸膛，他就是心里再恨，那时也只有听天由命的份儿了。

藤野将战刀横压在韩柱儿脖子那儿，连声怪叫死啦死啦的！

韩柱儿难道就真的不怕死吗？一个十七八岁的少年，虽然在国难当头的年月见多了生生死死的情形，但那也还是有着贪生怕死的本能啊！何况，今日不同于他被绑在树上那一天。那一天他认为自己必死无疑，所以破口大骂。那叫死到临头。骂也是死，不骂也是死。不骂白不骂，死得窝囊。而今日，似乎不是必死无疑。似乎尚有一线生机。因为如果鬼子们一心要他的命，其实是不必非摆出这种恐吓的架势的。一认出是他，你一刺刀我一刺刀，直接捅死他不就算了嘛！

正因为觉得尚有一线生机，韩柱儿今天紧闭双唇一句都不骂了，也不怒瞪着鬼子们了。他合上了双眼，默默祷告老天爷救他一命。

王文琪及时跟了出来。韩王村的老者孩子们也跟了出来。连些个外村的男人们都跟了出来。

韩大娘见那情形，双腿一软，瘫于地上。

王文琪见那情形，大惊失色，心说韩柱儿韩柱儿，你干吗不好好躲藏着，非主动出现在鬼子们眼前呢？

些个孩子隐在老者们背后，屏息敛气，吓得不敢抬头。

王文琪强自镇定地对藤野说：“太君，我们中国人相信，修缮家院的日子里，如果发生溅血之事，对家院的主人那是大大的不祥的。甚至也许，不祥还会形成连环的灾祸，降临到所有在场之人的头上。”

韩成贵从旁帮腔道：“是啊是啊太君，真是他说的那样。太君这一点您可不能不信，发生过的例子举不胜举呀！”

于是韩王村的老者们，外村那些男人们也都七言八语地跟着说千真万确是那样。

王文琪又说，同样的忌讳，在大日本帝国也是人人有所顾虑的。

听他用日本话这么一说，鬼子们枪上的刺刀尖垂落了。

王文琪又说，那韩柱儿，自幼父母双亡，缺少家教，形成了野驴一样的恶劣性格。太君既然是奉了池田大佐之命，前来监督着为我修缮家院的，那么请千万给我个面子，今天别与这野驴一样的青年一般见识。您如果不给我面子，对我以后为池田大佐及皇军在村中开展拥护皇军的工作很不利。您如果肯给我个面子，我以后一定找机会对池田大佐再三称赞您，争取使他嘉奖您……

他这一番日本话中国话夹杂着说的相劝，终于也使藤野那厮的战刀从韩柱儿的脖子那儿移开了。

“野驴的，更要像驴子一样，苦力的干活！”藤野那厮吼出三句话，猛转身回到院子里，又坐在马车上吃烧鸡喝酒，大快朵颐起来。

韩成贵急忙分开鬼子兵，将韩柱儿扯入了院子，扯到本村人刚才吃包子的地方，命他蹲下，不许乱说乱动，只许老老实实吃东西。

鬼子兵们，韩王村的老者孩子们，外村的些个男人们，也都先后回到了院子里。

院外只伫立着王文琪一个人了，他额上不知何时已冒出细密的冷汗来。他抹了一把汗，心中一阵后怕，心想幸亏自己刚才将镯子给了藤野那厮。当时自己给得没法形容地违心，现在看来给对了。比起自己说的那几番话，刚才已经穿在了藤野那厮武装带上的玉镯，即使起到的不是决定性作用，那也起码是对等重要的作用啊！如果少了玉镯所起到的一半重要的作用，韩柱儿此时是死是活，那也许就难说了。什么中国人的忌讳不忌讳的，藤野那厮要是听得心烦起来，一声令下，鬼子兵们转眼将韩柱儿你一刺刀我一刺刀捅死了，难道还会真有人办那厮的罪不成？韩柱儿也只能在阴曹地府后悔自己的冒失了！

想到以上这些，王文琪竟有几分迷信起来，认为好玉也许真的有灵，足以避邪了。尽管是佩在了鬼子身上，那也会保佑一个正值大好年华的中国青年的性命免遭无谓杀害。他一时独自推想了许多，却就是没这么想——说千道万，今天是他又一次救了韩柱儿的命！

那韩柱儿倒有口福，盆里还剩着包子什么的，他抓起来就吃。王文琪进了院子后，又从马车上的盆里撕了半只鸡给他。他既不说句谢话，也不抬头看一眼两次救了自己命的大恩人，低着头伸手接过了就下嘴。那一天，不仅他，包括韩王村的老者孩子们以及些个外村的男人们，可算是饱饱地解了一顿馋了！别说国难当头的年月了，就是鬼子们没占领这一带以前，他们一年到头又能吃上几次肉馅包子、馒头烧饼啊！至于县城馆子里卖的那种烧鸡，他们更是连见也没见着过。

又开始干活儿时，不论韩王村的老者孩子，还是外村那些工匠男人，明显地都顺气儿多了，起码从表情上看是那样。有年头没饱饱地吃上一顿面食了。对于大家，肉包子糖三角，大白馒头酥烧饼，便是糕点了。而藤野以及鬼子兵们，一个个胃口像无限大了似的，仍吃了这样再吃那样，边吃边喝，不亦乐乎，没饱似的。韩柱儿并没和本村人在一起拔草，鬼子们命他干搬搬扛扛的重活儿。

傍晚，在王文琪的提议下，藤野允许收工了。大门外的石台阶砌平稳了；王文琪住的两间小屋，里里外外的墙抹平了；窗台下边踹一脚能踹出个窟窿的土墙，推倒后用砖石砌得结结实实了；歪斜的门框窗框矫正了，朽木断木换下来了。院子里的杂草棘蒿拔光了，环望着不那么荒芜了。碎砖乱瓦清除出去了。拆下来的烧黑的木料，分成能用的不能用的装了满满两马车。那时藤野已喝糊涂了，王文琪自作主张，将能用的那车给了外村的男人们，嘱他们将不能用的那车送往炮楼，给鬼子们当烧柴。

韩成贵想不通，对王文琪说："那些还能用的木料给外村人我没意见，人家也搭工搭料了嘛。但满满一车不能用的，为什么非拉给鬼子们去当烧柴，而不分给乡亲们？乡亲们做饭取暖就不需要硬柴硬火了吗？"

王文琪说："给鬼子们是为了进一步讨好他们，可我有必要讨好乡亲们吗？"

韩成贵愣了愣，不满地说："你这话说得气人！你对鬼子们讨好得还不够吗？"

王文琪说："怎么叫够，怎么叫不够，老实说我自己也不知道。我只知道一点，鬼子们一不顺气儿，动不动就杀人放火。所以得先尽量讨好他们。咱们自己人再不顺儿，也就是冲我发发火而已。那没什么，我忍气吞声就是了。这事你老哥就别计较了，由我说了算吧。"

韩成贵张张嘴，无话可说。

包括藤野在内的鬼子们，全都喝醉了。东倒一个西卧一个，有的用日本话高喊大叫，有的在嚎一样唱日本歌。他们的枪，也丢得这一支那一支。

韩成贵看着说：“这时候，将狗日的们全结果了，真是易如反掌。”

王文琪也看着说：“是啊。”

韩成贵又说：“可咱们却不能那么干，对不？”

王文琪说：“对。”

韩成贵思忖着说：“如果杀了他们，县城里的鬼子非血洗了咱们韩王村不可。那他们也不会解恨，必定还到附近的几个村去进行报复。结果呢，为他们一个鬼子的狗命，不知要死咱们多少中国人。”

王文琪说：“正是那样。”

韩成贵心有不甘地说：“难道就只有眼睁睁看着他们走掉？”

王文琪说：“是的。”

他不再跟韩成贵说什么，一一去将鬼子们的枪拿起，放在第三辆马车上。送给藤野的那一只装着酒和烧鸡的篮子，已在第三辆马车上了。他让外村的男人们，帮他将一个个烂醉如泥的鬼子弄上第三辆马车，他们虽然气儿顺了些，却还是都装聋作哑，不肯相帮。本村人皆是老者孩子，他不便支使本村人，只得喊韩成贵帮他。韩成贵也是不愿帮的，但巴不得眼前不见了鬼子们，眼不见心不烦、不恨，不得不帮。

二人将鬼子们全都弄上车了，韩柱儿走到了马车跟前，瞪着一车鬼子说：“你当汉奸当得还蛮在行，鬼子们，本村人外村人，都让你讨好了这边讨好那边的，讨好得还都挺成功。”

王文琪听出韩柱儿那话是对自己说的，本不愿理他，忍了忍没忍住，一边将草料袋子里的草料抖在地上让马吃，一边顶韩柱儿：“心里绝不甘当汉奸的中国人，那就不能以汉奸来论。又不甘当汉奸，又得做像是汉奸的事，这是一种本事。我以前从没这等本事，为了中国少死人我在学。有那‘二杆子’，只怕想跟我学还怎么也学不来，这叫朽木不可雕也。”

韩柱儿倏地朝他一扭头，瞪着他鄙视地说：“王文琪，你别跟我转文！不错，我今天是吃了你一顿好的，但我也为你出力干活儿了。而且，总有一天，我会还你！”

王文琪也来气了，指着他，冷下脸说：“韩柱儿，咱们一言为定。你如果以后忘了你今天的话，你不是个东西！”

韩成贵站在王文琪一边也生气地训斥韩柱儿：“说你是个‘二杆子’，你还偏要‘二杆子’！人家今天二次救了你的命你不明白吗？滚！”

见他抬脚要踢自己，韩柱儿一转身跑了。

为了一车烂醉如泥的鬼子的安全，王文琪对韩成贵说他得跟去。

韩成贵意识到兹事体大，劝他说：“你别跟韩柱儿那小子一般见识，我找机会替你训他。是得跟去一个人，要不然，哪怕只有一个鬼子出了差错，咱韩王村的乡亲们也担待不了罪名。你去，我最放心了。”

于是王文琪收了草料，也坐到车上。他发一声喊，亲自赶着第三辆马车离开了自家的宅院。一车鬼子，互相搂抱着，仍怪叫着，乱唱着……

★ 第九章 ★

十一月初，河北早早地下了一场大雪。雪下得那么早是多年没有的事。昼夜不断下了两整日。雪一停，气温骤降，寒冷了。一尺多厚的雪，使大地白茫茫一片，一里地开外走着的一个人，都能被别人望见得分明。麻雀蹦过的地方，田鼠兔子跑过的地方，在洁白如毡的雪面留下清楚的印痕。

欧洲战场上，不断有美英苏三国的好战绩传到中国。中国各大城市里具有爱国良知的中国人，奔走相告，无不大受鼓舞，都预见到德意日三个法西斯国要完蛋了，中国抗日胜利的曙光在眼前了，受日军蹂躏的苦日子就要熬出头了。

然而在河北平原的这一地区，农村里的同胞，依然过着终日提心吊胆的日子。只要鬼子们存在一天，他们的恐惧心理那是很难由于欧洲战场上传来的好消息而彻底解除的。何况种种好消息，并不能及时地、直接地传到他们耳中。别说农民们了，连罗队长这样的人物，也是过了很久才经由上级的传达渠道所知晓。

王文琪又被池田老鬼子派兵“请”入了县城一次。因为藤野那厮亲自进了一次县城，向池田老鬼子汇报替王家修缮家院的任务完成的情况，得到了池田老鬼子的表扬。他趁机就问，何时派兵保护着王文琪将他家的古画送来？池田老鬼子本不知道古画不古画的这么一件事。但他是何等狡猾的家伙，一听就猜到了在藤野和王文琪之间肯定有过怎样的谈话，装出知道古画一事的样子，问藤野是否已从王文琪那里得到了宝贝。

长官这么问，藤野岂敢撒谎，立刻从武装带上取下了那环玉镯，说是王文琪主动送给他的，而他带入县城，就是为了要当面转送给尊敬的长官，以感激长官对自己的教诲。

老鬼子接过去，翻来覆去地看个不休，边问藤野——自己派他去守炮楼，他有怨气没有？

藤野双腿啪地一并，挺胸昂首，敬过军礼之后信誓旦旦地回答，起初是多少有点儿怨气的。但后来想明白了一个道理，就非但一点儿怨气也没有了，反而万分地感激长官了。

池田问他想明白了什么道理。

他说，长官将艰苦的任务派给自己，等于是将磨炼的机会赐给了自己。而一名大日本皇军的军人，没有经过磨炼的话，那就不配继续提拔，那也就不能在军中进步。

池田老鬼子听了高兴，将爱不释手的镯子还给了他，说自己非常希望早日欣赏到那幅中国古画，命他尽快保护王文琪带上画到军营里来。

就这么的，王文琪又出现在了老鬼子池田面前，穿着鬼子的军装、皮靴，戴着鬼子的帽子；军装外还披着藤野的呢大衣。

那是一幅唐寅唐伯虎的画，而且还是唐伯虎的一幅较著名的画。虽经数百年流传，品相仍好。王文琪同时还带去了一册古画鉴别方面的书，翻开来请老鬼子看——书中整整一页评价的正是那一幅画。

老鬼子趋前看，退后看，从左看，从右看，看得眉开眼笑，笑得合不拢嘴。

王文琪说那册书籍是特意带来，要一并敬献给他的。老鬼子乐不可支，不断拍王文琪的肩，拍王文琪脸颊。藤野从旁看得明显地嫉妒，因为在日军中，等级之间的尊卑是极严格的，一位长官不论对下级多么赏识，那也只会拍拍对方的肩而已，从不会拍对方脸颊的。

老鬼子欣赏到后来，席地盘腿而坐，不再跟王文琪和藤野说话，也不再看他俩，仿佛已根本忘了他俩的存在，望着古画，大睁双眼入禅了似的。

藤野趁此机会悄悄与王文琪耳语了几句，提醒王文琪别忘了在他的长官面前替他说好话，王文琪请他放心，说绝对忘不了。走近池田，也弯腰对老鬼子耳语道："太君，藤野君要回炮楼去了，他等着向您告别呢。"

老鬼子这才站起，亲自从墙上取下画，缓缓地小心地卷起，连同那一本书籍，放入了专用以存放保密文件的保险柜。转身对藤野说了几句勉励的话，挥手让藤野走了。

当晚，老鬼子亲自也是独自陪王文琪吃饭，二人又饮了清酒。老鬼子饮得很节制，王文琪更是做做样子而已。

饭后，老鬼子将王文琪请到"二战"军事地图前，指着突出标明的诺曼底说，自从美英联军赢得了这一战役的胜利以后，欧洲战场的战局便发生了根本性的转变。他认为，不久事实将证明，德国必败，意大利军队更经不起美英联军的迅猛打击，"二战"首先在欧洲战场结束的日子不远了。

王文琪暗自一算，那时诺曼底战役已经结束五个多月了，心中不禁五味杂陈，感慨万千。

老鬼子话锋一转，用语调铿锵、落地有声的中国话说：“但是‘二战’的结束，并不意味着日本对中国的征服战争也会随之结束。只要中国还没彻底屈服，大日本皇军，就要将这场对中国发动的‘圣战’进行下去。‘二战’是‘二战’，大日本皇军的‘圣战’是‘圣战’！德国和意大利都失败了、完蛋了，大日本皇军的对华‘圣战’那也不会失败！中国必将成为日本的全面占领国！日本必将成为整个亚洲的长期统治国！英美两国即使大获全胜，那也根本顾不上转过身就来插手亚洲的事！百万皇军陈兵中国东北，蓄势待发，随时会给予企图从中国东北入境支援中国的苏军以迎头痛击！”

老鬼子一句比一句说得语气加重，接二连三不停顿地说了以上一大番话，说得很激动，脸由于激动而涨得通红，一直红到了脖子，连脖子上的青筋也凸显着了。仿佛，王文琪是一个不同意他的看法，并以辩论冒犯了他的大胆之人，而这令他恼怒。

王文琪觉得，老鬼子肯定是受到了什么严重刺激，所以才会忽然情绪那么失控。

可能有什么事会使他大受刺激呢？

除了从欧洲战场上传来的不利于日军的战况消息，难道还会是别的什么事吗？

王文琪一做出此种判断，心中暗喜，甚至也涌起了一阵大的激动。但他装出木讷的漠然的样子，一会儿随着老鬼子的手望向地图，一会儿将目光收回，表情卑恭而困惑似的望着老鬼子。

老鬼子终于发问了："你的，明白？"

王文琪低声回答："太君，我不怎么明白战争的事。"

老鬼子对他的回答明显不满地"嗯"了一声，后退一步，不错眼珠地瞪着他又问："你的，不相信我的看法?！"

王文琪立刻"特鬼子"地将头一低，双腿一并，姿态更加卑恭地说："尊敬的太君，我不敢。正因为我不明白战争的事，所以我百分之百地相信太君的看法。我认为，太君您不但是一位皇军中杰出的实战指挥官，而且还是皇军中的一位军事思想家、观察家。您的看法，那一定是正确无比的。"

老鬼子听着听着，脸上渐渐浮现起微笑了，拍王文琪的肩，拍王文琪的脸颊，连说："很好，很好。你的，立场大大地好！"

那时王文琪内心里，喜悦和激动过后，心波还未平静，随之又生出有悲哀意味的感想来——欧洲战局发生了那般巨大的变化，德意法西斯国分明已处于战役劣势，败象显现，可自己这个并不真的是农民的中国人，竟然一无所知！及时知道的话，自己起码会早喜悦几个月啊！这几个月里，他的日子就从没有过任何喜悦，除了为保全性命而经受的提心吊胆，再就是因所受的误解而感到的委屈和郁闷！

老鬼子又盘腿坐下了，命王文琪坐他对面，换了一副面孔，和颜悦色，推心置腹般地说，王文琪既然相信他的看法，那么作为他的也是大日本皇军信任的朋友，就理应替他将他的正确看法告诉更多的中国人，使更多的中国人也深信不疑。

王文琪保证自己会那么做。

"麦子的，水稻的，明年，皇军要求多多地种。违抗的，死啦死啦的！"——老鬼子又声色俱厉起来。

王文琪说："太君请放心，我们韩王村的人，没人敢违抗。别的许多村，我也通告过了，农民们都表示服从。"

老鬼子说："鸡、鸭、鹅，狗，还有猪的，必须统统的养！狗肉的，皇军也大大地爱吃！各种蛋类，营养的好！皇军在中国，营养要加强加强的！"

王文琪频频点头，连说那是。并且小心翼翼，试探地说，中国农民们养是没问题的，他们本就愿意养。但能否考虑，皇军不要全部征收，也给农民们留点儿，以使他们长期保持养下去的积极性？

老鬼子微笑了，说那当然可以。王文琪说的道理，他当然是懂得的。说他希望以后看到的情况是——皇军根本不必各村去搜。说抢的不好，有损大日本皇军的形象，也不符合"大东亚共荣圈"的远景。而应该是中国农民们按时地、定量地、主动地送到军营里来。说到了那时，他将向上级要求，长期驻守这一地区，将县城当成他在中国的第二故乡。他要像派驻总督那样经常各处视察，奖励良民，惩罚逆民，同时留意散落于中国民间的字画、古物。他承认他对中国的那些东西喜欢之至……

王文琪显出很向往的样子，说但愿那样的时候早点儿到来，那真是太美好的前景了。

副官轻轻推着佐艺子进入，老鬼子终于结束与王文琪的长谈，向佐艺子招招手，佐艺子心领神会，当着王文琪和副官的面，乖乖地坐到老鬼子怀里去了。老鬼子低头亲了她一下，挥挥手，王文琪也心领神会地起身，随副官默默退了出去。他忽然因为亲眼看到了老鬼子与佐艺子之间的猥狎之态，因为自己与佐艺子之间也发生过那种难以对人启齿的关系，而感到全身肮脏似的。

晚饭是副官陪王文琪吃的，未见清酒，菜也只不过是一盘日本罐头肉和几碟小咸菜。那副官一声不吭，也不看王文琪一眼，只顾自己大口大口地吃。吃罢，才双手横放左右大腿根那儿，冷冷瞪着王文琪，看他吃。

王文琪被瞪得赶快往口中又扒了几口饭，也放下碗筷不吃了。

“你的，胆敢背叛大日本皇军的话，我的，亲手一刀劈死你！”

副官恶狠狠地抛出几句话，猛起身而去。

王文琪愣了愣，径自笑了。他一想立刻就明白了——看来鬼子们有些担心他们的对华“圣战”的前景了。

他高声唱起歌来。刚唱半段，门嘭的一声开了，副官站在门外，喝吼地禁止他唱。尽管他是用日语唱的。

那一夜，他睡得极好。在日军的军营里，他从没有哪一夜没做过噩梦。而那一夜，不但无梦地一觉睡到大天亮，还由于睡得打起鼾来，自己将自己憋醒了两次。

第二天一早，也没有哪一个鬼子招待他吃早饭，空着肚子就被几辆摩托送回了韩王村。

七八天后，罗队长带几名武工队员深夜来到了韩王村，召集包括王文琪在内的“内部人”开了一次会。也没什么重要的事，只不过奉上级指示，向各村的“内部人”传达欧洲反法西斯战争的战况。

王文琪问罗队长：“既然通知我也听您传达，那么我还算是咱们‘内部人’啰？”

罗队长说：“当然啦！我当着他们的面郑重宣布你为咱们村的‘内部人’，你又没做什么不利于抗战的错事，更没做过什么对不起咱们中国的坏事，谁敢不拿你当‘内部人’看？”——说罢，不明所以地扭头望韩成贵。

韩成贵笑道："别瞪我。他那么问你跟我一点儿关系都没有，他近来脑子有毛病。"

王文琪又问罗队长："那，我写的那份，关于我几进几出鬼子军营，以及我和鬼子们的关系的报告，您看过了没有呢？"

罗队长也笑道："不但看过了，而且认为写得诚实，有一说一，有二说二，一看就知道毫无隐瞒，总之我认为写得很好。不但我认为写得很好，一级一级上级领导也都认为写得很好。几进不是你情愿的，你能平安无事地几出，而且带回来了某些情报，这是需要大智大勇的，你王文琪不容易呢！有的上级领导还要我替他们表扬你呢！"

王文琪乐了，心里顿时一阵舒坦，如同服了一剂他家祖传秘制的活络顺气散，觉得胸中某些郁结的块垒，一下子松解开了。他看一眼韩成贵，见韩成贵也正看他，他的目光中于是流露出由衷的感激，同时也掺杂着些许羞愧。

他立刻低下头去。

罗队长所传达的内容，竟与老鬼子池田"告诉"王文琪的情况基本一致。

韩成贵不满地问，欧洲战场上的战局发生了如此之大的变化，都小半年的时间过去了，为什么才想到传达给大家啊？

罗队长解释，他自己也是不久前才知道的。说军分区的领导们肯定知道得早些，但若将好形势一级级传达下来，那并不是一件像摆龙门阵的事嘛。比如得有善于传达得清楚明白的一些同志，那样的一些同志必须相当熟悉欧洲的地理概况，起码知道诺曼底是种什么地方吧？

大家便问那究竟是种什么地方？

罗队长说他也不清楚，总之大家理解成是德军的一道沿海岸的军事防线就没错。说美英联军突破了它，胜利登陆了，那么以后就等于是在德国本土作战了。

大家听了自然一个个兴奋不已。

罗队长接着说，欧洲的战局发生了有利于美英联军的逆转，苏军对德军的大反攻也捷报频传，这对于我们中国，当然都是好消息。但他们的胜利，毕竟不能完全等同于我们中国人的抗战的胜利。我们中国人的抗战的胜利，最终还要靠我们中国人出生入死前仆后继地去争取。如果美英苏三军一直攻打到了柏林，打得德军屁滚尿流无条件投降了，那么小日本在中国的嚣张气焰自然也是兔子的尾巴长不了啦。但如果美英苏三国与德国最终来个停战协议，那么小日本在中国的嚣张气焰绝对不会因而收敛，我们中国人的抗战还将会进行得很艰苦。正因为对欧洲战场上的这一最终结果难以判断，所以上级才一直犹豫怎么传达。

大家就七嘴八舌起来，议论了一通之后，由韩成贵总结性地向罗队长发问："听了你前边的话嘛，我们都大受鼓舞。听了你后边的话嘛，我们又都有点儿心凉了。难道你这么传达，就是一级一级上级的意思啦？"

罗队长笑道："别心凉啊！又都心凉了，那就只能怪我传达得不好。总而言之，欧洲战场上传来的都是好消息，心凉的不该是我们，应该是小日本！"

王文琪忍不住接言，说他完全同意罗队长的话，并将他在鬼子军营里所感觉到的低沉气氛，以及老鬼子池田一反常态的色厉内荏，副官无缘无故大发脾气的情况予以汇报，以证实鬼子们确实开始心虚胆怯了。

罗队长说，上级指示，尽管欧洲战场上的战局无疑是对我们中国人的抗战有利的，但大家在受到鼓舞的同时，依然要具有进行艰苦的持久战的思想准备。

王文琪又将老鬼子威胁如果明年不多种麦子、水稻，不养禽畜将要对各村怎样怎样的话学说了一遍，问罗队长该如何应付。

罗队长说，明年麦子、水稻要多种，禽畜也要多养。鬼子们必到各村抢是肯定的，因而希望大家提高应付鬼子的斗争艺术性，尽量使被鬼子抢去的少，留给自己人吃的多些。说鬼子们终究是在咱们中国的地面上，一天天被消灭着，战斗实力只会削弱，不可能反倒增强的。而我们中国各方面的抗日队伍，却实打实地一天天壮大着。总有一天，我们也会像苏军一样，开始全面的大反攻。他表扬王文琪起到了值得称赞的作用，鬼子们的确被我们顺其道而行之的假象在一定程度上迷惑了，我们的正规部队、武工队也的确在一定程度上获得了养精蓄锐的时机……

他这么一说，大家又都高兴了，王文琪更是心里美滋滋的。

那一年的冬季，鬼子们一次也没到各村骚扰，各村农民总算过上了一次基本平安无事的新年和春节。虽然照常缺吃少穿，但平安无事便是福了。

第二年的春天来得特别早。播种前，不知从哪儿开来了许多辆日军的卡车，向各村分发麦种、稻种。见多识广的人说，是从中国的东北征收也就是抢夺来的。既然有种子了，而且是成色优良的种子，干吗不播种呢？先种了再说啊！

于是各村都将种子珍惜地播种下去了。

到了五月，麦子、稻子全都高过一尺了。风调雨顺，长势好得喜人。

忽一日，确切地说是 1945 年的 5 月 11 日，各炮楼的鬼子们，全都仓仓皇皇地撤到县城的军营里去了。天黑以后，有些胆大的农民持着火把成帮结伙地进了几座炮楼，但见满目狼藉，有的鬼子连枕头和晾着的内衣短裤都没带走。

第二天，从县城传出消息——柏林已被美英苏三国军队攻陷，德国于 8 日那天无条件投降了，希特勒本人都不知所踪了。

县城里的也罢，农村的也罢，中国人见了中国人，互相都笑容满面地说“贺喜贺喜”。

罗队长又来到了韩王村，证实那消息千真万确。

于是大家都开玩笑说，鬼子们八成吃不上一口他们收获的麦子和水稻了。

又几天后，开始有县城里的人陆续离开县城，投奔往各村的亲友家了。也有的，干脆远走高飞了。鬼子们似乎意识到了什么，从某日开始，派兵把守城门，只许人进，不许人出。非出城不可的，须有宪兵队的出城证明。还要由家人来担保，务必在规定之日按时返回县城向宪兵队报到。但那时，其实已有三分之一左右的人口离开了县城，多为青年、壮年。本能提醒他们，鬼子们凶暴残忍，大势已去之际，不定会做出多么罪恶的事来，还是早早离开的好。

到了六月底，地里的麦子、水稻都快熟了。

又忽一日，鬼子们从县城里倾巢而出，同时押解出了成千上万的县城里的人，包括老人和孩子，用刺刀逼着他们收割尚未灌足浆的麦子、稻子。十之八九的人并无镰刀，只得在威逼之下连根拔起。傍晚鬼子们将所有的卡车都从县城里开出来了，将麦子、稻子胡乱扔到车上，载回县城去了。而被迫“收割”的人们，又被迫回到了县城。回去时，人人还得背麦子、稻子。那一天，鬼子开枪射杀了两个企图趁机逃跑的人。否则，成千上万的县城里出来的人也许跑光了。最后一批撤回县城的鬼子兵扑入临近的村里大肆掠夺。各村早有防备，人们提前四散而去。反正早已被掠夺得没件像样的东西值得保护了，干脆撇下空无一人的村子任他们破坏。鬼子兵们一无所获，一个个失望之极。据说老鬼子池田下达了命令，可以抢，不可轻易杀人。

那以后，武工队秘密向各村的“内部人”发了枪，并传达上级指示，随时准备组成民兵，配合八路军彻底消灭县城里的敌人。

王文琪也得到了一支长枪，还是支半新的“三八大盖”，同时得到十颗子弹。韩成贵教他用枪时，他问韩成贵——老鬼子池田是不是真的下达了不可轻易杀人的命令？

韩成贵说真的。

王文琪问韩成贵对此怎么看。

韩成贵反问他怎么看。

王文琪困惑地回答，他有点儿不明白那老鬼子了。

韩成贵说，老鬼子下达不可轻易杀人的命令，并不意味着他忽然变得仁慈为怀，打算放下屠刀，立地成佛了。只不过证明他对他所谓的“圣战”，仍抱有一线不败的幻想。他希望像对你所说的那样，以后当咱们这里的总督似的统治者，当然以尽量少杀人为好了。但是，倘若他抱有的那一线幻想彻底破灭了，他肯定将大开杀戒，估计甚至会疯狂地下令屠城。

王文琪刮目相看地问，你怎么会对那老鬼子有这么透彻的判断呢？

韩成贵说是罗队长这么判断的，并且已将自己的判断及时向上级汇报了，上级认为他的判断完全正确。

王文琪顿时忧虑起来，急问：那可怎么办啊？

韩成贵说所以要有警惕和准备，必要时得先下手为强嘛！

王文琪又问：如果保定和石家庄的鬼子扑过来进行报复，咱们山里的正规部队阻挡得了吗？阻挡不了的话，这一带的老百姓不就惨了吗？

韩成贵说，所以攻打县城的决心，也不是那么轻易就下得了的啊！

韩成贵这么说了，自己也不免忧心忡忡起来。

鬼子们抢了将成熟的未成熟的庄稼后，一个多月里，就再没出过县城。各村的受害农民憎恨极了——与往年相比，这一年的境况是太糟糕了，庄稼还没到碾场，还没等去壳变成粮食，眼睁睁地全没了，往后吃什么呢？女人们和孩子们只得到地里去捡掉落的麦穗稻穗，男人们准备外出乞讨。那年月走到哪儿都很难找到可挣点儿钱的活儿干，只有乞讨一条生路了。便有些满胸膛怒火无处发泄的农民，今天一拨明天一拨，纷纷来到韩王村，扬言要将王文琪这可恶的“汉奸”活活打死，为国除害，为民除害，以消愤慨。幸而韩成贵早有所料，安排王文琪东躲西藏，使他一次次避过了恶劫。各村的“内部人”也大费唇舌地做解释工作，说王文琪委实是无辜的，谁也想不到鬼子们会突然来这一手。对鬼子们的憎恨，不应算在中国人自己头上。然而解释工作并不能真的浇灭那些农民们胸膛里的怒火，他们暗发誓言，非要了王文琪的性命不可。那些日子里的王文琪，实际上已经被以“汉奸罪”判了死刑，所谓格杀勿论，人尽可诛之。就连韩王村本村的一些男人，对王文琪也是暗恨得很的。不但恨他处处站在鬼子们的立场，替鬼子们着想，败坏了自己以及家庭的名节，更恨他连韩王村的名节也一并败坏了。韩柱儿终日在村里转悠，手握棒子，说只要见到了王文琪，先替别村人打他个半死。所以，王文琪躲在哪儿了，韩成贵连韩大娘也不告诉。怕韩大娘嘴一松，韩柱儿就知道了。

许多人家就要断口粮了，这是燃眉之急。不及时解决问题，不久就要饿死人的。武工队员们变成了工作队，变成了运送队，从较远的村里搞到些粮食，夜里挨家挨户背给急需救济的人家。同时抚慰他们，说敌人最疯狂的时候，那就是离穷途末路的时候不远了。

从县城里也传出来了不好的消息——鬼子们开始在县城里大肆抢掠。只要是能吃的能用的，发现了就抢回军营里去。县城里几乎天天被鬼子们闹得哀哭之声不断，人心惶惶。

许多条秘密地道加快了挖掘速度，再过个把月，有的地道就挖至城门口了。手里有了枪的男人们摩拳擦掌，只待一声令下，将人人奋不顾身地舍命攻打县城。

人们在神经紧绷的日子里，不知不觉地熬过了一个多月。

8 月 17 日，通往保定、石家庄的公路上，忽然出现了一支约有四五百人之多的八路军的队伍。他们向这个县城急行军，沿途短暂休息、讨水喝时，告诉了各村的农民一个惊天动地的大好消息——美国靠飞机向日本国内投下了两颗叫原子弹的大炸弹，威力之大没法形容，小日本被炸得举国魂飞魄散，吓蒙了，已经于 8 月 15 日宣布无条件投降了。而他们，是奉命赶往县城里去受降的。如果县城里的鬼子不肯乖乖投降，就消灭他们！

被告知那消息的农民们也听懵了。

别说对于国外的战事了，就是对于本国的战事，他们也是所知甚少的。消息太突然了，也知道得太寻常了。不错，对于不是汉奸走狗的每一个中国人，那消息无疑是惊天动地的大好消息，但正因为如此，便更应该有从城市到农村举国欢腾的大场面来烘托才对，而不应该由些歇脚时讨水喝的八路军来告诉啊！听得发懵的农民们起初还半信半疑，见战士们说时表情无比兴奋，才都相信了，也都高兴了。

那支队伍行进到离县城一里多远的地方停止了，几名鬼子的骑兵拦在路中央，其中一名擎举太阳旗。我们队伍的领导以为他们是奉命前来联系投降事宜的，便指示翻译上前与他们对话。但听为首的一名鬼子大声用日语哇啦了一通之后，他们一齐拨转马头疾驰而去。翻译向领导报告，说他们根本不是来联系投降事宜的，而是向我方下口头战书的——他们绝不投降，誓为大日本帝国血战到底！即使拼得只剩一兵一卒，那一兵一卒也绝不投降！

我军官兵听了，一个个肺都气炸了，一片怒吼地嚷嚷——直接攻打县城！将鬼子们消灭光！

公路上随之又出现了几个带枪的人，是罗队长他们。罗队长向部队首长这么汇报——在县城里，鬼子们将三百多男人逼入了军营，作为血拼到底的人质。据极为可靠的情报证实，老鬼子池田下达了命令，只要我方一攻入县城，便将那三百多男人全部杀死。用机枪扫射、手榴弹炸或武士刀劈、刺刀捅，任由部下“自行方便”。

这太始料不及了，部队领导一时没了主意，不知是该进还是该退。在罗队长的建议之下，只得派几名战士向上级汇报，再将队伍带往韩王村暂且待命。

韩王村的人们，那时已由罗队长口中知道了日本投降的消息，王文琪也从隐身之处回到了家院。乡亲们喜极之后群情激愤，围堵于王家院门外，大人孩子一齐吵吵嚷嚷，叫喊着要王文琪滚出来给个说法——你王文琪处处讨好的老鬼子池田拒不投降，还扬言屠城，你现在说说该怎么办。韩大娘劝大家息怒也不起什么作用，韩成贵和“内部人”们阻挡在院门口，防止乡亲们冲入，丧失理智地伤害了王文琪。乡亲们吵嚷得韩成贵发起火来，环指着大家训斥：“文琪的所作所为，不就是为了能一次次活着脱离虎口，能使各村庄一个时期内少死人吗？他的目的达到了，他的出发点有什么不对?!”

正闹得不可开交，罗队长带领着部队来了。在罗队长和部队同志的帮劝之下，乡亲们这才悻悻而去。部队的领导说，院子不小，干脆也别分散开住了，就都先住这儿吧。反正人人随身带着干粮，不必麻烦乡亲们提供吃的。

王文琪默默听着大人孩子骂他时，心里一直思忖着自己还能做什么。有了一套成熟的想法后，先跟罗队长说了。罗队长听后，认为他如果那么做自己太冒险，只要一个环节出了差错，不但不能扭转局面，反而会将自己的性命也白白搭上。王文琪表示自己已将生死置之度外，要使县城里的许多同胞免遭屠杀，不论多么冒险那也值得他以身一试。于是罗队长将他引荐给了部队的领导。部队的领导耐心地听了他的想法之后，表扬他愿意舍生取义的精神，但也和罗队长一样，认为环节太复杂，成功的把握有限，说还是等听了上级的指示再决定。

两个多小时后，罗队长迎接我军的几名骑兵来到了韩王村，随同前来的还有一位战时的日本和平组织的成员，他自告奋勇以同是日本人的身份前来对池田老鬼子劝降。

部队的领导觉得事不宜迟，派一名战士陪同劝降者到了县城门口。城门前已用沙袋堆起了掩体，由几挺机枪的火力组成了第一道防线。劝降者刚喊着说完自己的身份和目的，一挺机枪突然开火，他连老鬼子池田的面也没见到便中弹身亡，那名陪同的战士也不幸牺牲。

那一夜，王家大院里，没有一个人合眼睡成一觉。

将在外，军命可自行也。顽敌不降，分明只有智胜一法了。

于是第二天上午，被五花大绑的王文琪，也由几名战士推搡着来到了城门前。对鬼子们喊话的不是他自己，而是部队上的正式翻译。

翻译说：既然你们誓要决一死战，我们也只得成全你们。中国人多，不惜再牺牲一些。但双方交战之前，我们希望能以这一名可耻的汉奸，换县城里的一件中国人的宝物。

什么宝物呢？

便是日军军营内的一根木包石的拴马桩。

翻译说那是中国明朝一位忠勇之将专用的拴马桩，值得中国人世代保存，以纪念那位为了抗击元军而战死沙场的古代将军。说为了不使那拴马桩毁于战役，用一名汉奸来换取是值得的。反正县城必定要解放，汉奸王文琪只不过才能多活几天。

那些鬼子们是认得王文琪的。

既然不是来劝降的，他们未敢擅自开枪，而是立刻去向老鬼子池田报告了。

老鬼子池田绕那拴马桩看了会儿，居然命令将它刨出，派一名骑兵拖出城去。其实，那只不过是一根晚清守城将领专用的拴马桩而已，没什么历史价值的。由于四边包了木框，挺美观罢了。我们部队上的翻译呢，也只不过王文琪教他怎么说，他便怎么说。

王文琪见到老鬼子池田时，池田正席地而坐，怀拥面如红玫、媚眼迷瞪的佐艺子，在呆望着那幅唐伯虎的画。老鬼子显出极高兴的样子，推开佐艺子，任由醉如软泥的佐艺子仰躺地上。他起身替王文琪松了绑，连连拍王文琪的肩和脸颊，和颜悦色地说：“王桑，你的出现在这里，大大地好。我们的，玩笑又可以多多地开。”接着，按着打火机，将画点燃了。看着那幅画的火焰烧大，老鬼子说心疼的没有必要，画已经保存在他头脑之中了。

王文琪其实一点儿也不心疼，因为画是赝品。家传的真品确乎是有的，藏于何处，除他自己，绝无第二个人知晓。他父亲在世时，为了能一代代传得保险，深谋远虑地请民间绘画匠人临摹了一幅，不承想赝品被他派上了那么一种用场。

他愤恨地对老鬼子说，他明明也是为同胞好，所以才为皇军效劳，可是同胞却不视他为同胞了，将他看得连一根拴马桩都不如！那么，他就只有忘记自己也是一个中国人，决心与皇军同生共死了。反正自己又孑然一身，死了也无牵无挂，更不怕后人受汉奸罪名的连累。

一番话，说得无怨无悔又符合他的处境，听得那老鬼子不由不信，亲自将他带到军械库，指着各式武器由他挑选。

他却只挑选了一把手枪。说战斗自己肯定是不如任何一名皇军士兵的，手枪是为了到最后关头用来自杀的。自己还能为皇军效劳的，恐怕也就是充当一名伙夫了。替皇军做做饭自己还行，保证能使皇军在决战前和决战中，吃上比以往好吃的饭菜。

老鬼子二话不说，又将王文琪带到了炊事班，当着他面解除了炊事班长的职务，命那名鬼子去到战斗班当普通一兵，接着任命三文琪当了炊事班长。

日军几乎将全县城一概好吃的东西都抢到军营里未了。中午王文琪大显厨艺，荤的素的，甜的咸的，干的稀的，做的种类颇多，忙得出了一头汗又出一头汗。

鬼子们连晚饭也吃得同样满意。

一夜平安无事。

翌日早餐，简单而又讲究营养搭配。每名鬼子一个蛋，爱吃煎的有煎的，爱吃煮的有煮的。几大盆疙瘩汤里加入了鸡丁、山药块儿，香味四溢，成了使鬼子们胃口大开的最爱，一个个喝了一碗又一碗，直喝得几只大盆见了底儿。

终究是意识到将要死到临头了。无条件投降乃是他们的天皇下的诏书，他们却偏要由长官掌控命运，说什么为效忠天皇决一死战！有那不情愿的小鬼子兵，一边喝着疙瘩汤一边偷偷抹眼泪。

早餐过后不久，有些鬼子开始往茅房跑，并且在茅房里抢占起茅坑来。另外许多鬼子笑话那些鬼子，认为他们是吃多了撑的。又不久，笑话者们自己也纷纷往茅房跑了。一个半小时后，全体鬼子都开始跑肚窜稀了。茅坑有限，许多等不及的鬼子只得一排排蹲在操场拉起来了。一蹲下去，就三番五次地再也提不上裤子了。还有不少鬼子，憋不住便拉在裤子里了，于是跑往军需库去要裤子换。军需官刚换上第二条裤子又拉在裤子里了，完全顾不上登记了。于是不少拉在了裤子里的鬼子就在军需库抢开了裤子。没有那么多裤子可抢，互相抢急眼了，居然一对对扭打起来。

老鬼子池田只喝了一碗疙瘩汤。虽然拒绝投降，血战到底的命令是他下的。但他心里也明镜似的，清楚一旦双方开火，自己便没了生路，哪里有心思多喝呢。只喝了一碗的他，也拉在了裤子里一次。换裤子时，隔窗望见院子里的情形不成体统，又望见军需库那边部下们在抢夺裤子，立刻就意识到是怎么回事了。

他喊来了副官，命令快去将王文琪押到他面前。

因为刚换上的裤子又被稀屎拉湿了，副官没法立正，叉腿站在他面前说自己已觉事情可疑，亲自带人将军营搜索了一遍，却不见了“王桑”的影子。

老鬼子扇了他耳光，吼道：“王桑的没有！他是狡猾的奸细！所有在押的中国人，统统死啦死啦的！”

副官转身即出，带领一名机枪手、一名续弹手，红着杀气腾腾的双眼来到了关押着三百余名中国男人的一间空闲的大房子门前，也不进去，命机枪手隔门朝里边一通扫射。木门被扫射倒了，屋里后墙出现了被凿开的洞，不知何时已空无一人……

就在那时，军械库爆炸了。

随着爆炸声，城外我们的部队发起了进攻。

按说那么一种情况之下，就鬼子方面而言，战斗几乎是没法进行了的。其实不然，鬼子们一见“敌人”出现在他们的军营里了，一个个肾上腺素骤增，顿时同仇敌忾，仿佛都不觉得裤裆里有稀屎是什么问题了，也仿佛都不再跑肚拉稀了。来得及抓起件什么武器的，武器一旦在手就变成了魔鬼战士似的，纷纷哇啦哇啦乱叫着负隅顽抗。赤手空拳的，没提上裤子的，也都疯狗似的扑向了我方战士。军营的操场上，各间营房里，总之这里那里角角落落，到处展开了白刃战、肉搏战，双方厮杀得血光四溅，横尸绊脚，鬼哭神泣。毕竟，这是日本宣布无条件投降之后的一次战斗，而且我方官兵已知道了被关押在军营里的同胞全获解救，并无担心又加正气浩然，自会越战越勇。而鬼子们再多么顽固、多么疯狂，到底还是一个个被跑肚拉稀搞得体力虚弱了，而且心理上已未战先败，半个多小时后，终于总体上开始丧失抵抗力。

混战中，王文琪双手握手枪，坐在一把椅子上——那把椅子在一间屋子里，那间屋子的窗玻璃已被子弹打碎一地，只剩边边角角还连着窗框。

他隔几分钟就朝窗外用日语大喊一句：“统统的，到这里共同战斗！”

那种生死瞬间的情况之下，居然还有鬼子听到了，居然还有听到了当成命令的。只要那种鬼子一出现在窗外，他便扣一下扳机，并说一次数。房间的门被他从里边插了，当成命令的鬼子只能先出现在窗外。当然的，随着他说一次数，那鬼子便中弹倒地了。他觉得自己的战斗方式不够光彩，所以尽量只向敌人的肩部腹部开枪，以求敌人不死。

又一次出现在窗外的是副官。那鬼子双手握着滴血的武士刀，见屋里坐着王文琪，顿知上当，怪叫一声，高举武士刀便往屋里纵跃！不料武士刀砍在上窗框，卡住了，只他自己扑通一声摔倒在王文琪脚前。王文琪耳畔霎时响起他对自己说过的一句狠话，再无仁慈之意，枪口对准他的头就扣了一下扳机。却没子弹了，那鬼子腾地一个鲤鱼打挺跃了起来，而同时，窗外响了一枪，那鬼子旋即扑倒，蹬几蹬腿，没气儿了。

王文琪缓神朝窗外一望，是韩成贵及时相助，

韩成贵笑道："你可是立了大功！以后再没人敢说你是汉奸了。"

王文琪说："以前有人说我不在乎，以后再有人说我麻烦可就大了！"

他出了门，见战斗已经结束，操场上跪了一大片三百多鬼子，另外二百多非死即伤。相比之下，我方伤亡不严重。

王文琪首先在跪着的鬼子中寻找藤野那厮，未见。又在死伤者中寻找，终于找到了。藤野已死。王文琪从他皮带上取下了那环玉镯。它可是真的。他极在乎它的得失，刚将玉镯戴在腕上，罗队长匆匆走到了他跟前。

罗队长说："快跟我来，老鬼子要求见你。"

王文琪惊讶地问："他还不肯投降？"

罗队长说："你见了他就知道了。"

罗队长将他推入老鬼子池田那间屋里时，又说："里边的情况不比院子里的情况好，你不必太吃惊。"

王文琪进了屋，见佐艺子卧在地上，身下一摊已快凝固的血，染红

了她的白和服。

老鬼子池田坐在不远处，竟没着军装，也穿一件白和服。他双手捂着腹部，看定王文琪说："是我杀了她。"

又见到老鬼子，王文琪无比镇定。他从头上摘下那顶鬼子军帽，抛在老鬼子跟前，平静地说，自己来到这军营时，那顶军帽还是半湿半干的。为什么呢？因为头天晚上，用他们王家曾经研制成的一种剧性毒药煮了又煮，将毒性煮到布纹里了。只要自己偷偷将那顶帽子放入给他们鬼子做饭的大锅里，哪怕仅放一分钟就取出，不论一锅汤还是一锅粥，都足可要他们一半鬼子的命。但他没那么做，又为什么呢？因为日本明明已经无条件投降了，他不忍心使些本可活下来的年轻的日本兵在回国之前的几天命丧黄泉……

老鬼子默默听到此处，五官突然扭曲，用日本话大叫："不要说了！"

王文琪顿时七窍生烟，火冒三丈，直伸一臂，指着那老鬼子厉声训斥："浑蛋！你这个老魔头必须老老实实听着！"——又一指窗外，接着训斥："外面那种情形，完全是你造成的！你不但对中国又犯了一桩大罪行，对你的部下也同样罪恶深重！"——看一眼血泊中的佐艺子，怒吼："你为什么还要将她杀死?！"

老鬼子也大叫起来："帮帮我！"——随着那大叫，双手一展。王文琪这才看清，一柄匕首深及刃末刺入他腹中，只有柄还留在腹外。

王文琪这才明白，老鬼子企图剖腹自杀。

他冷笑道："帮帮你？怎么帮？又为什么要帮你?！显示你的武士道精神，自己结束自己啊！你们这种日本人，不是都善于剖腹自杀吗？你横着用力，自己剖啊！"

“我不能。我做不到……王桑，求求你，帮我……”

老鬼子说话时，匕首的柄一动一动的，却不见血流出来。显然，由于他全身紧张，腹肌收缩，刀口被刀刃封闭住了。

王文琪讽刺道：“你怕了！你手软了？你屠杀我们中国人时怎么手不软？原来你也是个怕死的胆小鬼吗？！”

“王桑……拜托……”

老鬼子眼角淌下泪来。

“文琪，既然他这么相求，那你就成全了他吧！”——门外传入罗队长的声音。

于是王文琪走向刀架，从鞘中拔出了老鬼子那把武士刀。

老鬼子扭头看着，并低声说：“谢谢了。”

王文琪也扭头看着他说：“你教过我怎样用刀杀人，我也算是实践一次吧。”——说罢，跨到了老鬼子斜背后，以很低很平静的声音问：“准备好了？”

“准备好了。”——老鬼子的双手又握住匕首柄了。那是本能的举动，如同胆小之人面对大恐惧，往往会随手抓紧什么。

王文琪比画了一下准头，深吸一大口气，闭上了双眼，接着，用尽全身之力，将武士刀横向一挥……

一股黏热溅了他满脸。

他听到有一个木球似的东西咚的一声掉落地上，随之发响地滚到哪一个墙角。

片刻，又是扑通一声。王文琪仍闭着双眼，张开嘴，长长出了一大口气……

★ 后来的事 ★

县城光复以后不久，当地的八路军部队奉命调往别处。一支国民党的部队接管了县城，设立了党部。不久，来了几位迟到的接收特派员。一个被日军占领多年，早已抢掠得民不聊生、彻底贫穷的县城，除了人口，其实已没任何值得接收的了。

但他们总是要做出点儿政绩的，于是“肃奸”“锄奸”。

真正的汉奸早就被武工队除掉了，伪军也被八路军及时解决了。

他们收集了一些不经核实的情况，将王文琪逮捕，匆匆秀了个审讯的过程，贴出告示，要将王文琪枪决。

一些村子里的农民不明真相，奔走相告，拍手称快。但对于全县城里的人，王文琪是大恩人。结果在县城里引起众怒，许许多多人欲要砸国民党党部。这引起了有责任感的国民党人士的过问，一了解，事实相反，勒令将王文琪释放了。

几天后，王文琪从当地消失了，实际上是被罗队长护送到八路军的队伍里去了。不仅王文琪消失了，武工队也消失了，韩成贵那样一些地下抗日时期的“内部人”一同消失了，连韩柱儿都跟他们走了。

又不久，内战开始。

到1951年，王文琪脱下军装回到家乡，被任命为县中学校长。那所县中学的前身，便是当年的县女中，校址依旧在原址。韩柱儿也转业了，改名韩铸，成为土改工作组的一名骨干。因为他父亲是烈士，尽管他脾气不好，也喜欢独断专行，上下左右的同志们都尽量包涵之。罗队长在内战中牺牲了。韩成贵随大军南下，在福建某县当上了副县长。

关于王文琪家的成分，土改工作组中存在分歧。有人认为，既然他当年曾将地契烧了，并且自行将土地分给了乡亲们，自己一亩都没留，无论如何不该定为地主。根据他父亲在世时对农民们挺好这一事实，定为开明乡绅比较恰当。另一部分人则认为，工作组定农村人们的成分，主要是以土地多少为原则的。有多少土地定什么成分，上级是有明确而具体的规定的。在文件中，并无所谓开明乡绅的条目。县一级工作组无权自作主张，那是要犯错误的。非定什么开明乡绅，须打报告请示上级。等上级批复下来，肯定是旷日持久的事。而且未必就是同意的批复。至于王文琪烧地契、分土地，那种个人行为固然可嘉，但并不能代表新中国具有绝对权威性质的政府行为，实属无效，不应影响土改工作组划分阶级成分的原则。在后一部分人中，韩铸是态度最为坚决的。

于是王文琪的家庭成分被定成了地主。向他宣布时，他很不愉快。事后，欲找韩铸理论，要求改正。一想韩铸脾气不好，怕结果更加不愉快，就变了想法，决定请韩大娘间接向她孙子反映反映他的个人意见。隔了一夜，自己想通了，觉得成分不过就是成分，无所谓。反正自己单身一人，又已经是党员了，对自己今后的人生能有什么实际影响呢？便作罢了。但不愉快却埋在心里了——别人什么主张他不在意，他在意的是韩铸也那样坚持。心中明明有不愉快，某时话里话外地就带出来了。

韩铸对王文琪也是心存老大不快的——王文琪当年两次救了他命的事，每被同志们借以开他的玩笑。在那种玩笑中，更受人尊敬的，似乎不是他，反而是向日本鬼子跪下过的王文琪了！这使他特别恼火。尤其令他恼火的是，当有人想听当年那段往事去问王文琪时，王文琪居然每笑着说："请韩铸同志专门讲给你们听嘛！"

韩铸认为王文琪这么说，是成心想使他丢丢脸。

其实，有的同志并不是借以开他的玩笑，而只不过是对那段往事颇感兴趣罢了。

两年后，王文琪结婚了。那一年他虚岁四十岁了。他的妻子叫刘梦舲，二十二岁，是县中的教师。

王文琪不知韩铸也对他心存芥蒂。在他那儿，觉得只有自己对韩铸不满的理由，他韩铸哪儿有也对他王文琪恼火的把柄呢？所以，婚礼前，他还是托人给韩铸送了一份亲笔书写的喜柬，为的是主动表示依然友好的意思。毕竟，是一个村里出来的人啊！

举行婚礼那天韩铸借故没到场，但让人捎去了一台德国相机，那是韩铸的部队首长送给他的纪念物，他很喜欢的东西。王文琪收下了，觉得是收下了一份深情厚意。

婚后的王文琪，夫妻相敬如宾，恩爱有加，着实过了几年幸福美满的日子。若说也有遗憾，那便是刘梦舲不能生育。但王文琪却不以为憾，每将妻子也当女儿宠爱着。

1957 年号召给党提意见时，王文琪表现得积极踊跃，逢会必大发其言，还说：“终于盼到这一天了，我的意见可多了，再没机会提出来快憋死啦！”

他给已经当上了县委干部的韩铸也提了不少意见，认为韩铸好大喜功，又每每凡事充内行，比如对县中学的工作就经常下达很外行的指示。

韩铸那时也结婚了，妻子是地委一位书记的女儿。

在划“右派”时，韩铸坚持道：“如果王文琪不是‘右派’，那简直就没有什么‘右派’了，‘反右斗争’干脆也别搞了！”

于是王文琪不久后被宣布为“右派分子”。

客观而论，即使韩铸不那么坚持，王文琪也必定还是会被划为“右派”。即使他替王文琪说好话，结果也不会改变。他说得不错，如果连王文琪都不是“右派”，那简直就没有什么“右派”了，“反右斗争”干脆也别搞了。

但韩铸同志并不认为，王文琪一旦成了“右派分子”，他的人生就会是另一番情形。今朝是“右派”了，明朝悔过自新了，摘去帽子，依然可以重新成为党所信任的人嘛！他认为“反右”只不过就像父母惩罚一下不懂事的儿女。不论站在党的立场上，还是个人解解气，他都认为太有必要惩罚一下王文琪了。

王文琪也是这么想的。便闭门思过，开始写哪一次都通不过的检讨，承认自己言辞过激。

偏偏那时，福建方面派人来搞韩成贵的外调，王文琪是重点询问对象。王文琪做梦都想不到，由副县长而副书记的韩成贵，在福建那边也成了“右派”。他还以为韩成贵又要进步了、升职了呢。

尽管自己的日子开始不好过了，王文琪还是乐于成人之美。他说韩成贵是大好人啊！怎么个好法呢，他就讲起了当年韩成贵如何教他写汇报，如何让他将第一份汇报烧掉了的事。话一秃噜，连自己和佐艺子之间的事也说了出来……

结果韩成贵那边的命运就雪上加霜了。好嘛，当年教王文琪那么一个软骨头的中国人如何隐瞒在日本军营里的重要而可耻的经历，如何欺骗抗日组织，这是性质何等严重的问题啊！

韩成贵哪里能料到王文琪会对搞他外调的人说那些陈旧旧事呢？暗暗叫苦，据理力争，说王文琪当年的骨头一点儿也不软。

两个“右派”，一个说对方是大好人，另一个替对方辩护骨头之软硬，工作组的同志理所当然地认为他俩是两个“右派”之间的“惺惺相惜”。

而韩成贵则转而认为，王文琪是为了自保，所以出卖他以求有功。他心说，王文琪啊王文琪，你何必害我?!

王文琪也由于自己暴露出了可耻的历史问题，结果不仅已是“右派”，而且还有“汉奸”之嫌了。

韩铸良心发现，去找他是地委书记的岳父替王文琪做证，说王文琪当年肯定没有汉奸行为。

岳父反驳他，凡事谁也别那么肯定。王文琪当年在日本军营里的行为，除了他自己清楚，没第二个人清楚啊！如果不是他自己说走了嘴，谁会知道他竟与一名日本军妓有那么一腿呢？你韩铸并不知道吧？那个韩成贵倒是当年就知道，可是却教他隐瞒。他后来的表现确实有功，但怎么能证明就不是他随机应变的一种狡猾招数呢？现在看来，他一刀砍下了池田的头，就不能不说是疑点。如果池田被救活了，成了战犯，留下口供，不就不必怀疑他了？可正是他一刀将池田杀死了呀！

韩铸被岳父说得哑口无言。

岳父又说，我们是讲政策的，实事求是的。目前虽不能就给他戴上“汉奸”的帽子，但此人有重大历史疑点，这种结论也是没法不下的吧？

结果王文琪自然当不成校长了。

结果组织不得不出于好意，劝刘梦舲与王文琪离婚。

刘梦舲哭着回到家里，质问王文琪与佐艺子的事究竟是怎么回事。

王文琪只得对妻子细说当年，倾诉自己当年经历的种种恐惧、屈辱和无奈，也坦率承认自己与佐艺子确有过那么一件事；并将当年自己的种种想法，耐心地向妻子一番番解释。

最后他问：“你能理解吗？”

妻子默默点头，表示可以理解。

他又说：“为了你好，我愿意离婚。”

但刘梦舲反而更加爱丈夫了。她一向认为他是个特别诚实的人，对他的陈述和解释句句相信，很为他不平。

所以她态度坚决地说：“可我不愿离。”

王文琪劝了她半天，强调种种离婚对她的好处，直至将她劝哭了，大声嚷嚷起来：“你怎么就不说说对你有什么好处？你说你说，对你自己有好处吗？！”

王文琪愣了，半天说不出话。

结果，连刘梦舲也当不成教师了，与丈夫一起被遣回韩王村，成了“劳改”对象。

韩王村的大多数老人都还健在，他们经常叮嘱晚辈，不许欺负王文琪夫妻。他们并没经受与乡亲们不同的什么苦难，一如既往地恩爱着。王文琪又充当起了乡村医生，不久便被乡亲们视为村里不可缺少的人物了。

王文琪五十三岁那年，刘梦舲三十五虚岁了。那一年，“文革”开始。与“文革”时代相比，两口子变成农民夫妇的十来年，简直可以说是幸福的。县城里的形形色色的红卫兵、“造反派”们，三天两头到村里来批斗他们一番，还有时押着他们去各村游斗，或将他们押到县城里去，召开场面更大声势也更大的批斗会。批来斗去，夫妻二人渐渐明白，与其说他们是“革命”的敌人，莫如说他们实际上成了“革命者”们的玩物。批斗他们能使“革命者”们无比娱乐。而那种时代是缺少娱乐理由和方式的时代，而人又是多么需要娱乐的动物，中国人也不例外。成了玩物比是敌人更加可悲。因为批斗敌人的方式，无非就是戴高帽子、挂大牌子、剃阴阳头、以墨泼脸、扇耳光、皮带抽、冬天勒令在严寒中冻几个小时、夏天被迫在大雨中淋，或在烈日下晒；而同时又成为玩物，被凌辱被虐待的方式，则就五花八门、层出不穷了。不论农村还是县城里，有些老人死了，还活着的变得明哲保身了。他们也每对王文琪进行揭发，说昧良心的话。他们的行为一受到鼓励和肯定，渐渐地便不觉得昧良心了。中青年们，都是更需要娱乐的，既娱乐着也等于革命着，干吗不快乐地进行呢？至于当年的事实，谁还管那些呢！

夫妻二人，只有用一个“忍”字相互开导着坚强地活下去。

韩铸起先也是挨了批斗的，但“根红”，后来被“革委会”结合了。唯恐哪一天再被踢出“革委会”，于是亲自组织了一场对王文琪夫妻的批斗，痛斥到愤慨之际，也扇了王文琪一耳光。王文琪嘴角流血呆呆地看他时，他往下猛按王文琪的头，同时骂：“给我低下你的狗头！”接着又小声说了一个字：“忍。”

一次，在县城里，刘梦舲被一名红卫兵猛地一推，一头跌下卡车，昏过去了。王文琪独自将妻子背回家，第二天，她没苏醒。第三天，还没苏醒。第四天王文琪明白，妻子成了植物人。

幸而乡情始终偷偷地存在，转成为地下活动，就像当年的抗日是地下活动那样。这使王文琪得以有较多时间护理不省人事的妻子。他一有空就为妻子进行按摩。起码，每天睡前的一次全身按摩是几乎未间断过的。一次从头到脚任何部位都进行到的按摩做下来，每每两个多小时，做得他自己出一身汗。至于白天，头部、双手、双脚、双耳的按摩，更是随时见缝插针地进行。他和妻子的两口之家还是当年他自己住过的那两间屋，另一间当年修缮过的屋子已塌了。院子也早已又破败不堪杂草丛生了。许是老天见怜，住在老宅院中使他的妻子能一天天活着。因为在院中一个秘密的地方，地下深处埋着几大坛名贵的中草药。他也在院子里种起各类草药来，将寻常草药与名贵草药搭配了，每夜熬成药汁或药膏。汁以口哺妻，日数次。膏敷妻各穴，勤换之。并将各种豆子、粗粮细粮自磨成浆；凡能搞到的瓜果蔬菜，亦皆细捣成糊状，同样以口哺妻。日久，妻竟可咽下他嚼过的馍了。某日坏人们又来找麻烦，发现药锅中有熬过的完整老参，大惊，严审从何而来？答曰家传下来的。问尚有多少？藏于哪里？答曰再没有了。坏人们不信，轮番掴其耳光，以致口鼻流血，然其答始终如第一句。坏人们不信，东掘西找，一无所获，悻悻而去。

王相信体温、语言、爱抚之法，亦对恢复植物人知觉起作用。夏日每眠，必执妻手。秋冬则夜夜拥妻而睡，历春至夏方止。按摩之后，欲睡之前，必爱抚良久，对耳喃喃诉说从前恩爱关系及盼恢复之殷切。至于替妻子擦洗全身，以使洁净，更是从不懈怠。梳发，剪指甲、趾甲，为惯常之事。那刘梦舲，虽处植物状态，却不但一年年活了下去，而且一年比一年头发黑亮、皮肤细腻、双唇红润，脸色粉白，容光焕发，宛如被催眠之美妇人。逐渐地，手指脚趾能动，唇角可现微笑，面有小表情。然此一切变化不为他人知。

某夜睡前，妻在他的爱抚之下，忽然说：“恩爱原来这样。”

王大诧，以为幻听，点燃残烛，擎举照视，见妻双目睁开矣，黑白分明如从前，眸子晶亮。

问：“方才是你说话？”

妻点下颏作答。

问：“别怕，我不是坏人，是你丈夫，你可记得吗？”

妻又说：“不必解释。你夜夜此时在我耳旁絮语，使我忆起咱们是夫妻。”

王置烛床头，紧抱妻子，喜极而泣。

几天后，北京逮捕了“四人帮”。

又几天后，有村人发现刘梦舲在院子里走动，误以为王行男女私通之事，谣言顿起。王听到，请大家来见妻子，谣言止而众人异为奇事。那一年，王文琪六十三岁了，头发蓬乱，久未刮脸，满脸半黑半白硬胡茬，一邋遢老农模样。而其妻，年龄一如三十几岁时，甚而俊秀超过当年。

众人都说，当年还像两口子，现如今太不般配了。

妻子命王文琪不许再那种样子。

第二天王文琪便另一种样子了，不像老农像老教师了。

气质是想找回来就很容易找回来的东西，只要真的曾有。

接着这夫妇二人好事连连：

王文琪的“右派”问题彻底纠正了。

他所谓的“历史疑点”也被宣布为无稽之谈了。

部队出具证明，郑重承认他是抗日时期参加革命的一个人了。

组织部门宣布他享受副县级干部的退休待遇了。

刘梦舲也享受退休教师工资了。

夫妇二人都可补发一大笔钱了。现在看共二三千元而已，当年就是一大笔钱了，尤其以农民们的眼光来看。夫妇二人坚决不要补发工资，并立下字据，放弃领取退休金至死。补发工资作为一笔奖励基金，每年奖给县中学的好学生、好教师。退休金可由学校按时助济给家庭困难的学生、在职教师及退休教师。

校方的同志大惑不解，奇怪地问："那你们靠什么生活啊？"

王文琪笑答："反正能生活下去就是了。"

刘梦舲也说："信他的话吧。"

虽然不领退休金，夫妇二人却过得有滋有味，不愁吃不愁穿的。而且吃的穿的，都越来越好了。经常买了大量的糕点罐头、学习用品、衣服帽子鞋子什么的，分发给村里的孩子们。逢年过节，也经常地结伴慰问村里的贫病老人。就像后来的干部们访贫问苦那样，给钱还给物。

乡亲们都猜测，准是因为王家当年有些值钱的东西在王文琪手上，时代变了，可以卖钱了，所以不稀罕要那笔补发工资，也不稀罕每月去县中学领退休金了。

有以往善待过王文琪的乡亲，私下里问他大家猜得对不对。

王文琪笑道："是有那么点儿东西。"

乡亲们便又猜，都认为怎么也得几万那么多。20 世纪 80 年代初，谈到钱，万元就是天文数字了。比几万还多的钱，农民们连想都不敢想。

那年冬季特别冷，王文琪夫妇住到省城一家最高级的宾馆去了。有人说他是怕妻子冻出病来，也有人说妻子是怕他冻出病来。夫妇二人在"文革"中受苦多多，体质很差了。当年省城的高级宾馆也高级不到哪儿去，需要资格介绍信才住得进去，却毕竟有暖气。他们图的是温暖。王文琪已经享受副县级干部待遇了，刚够资格住进去。

到了春季，韩王村的人们听县中学的人说，夫妇二人直接从省城申请去了香港，去看王文琪的妹妹及一位堂兄。那堂兄在香港经商，生意做得颇大。而他妹夫是一位大学教授。

初夏的雨季过了以后，夫妇二人回到了韩王村，捐了一笔钱，监管着大兴土木，租来了两台铲土机，将自家各处摇晃欲塌的老宅院推为平地，要为村里建成一所中小学合为一体的学校。还捐了另一笔钱，对县中学进行彻底翻修。据说两笔钱加在一起一百多万。这两件事使村人们对夫妇二人无限热情、无限崇拜起来，表现就是，跟他们说话“您”“您”的了，开始称呼王文琪“王先生”、称呼刘梦舲“刘老师”了。而以前他们当面叫他“老哥”“老弟”或“死文琪”；当面叫她“他王家婶子”，背后叫她“文琪老婆”或“白菜心儿娘子”。后一种叫法，亦褒亦贬——白菜心儿固然嫩，也好看，却不能按实际的菜论的。

那年雨水少，老天爷挺照顾两项工程。国庆前，都竣工了。县中开庆祝会时王文琪夫妇都没去。他累病了，刘梦舲得服侍他。村里也为学校的落成开了庆祝会，是夫妇二人自己张罗开的。开庆祝会也总须花钱的，村里出不起那份儿钱，人们都有庆祝一番的心思，却没人愿说。那不等于要人家夫妇俩再掏钱吗？夫妇俩主动张罗开，正符合人们的想法，都支持。村里的庆祝会开得还场面颇大，地点就是学校操场，周围插了几十面彩旗，放飞一串串气球。原本只请了各邻村的农民们，没请县里任何方面的领导。但他们闻讯都来了，连即将从副县长位置上退下来的韩铸也现身了。领导们来了就要人人讲话，他们也都喜欢在大场面中讲话。唯独韩副县长没讲话，请他讲话时，他说没做大会讲话的准备。

他说倒是对王先生有几句悄悄话要讲。悄悄话嘛，自然不适合在大会上讲的。

领导们都讲过话就中午了，大人孩子都着急地等着聚餐。操场上摆了几十张桌子，从县城请来的五位大厨，便在操场边上搭案支锅，各显其能。

那一顿大聚餐丰盛无比，人们海吃山喝，一片高兴。

韩铸终于一手酒瓶一手酒杯地来到王文琪跟前了，醉意醺醺地说："老哥，你得谢我。这么多年了，我一直等着，可你没有。"

王文琪沉吟着问："柱子，我谢你什么呢？"

韩铸说："当年批斗你时，我悄悄对你说过一个'忍'字。你忍对了吧？如果不忍，想不开寻了短见，能有今天的风光？我一句话拯救了你的命运，还等于救了嫂子的命，对不对？"

王文琪想了想，笑道："说得是，那谢了。"

二人一碰杯，各自一饮而尽。

几天后，王文琪夫妇跟谁也没打招呼，悄悄离开了韩王村。

又几天后，夫妇二人出现在福建某县，找到了已离休的韩成贵。韩成贵在家中热情款待他们。二人将当年的误解说开了，两位夫人从旁听着，忽而相对落泪，忽而喜笑颜开。

从那时起，王文琪夫妇再没回过家乡当地，也再没有任何家乡当地的人见过他们。关于他们的传说，家乡当地却流传不少。有人说，王文琪将祖传的唐伯虎、张大千、齐白石等人的画以及几件唐宋明清的瓷器玉器抵押在香港某银行了，价值三四亿。也有人说不止，应值七八亿。那家银行特许他随时可从银行支取资金，按借贷算息记账。还有人说那是起初的事，还没拍卖，又需钱用，没法子。后来都拍卖掉了，钱存在银行里了，利息都怎么花也花不完。

各地时兴招商引资以后，家乡当地新上任的县领导在一次干部会上说，王文琪从本县的地界内消失了，是本县的巨大损失。如果有谁能将他请回来，那就等于对本县立了大功。是干部的，提一级。是百姓的，给资金。是年轻人的，负责安排满意的工作。是农民的，全家可以“农转非”。

于是形形色色的家乡当地人，不须号召，发起了“寻找王先生”的群众运动。干部带头，几年内越“运”越“动”。

然而，却没人真的找到过王文琪夫妇。

有人说他们根本不住在大城市，只住在中小城市。也从不在任何地方置房产，包宾馆饭店的套房住，或租房子住。大隐隐于市，低调得没法使人想得到他们是亿万富翁。并且，夫妇二人都改名了。

北京几家影视公司知道了王文琪夫妇的“故事”，都想找到他们，游说他们出资，以他们的人生经历为原型，拍电影、电视剧以及专题片，还要搞各种戏剧。他们耳目灵通，信息多又快，都怕行动迟了，都想独占鳌头。

还真被一家影视公司的人在一座小县城找到了王文琪夫妇，他们认为最能使夫妇俩动心的游说理由是——电影准得奥斯卡大奖！电视剧绝对在央视一套“黄金段”播出。

刘梦龄见王文琪快被纠缠得恼火了，掩饰着同样的反感说：“我先生身体不好，求求你们，今天到此为止，明天你们再来谈吧！”

第二天那家饭店去了更多找“王先生”的人，包括导演、编剧、演员、制片一干人等。

饭店的人告诉他们，“王先生”退房离去了，说是出国。具体到哪个国家去了却不知道。

2000年后，陆续有些日本人出现在当年池田大佐那支日军部队驻守过的县城里，多数日本人的父亲当年都有幸活了下来，他们是代表父亲前来中国对一个叫王文琪的中国人感激予命之恩的。也有少数日本人，便是当年的“鬼子兵”。

他们自然没见到王文琪，便都又到韩王村去朝拜他的故居。

自然也没了什么故居，只有都在学校操场跪成一片，以了心愿。

现而今，关于王文琪的最新也是较可靠的信息是——他已经去世了，刘梦舲剃度出家，皈依佛门，隐居某庵。

至于那一大笔钱，据说由一批可靠人士经管，成为民间慈善组织的善款……